U0595358

她的 恐吓

〔日〕藤田宜永 著

郭静雯 译

江苏凤凰文艺出版社
JIANGSU PHOENIX LITERATURE AND
ART PUBLISHING

序

"大型台风第二十号将在深夜强势登陆东京，请务必采取防范措施，谨慎出行。"冈野圭子出门上课前看着电视里唠唠叨叨的新闻，心想，最近的天气预报真是有些夸张了，不过要是不强调最坏的结果，万一出点什么事可就有人来投诉了。比起台风，那些来投诉的观众怕是更让电视局头疼。听说在美国，大家都知道预报就是预报，不可能完全准确，所以哪怕是报错了，也没什么人去抱怨。美国人这种心态就比日本人要好得多。

圭子今年二十二岁，是东京一所女子大学文学部国文专业大四的学生。下午法语课的教授考勤很严，不能不去。正上课的时候，店里发来了一封邮件。圭子在六本木的一家俱乐部里兼职当陪酒小姐。本以为这种天气店里是不会营业的，可没想到自己还是要去上班。下课后，圭子给店里打了个电话。

"今晚刮台风，还有客人来吗？"

"银座的店是休业了，六本木这边照常。有的客人还就是喜欢在这种台风天来。今天店里会早点下班，送你回家的车也安排好了。就别担心了，彩奈，今晚一定要来啊！"

彩奈是圭子的花名。

"知道了，我去。"

台风天出门好像让圭子有些兴冲冲地，脑袋一热，也没有拒绝。

圭子穿着紧身牛仔裤，踩了双靴子，披上雨衣走出了公寓。往车站去的路上，伞骨被风刮翻过去三次。到了六本木，虽然不比平时，可还有很多拉客的人戴着风帽坚守阵地。圭子到店里的时候已经将近八点，店里早就热闹了起来。还真让他们说准了，就是有客人风雨不惧地赶过来。也不知道这些人是怎么想的，到底是觉得这里有多好玩儿，台风天都要过来。店里的客人净是些四十多岁的男人，圭子对他们喜欢不起来。

"这天气电车会停，也打不到出租车。干脆我们再去哪里喝个通宵吧。"

"没关系的，有车送我。"

"不要拒绝嘛。"男人的手揽过圭子的腰。

虽然这种事对陪酒小姐来说也常有，可圭子就是习惯不了，恨不得马上离开这个座位。

"您这样可不行哦。"圭子赔着笑，把男人的手放回他的膝盖上。

圭子又陪了几桌。天已经全黑了，什么都看不见，也不知道外面天气怎么样了。

十点半左右进来了三个客人。一个是经常在电视上露面的搞笑艺人，五十多岁，一副老子是大明星的架势，十分傲慢。身旁的年轻男人是他的经纪人，说是要开车，不能喝酒。还有一个说自己是税务师，也不知道搞笑艺人和税务师是怎么扯上的关系。

店里的女孩子围了上来，圭子半坐在最外面的位子上，旁边是那个税务师，叫岛崎。岛崎进店之前好像就已经喝了不少酒，话不多，看起来倒是挺老实。搞笑艺人手舞足蹈吹牛的时候，他只是默默地听着，为了捧场偶尔附和着笑两声。

岛崎转过身对着圭子说："这种天气还要来上班可真是辛苦。"

"现在外面天气怎么样了？"

"雨越下越大。不过台风天的时候我反而会挺兴奋的。"

"我也很喜欢台风天。"

"我们还挺像。"

"是啊。"

三个客人点了很多香槟，负责这桌的女孩子很是高兴。

店里的客人渐渐少了。工作人员走过来凑到圭子耳边说：

"安排的车出了点事故，不能送你了。"

"那我坐电车好了。再等会儿我就可以回去了吧？"

"是的。"

圭子住在杉并区，离家最近的车站是丸之内线的南阿佐谷站。

"怎么了？"岛崎问道。

圭子把刚刚的事情简单地说了一下。

"我送你吧，我家住荻洼。"

"就不麻烦您了，今天出租车也不好打。"

"不要客气了。就算离车站再近，走回家也会湿透的。"

岛崎给出租车公司打了个电话，说是二十分钟后车就来。

圭子住的公寓离车站很远，这种天气走回去很是麻烦，可被客人送回家让她觉得更不自在。刚开始在这里工作的时候，有个客人把她送到公寓门口。两天后圭子在家里学习，那人的邮件就发了过来。邮件上说：我在你家门口，一起去喝个茶吧。圭子从阳台看过去，一辆双座的敞篷车停在外面。虽然没说什么过分的话，但也足够让人不舒服。想想要回信都觉得无比恶心，圭子干脆不去理他。紧接着又发来一封邮件，圭子没有再管，两眼盯着电脑屏幕，却怎么也无法集中精神。

从这件事之后，再有要送自己回去的客人，圭子也只让他们送到南阿佐谷车站。

"我顺路送彩奈回去好了。"岛崎和俱乐部老板娘打了个招呼。

"那可太好了，是吧，彩奈。"

圭子没办法，只能和这个初次见面的客人一起回去。

圭子换好衣服，来到店门外。

外面风雨交加，伞几乎撑不起来。被吹翻的自行车倒在人行道旁，拉客的外国人躲在店门前避雨，还不忘招呼路过的男人们："老板，有大胸，有大胸。"

经纪人开车送搞笑艺人离开了。

几个人站在人行道旁等自己叫的车，几辆车停在路边等着自己的客人。

岛崎找到预约的出租车后先坐了进去，圭子也跟着上了车。

虽然并没有在外面站多久，可圭子薄薄的外套早已被雨淋湿。她脱下外套，用手帕擦拭着头发和肩膀。

车子从霞关开进高速。

"您在负责那位搞笑艺人的税务管理吗？"圭子问道。

"那是家父的客人。他说和客人应酬太累，就让我来了。"

岛崎一边回答着，一边靠在了圭子的身上。

狂风卷着雨滴拍打着车窗，视线一片模糊，雨刷器在这种天气起不到任何作用。

"彩奈啊，我觉得你挺不错的。"

"那可真是太感谢了。"圭子的脸上挤出暧昧的笑。

岛崎斜眼上下打量着圭子的身体，仿佛眼前的是一道让人垂涎欲滴的珍馐佳肴。

"下次我们再单独约一下嘛。"

圭子低下头，看着岛崎放在她膝盖上的手，不知道说什么。于是，她斜过身子看向窗外，想要躲开岛崎。

车外仍是倾盆大雨。

"你穿陪酒的小礼服也很好看，可换上自己的衣服就更可爱了。我是很喜欢女孩子穿牛仔裤的。"

岛崎依旧纠缠个不休，甚至开始放肆地将手伸向圭子的大腿内侧。

"请您放尊重些。"圭子推开了岛崎的手。

岛崎却变本加厉地又凑了过来："一起吃个饭嘛。喜欢日料、西餐还是中餐？"

"……"

"你们陪酒小姐不是有出台指标吗，我可是在帮你啊。"

"您喝醉了吧。我在店里居然没看出来。"

"你看，我可一点没醉。"说着，岛崎又把手伸了过来。

圭子紧紧靠着车门，再次推开了岛崎的手。

司机一声不响地坐在驾驶座上。

岛崎有些生气地说："没想到你这么放不开，陪我玩玩这么不乐意吗？"

混蛋，哪有女人被这样对待还会高兴。圭子恨不得把岛崎痛骂一顿。

真没想到他竟然是这种男人，在店里的时候完全被那副老实相骗到了。

圭子一秒钟也不想再待在车上。不巧出租车现在正飞驰在高速公路上，马上下车是不可能的。

车开到新宿，才终于下了高速公路。

车厢里的气氛十分尴尬，岛崎也没有再凑过来。

出租车开进青梅街道。

圭子心想，要是被送到家可就有大麻烦了。

出租车开到了中野坂上，在红灯面前停了下来。

"司机，我要下车。"

一直保持沉默的司机迅速打开了车门。

岛崎突然抓住了圭子的手腕，说道："我不是说要送你回家吗？"

"你放手！"圭子大吼道。

岛崎被圭子一吼，灰溜溜地松开了手。

圭子连伞也顾不得打，从车厢里钻出来，头也不回地逃走了。

圭子淋着雨跑到中野坂上车站，浑身都湿透了。头发垂在脸上，不停地滴水。想到自己面对岛崎的邀请表现得如此强硬，圭子有些后悔。

好在地铁还正常运行，圭子从南阿佐谷站下了车。

台风丝毫没有好转的迹象。倾盆大雨从天而降，地面上激起大片的水花，仿佛被风吹动的白布。道路两旁的树被吹得东摇西晃，叶子落了一地。圭子在大风中踉跄地向前走，似乎一不留神，就会被吹倒在地。

圭子沿着青梅街道向荻洼走。伞骨被风吹折了，圭子勉强撑着坏掉的伞，继续在大风中向前走。

走在街上，偶尔能听见放在垃圾桶上的空咖啡罐被吹到地上的声音。

圭子有点想哭。湿透了的衣服裹在身上的感觉非常恶心，像是出租车里岛崎伸向自己的手。

突然，四周一片漆黑。

圭子吓得停在原地，任由大雨拍打在脸上。

街口的红绿灯也熄灭了。大概是停电了吧。

人行道上只有圭子一个人孤零零地向前走。借着偶尔开过的汽车车灯，才勉强看清眼前的路。

由于没有红绿灯，通过十字路口的车都开得很慢。几个司机不耐烦地长按着喇叭。

圭子举着坏了的伞，小心翼翼地继续向前走。

突然，她看见一个男人从左边的建筑物里跑了出来。男人的雨衣被风吹得翻了上去，迎着大风手里的伞好像也很难打开。

路过的车灯一晃而过，圭子看清了男人的脸。

圭子认得这张脸。男人是来过店里的客人，好像姓国枝。

国枝看了看四周，背对着圭子快步离开。

圭子本想上前去打个招呼，可国枝好像被什么追赶着似的，走得飞快。右脚有些拖沓，好像是受伤了。

很快，国枝便消失在大雨中。

那时是晚上十一点四十五分左右。

圭子走到国枝刚刚跑出来的建筑物前，这是一幢老旧的公寓。

圭子记得国枝好像是住在品川，可这里离品川却非常远。他冒着台风来这里干什么？是来私会情人的吗？

国枝说过，他今年五十五岁，已经结婚了。圭子原以为他是个稳重可靠的男人，没想到居然也会和女人纠缠不清，真是知人知面不知心。不过想想那个叫岛崎的税务师，国枝来私会情人也没什么可奇怪的。

圭子想着刚刚经历的一切，沿着没有亮光的人行道继续向前走。

四周一片漆黑，圭子有几次险些撞到电线杆上。

摸黑走了好久，总算回到了自己的公寓。楼道里亮着昏暗的应急灯，自动锁已经失灵了，圭子直接推开大门走了进去。电梯虽然还能用，可圭子有些不放心，从楼梯走上四楼。

回到家，圭子摸出两个手电筒放在桌子上照明，脱下衣服想去洗个热水澡，可没想到因为停电，水根本无法加热，只好随便用浴巾擦擦身体后换上干净的家居服。家里还剩下些红酒，圭子给自己倒了一杯，好借着酒精暖暖身子。

圭子点了根蜡烛，打开手机去查停电的情况。推特上说大半个杉并区都停电了。

蜡烛燃起一团小小的亮光。想起刚刚车里发生的一切，圭子又觉得一阵恶心，抓起布偶乒太紧紧地抱在胸前。

小小的亮光照亮了墙壁。

"真是个让人讨厌的家伙，那种人死了才好。"说着，圭子一个劲儿地揉着乒太的脑袋，过了好久心里才稍稍平静了一些。

可是这么大的台风，国枝要去哪里呢？圭子不住地想。无论是谁都会有一两个秘密，下次在店里碰见他还是不要提今晚的事比较好。

目 录

Contents

第一章

冈野圭子的决心

一

无论做什么都觉得提不起精神。

上课、化妆、和在老家的母亲打电话、给朋友回短信、做饭、打扫，不管做什么都觉得很厌烦。

希望，未来，梦想……每次看着电视剧里的主人公笑容满面地说出这些漂亮话，圭子都要对着他们骂一句"骗子"。

能让自己平静下来的只有乒太。

乒太是一只白色的兔子玩偶，大概有 25 厘米长。圭子从小学开始，就一直把乒太放在枕边。每当沮丧的时候，圭子只要摸摸放在腿上的乒太，心情就会平复很多。

"乒太，圭子很努力了，可圭子真的好累，世界上为什么会有那么多让人讨厌的事情。"每次向乒太抱怨的时候，圭子都会觉得轻松很多。最近，向乒太抱怨的次数越来越多了。

乒太陪着圭子在一起度过了十几年。原本白白的毛已经开始发灰，还有一些地方已经变得黑乎乎的了。不管怎么清洗，可就是变不回原来的样子了。

圭子一直希望可以进入一家出版社工作，也参加过几次入职考试，可都没有被录用。显然劳动力短缺的大环境并不能让她如愿以偿。

　　有时，圭子看着自己的脸会突然觉得很可怕。不知不觉，脸上的妆越来越浓，虽然不如在店里陪酒的时候的妆那么夸张，可对于女大学生来说还是有些出格。好在大学生中打扮夸张的大有人在。

　　陪酒的工作做了两年半，说不定早就染了一身风尘。每次一想起这些，圭子恨不得马上辞去这份不光彩的工作。可辞职后又要怎么办呢？

　　圭子是单亲家庭的孩子，被母亲一个人养大，上大学后就再也没有向家里要过钱。入学金、学费还有生活费，全都靠自己去赚。在当陪酒小姐之前，圭子每天都在为明天的生活而苦恼。当有人向圭子投出"橄榄枝"的时候，想到陪酒小姐只需要在晚上上班，白天的时候可以在学校好好上课，薪水比普通的工作还要高得多，便爽快地答应了。

　　经常有客人会邀请陪酒小姐下班后再单独陪一陪自己，也就是通常说的出台。圭子一直在尽量回避客人的邀请，每天半夜一点下班后，她只想坐着店里安排的车马上回家。可总拒绝客人也是不行的。因为这件事老板娘找圭子谈过几次，圭子也只好在下班后陪客人去 KTV 唱唱歌或者到酒吧喝一杯，有时过了凌晨三点还不能回家。

　　因为这份工作，圭子经常喝酒。酒喝多了睡眠质量会变差，虽然上课的时候集中精神很是吃力，可圭子从来不敢对学业有半分松懈，也因此，她的成绩一直名列前茅。

　　现在已经十月份了，圭子仍没有被心仪的公司录用，这让她的情绪一直很低落。

　　圭子一直在接受学校的奖学金①。毕业以后要用几十年去还清这些钱。还是高中生的圭子曾经想过，只要进入了心仪的大学，自己的未来将会是一片光明。现在想想，只不过是小女孩天真的美梦罢了。大学毕业生比比皆是，自己想要进入的出版社的门槛很高，不是出身一流大学的人，很难被他们录用。

　　像现在一样继续当陪酒小姐的话，生活上倒是不会再被钱所困扰，奖学金也可以按时去还。可如果只能选择这种工作，圭子觉得自己长久以来的努力简直是个笑话。

　　和圭子同时进店工作的有个叫亚纪子的女孩，似乎对陪酒小姐这份工作很是满意。学校也不怎么去了，一年里连续跳槽了两家店，每天不是和一群自称是青年企业家的男人们厮混，就是去当个某 IT 公司社长的情人。

　　总之，现在的工作对于一个女大学生来说是非常不光彩的，圭子唯一的减压方式是攒钱。化妆品用完了的时候，也只是去便利店里随便买些便宜货应付。

　　至于结婚？圭子想都不敢想。

　　那恋人呢？

　　来到东京后不久，有一次，在新宿偶然遇见了以前的高中同学。交换了联系方式后联系了几次，两个人互生好感，很快便确定了情侣关系。可对方却干涉起了圭子的生活。刚开始交往的时候，圭子还在便利店打工。那个男人总是不顾圭子的安排，硬要她放下工作来约会。圭子一开始也不好拒绝，总是尽量去满足他。可随着他的要求越来越过分，圭子感到自己已经无法去应付学习

───────────────

① 　日本的大学，学生需要在工作后归还得到的奖学金。

005

和工作，从心里厌烦和这个男人的交往。在六本木陪酒也是从那个时候开始的。

圭子说自己要去当陪酒小姐时，那个男人不由分说地发了一通大火。圭子也借此机会，不顾男人的纠缠，和他分了手。

一天晚上，圭子坐着店里的车回家。发现那男人就站在自己的公寓楼前。

"圭子，我……"男人喘着粗气。

圭子感到很害怕，径直向公寓内跑去。

"圭子你就是个混蛋！"男人的声音回响在四周。

圭子经历了前男友跟踪狂一样的行为后，在好长一段时间里，无论是出门还是回家都让她战战兢兢的。

虽然发生了这样不愉快的事情，可二十多岁的女孩子又有谁不会期待爱情呢？圭子在看言情剧的时候也时常会觉得心动不已。可电视剧也无非两种结局。两个人步入婚姻殿堂皆大欢喜，不然就是谁把谁甩了或是谁被谁甩了。即使是平平淡淡的恋爱生活，对情侣双方来说也是很大的心理负担。

班级里有一个叫麻美的女孩，曾经和一个叫田熊的学长交往过，不久后田熊提出分手。麻美想要挽留这段恋情，不停地打电话发邮件，都被田熊置之不理。圭子对田熊的这种做法感到十分气愤。"他应该得到惩罚。"麻美突然冒出一句话。

麻美是个稳重成熟的人，听到从她嘴里说出"惩罚"两个字，圭子有些惊讶。

"你说惩罚是什么意思？"

"托人替我们这样受过伤的女人教训那些臭男人的网站要多少有多少。"

"你可千万不要动这种念头啊，小心警察来找你的麻烦。"

麻美笑了笑，说："开玩笑的啦，我才不会做那么危险的事情。"

两个月后，圭子在校园里遇到了田熊。田熊头上打着绷带，手里还拄着拐杖。

"你这是怎么了？"圭子问田熊。

"被一群莫名其妙的人找碴，结果就变成这样了。"

圭子心头一紧，只能劝自己说这不过是偶然罢了，和麻美没有半点关系，麻美才不可能去做这样的事呢。

"你知道吗？田熊学长受伤了。"之后，圭子马上去询问麻美。

"不知道。他怎么了？"

"说是莫名其妙地被人打了一顿。"

"他这是遭报应了吧。"麻美一脸冷漠地说。

圭子小心翼翼地打量着麻美，没想到她真会这么做……

虽然还有很多想不通的地方，圭子还是选择对此保持沉默。

后来，麻美在爱媛当地一家建筑公司上了班，也不再对田熊耿耿于怀。可每次圭子看见她那副平和稳重的样子，眼前总会浮现出田熊拄着拐杖的身影。

就是因为朋友曾经经历过这些，才让圭子一直对恋爱这件事有所顾忌。

圭子觉得自己长得还算过得去。虽然对宽宽的额头和小小的眼睛有些自卑，可微微翘起的嘴唇和挺直的鼻梁还是让自己很满意。在俱乐部里，圭子也颇有几分人气。为了见她而专程来店里的客人不在少数。

圭子还在兼职，只能跟着专职的同事去接待客人，去做一些辅助的工作，也没有主动给客人发过邀请邮件。

虽然税务师岛崎很过分，可更出格的客人还有很多。

有的刚刚互相交换了联系方式，就马上邀请圭子一起去旅游；有的只会一个劲儿地炫耀自己的保时捷爱车；还有的说自己的老爸是某个大寺庙的主持，自己也在当和尚。每次遇见这样的男人们，圭子都觉得十分尴尬，也因此让圭子对男人越来越冷淡。

哪怕是年过四十的公司老总，来到店里也变得像炫耀玩具的幼儿园小孩一样。脖子里挂着的名牌领带不就是这群傻瓜的口水巾吗？

面对这样的客人，店里的前辈教给圭子一个五字真言。"SA""SHI""SU""SE""SO"①，展开来说就是"是吗？""我不知道欸""好厉害啊""难得我们……""是啊"。除了"难得我们……"还没有说过，圭子已经把其他四句用得炉火纯青。

圭子倒是很喜欢去陪那些五六十岁的客人。他们酒品很好，也会很认真地听人说话。因此，同事们给圭子起了一个"老年人杀手"的称号。

圭子本来只觉得陪那些客人会比较放松，被大家这么一说才意识到，自己应该是喜欢年纪比自己大很多的男性。

台风夜的第二天，圭子一直睡到快中午。

风还是很大，但台风已经过境，太阳高高地悬在正当空。

---

① "是吗？""我不知道欸""好厉害啊""难得我们……""是啊"，日语发音的开头音节。

烤面包和沙拉是圭子迟到的早餐，玉米片太贵了，只能偶尔奢侈一下。

下午，圭子出门去超市。即使是在超市，也要紧盯着宣传单，找出更便宜的东西。

别说梦想成为一个有钱人，就连不为柴米油盐斤斤计较对圭子来说也是一种奢望。

大概是因为昨天淋了雨，圭子感觉喉咙有点痛，回到家以后，她先吃了些感冒药，开始继续准备自己的毕业论文。从大三的时候就开始准备的毕业论文，到现在也还有很多没有完成。毕业论文写太宰治的，虽然并不是一个很冷门的题材，可要将太宰治的作品引申到现代年轻人的生活状态，还必须去参考很多青年社会学家的研究，对圭子来说这可不是什么容易的课题。

和论文苦战了一下午，圭子开始准备晚饭。今天晚上要吃咖喱饭。圭子一边吃着咖喱一边漫不经心地看着电视里正在播报的新闻。突然，圭子拿着勺子的手僵住了。

"杉并区的公寓中发现一具女性尸体，被害人尸体的面部和颈部存在多处刀伤。经判断，被害人由于失血过多，当场死亡。该事件已被杉并区警察局判断为谋杀，现在正在进行调查。被害人名叫佐山聪子，四十二岁，是一名花道教室的讲师。屋内有打斗过的痕迹，邻居口供称，昨晚十一点四十分左右有人发出一声惨叫，随后便听见顺着楼梯跑下楼去的脚步声。案发现场的公寓位于青梅街道，附近行人较多。可昨晚由于台风导致的大范围停电，周围的监控摄像头大多停止工作，没能留下案发当时的影像证据。"

圭子出神地盯着电视屏幕，新闻里说的公寓，正是昨晚看见国枝的地方。自己应该是在电视新闻里说的"惨叫"之后看到国枝跑了出来，他右腿的伤又是怎么回事？虽然这件事与自己无关，可昨晚目睹到的一切让圭子心神不宁。

吃完饭，圭子匆匆整理好碗筷，便走出家门，向昨晚那个公寓赶去。感冒让她觉得有点乏力。

圭子的心怦怦直跳，她不由得加快了脚步。又来到那个公寓的门前，四周平静得像是什么也没有发生过，没有警察也没有前来取材的记者。抬起头才看见三楼左侧的一个阳台被贴上了蓝色的封条。

两个年轻男人向公寓走来。个子高一点的对同伴说："居然出了那么大的案子，整个公寓的住户都被叫去录了口供，真是太可怕了。"

没错，就是这里。就是这栋公寓发生了杀人案件。圭子不知道自己为什么会如此在意，心里不住地想：难道真的是他吗？不，这不可能。国枝应该是恰巧那个时间从公寓里出来的。

第二天，新闻继续报道台风夜的那场杀人案件。据尸检报告说，被害人的死亡时间可以确定在当晚十一点到十二点之间。警察想要通过调查在这个时间段出入公寓的人员去锁定嫌疑人，可由于当晚停电，调查进度则十分缓慢。

国枝就是在十一点四十五分左右离开公寓的。

转眼已经过去了一周，圭子的大脑里仍是那天晚上国枝离开公寓的身影。为了尽快回到正常生活，圭子只能在心里不断地警告自己，不要做和自己不相关的事情。生活还是一如既往，即使努力地学习，还是找不到心仪的工作。陪酒小姐的兼职也早就做厌了。

圭子很讨厌陪酒时穿的小礼服。为了讨好男人们的恶趣味，小礼服的胸口特意开得很低。

每次穿着这样的衣服，圭子总觉得自己变成了被当作祭品的羔羊，任人宰割。

圭子坐在休息室里，啃着顺路在便利店买的饭团。一个叫结花的前辈走了进来。

"唉，听说了吗？"结花的声音有些兴奋。

"什么？"

"惠利子被抓了。"

惠利子也是这家店的陪酒小姐，听说还去拍过 AV，总之是个人品不好的女人，店里的员工都挺讨厌她。

"她怎么了？"

"说是去恐吓别人了。"

"恐吓？"圭子瞪大了眼睛，问道。

"你还记得有个个子挺高的，做信贷的客人总是来找惠利子吗？"

"好像是有啊。不过我没有接待过他。"

"那个人因为吸毒被抓了。然后就查出来惠利子之前用他吸毒当把柄，勒索了他一百万日元。你说惠利子是不是蠢，就为了这一百万，居然进了局子。"

对于圭子来说，恐吓这种行为是她做梦也不敢想的。听着同事被逮捕的遭遇，她大脑一片空白。

晚上工作的时候，圭子看见有两个客人走进大厅，在靠里面的位子上坐下来了。

　　那个人就是国枝，另一个是一直陪他一起来的朋友，叫美浓部。

　　如果不是在那个台风的夜晚看见了国枝狼狈逃走的样子，圭子应该会主动坐到他的旁边。现在，圭子只想尽快地离开。可接待国枝这件事还是会轮到自己头上。

　　大约过了十五分钟，圭子接到了去负责其他客人的通知，便向正在陪着的客人们道了个歉，离开了。

　　果然是被安排到了国枝他们的座位。

　　"晚上好。"圭子若无其事地打了个招呼，坐在了国枝身旁。

　　"最近还好吗？"国枝问道，一如平常。

　　"还不错，威士忌可以吗？"

　　"好。"

　　圭子把冰块放进酒杯，倒上威士忌。

　　"你也喝啊。"

　　"那就多谢款待了。"

　　圭子给自己也倒了一杯。

　　国枝往嘴里放了一支烟，圭子帮他点火。对于陪酒小姐来说，本应是每天都在做的工作，可握着打火机的那只手，却总是使不出力气。

　　国枝穿着白衬衫，外面套着深蓝色的西装外套，没有系领带。头发整齐地梳成三七分，鬓角有几根白发。五官端正，没有很特别的地方，说不上有魅力，但看起来干干净净的，不会让人讨厌。

　　国枝经营着一家技术人才派遣公司，主要向有需要的公司提供情报学、电子工学、机械电子学的专业人才。圭子虽然对这些理工科的专业一头雾水，但大概也知道国枝的公司规模应该不小。

　　每次在店里见到国枝，他身边总是跟着美浓部。从来没有见过国枝一个人或者是和其他人一起来过。美浓部是国枝经常去的牙科医院的院长，因为经常在一起打高尔夫球，两个人关系变得非常好。

　　"其实，我不太习惯到这种地方来。"第一次来的时候，国枝这样说。

　　美浓部是个喜欢逛俱乐部的人，经常去的店就有好几家。如果不是他，想必国枝也不会出现在这里。

　　圭子不喜欢经常出入俱乐部的人。哪怕是将来要结婚，也不会考虑喜欢俱乐部的男人。

　　"工作找得怎么样了？"国枝问道。

　　上一次见国枝还是在七夕节那天，圭子得到面试失败的通知是在八月。

　　"别提了。"圭子笑着回答说，"全都失败了。"

　　"哎，都怪我多嘴了。"

　　"没有啦，我也知道工作不好找。"

　　"你是想去出版社工作的对吧，我也帮不上你什么忙。"国枝喝光了杯子里的酒，有些抱歉地说道。

　　圭子没有说话，接过国枝的杯子，续上了威士忌。

　　"上次刮台风的时候我们都还在上班呢，是不是很敬业？"黏着美浓部的真美说道。

　　"那么大的雨还有客人来吗？"美浓部有些吃惊地说。

　　"还来了不少呢。"

　　国枝看着圭子，问："你那天也在上班吗？"

　　"是啊。"

　　"回家的时候挺不方便的吧。"

"我以前和您说过啊，我住在杉并区。"

"是。"

"我们家那里停电了，路口的红绿灯都灭了。"

"报纸上好像说了。"

圭子突然感觉背后发凉，又想起在那个停电的晚上，国枝跑出公寓的身影。

国枝在撒谎，他在隐瞒什么？

"刮台风那天晚上您在干什么呀？"圭子不动声色地问道。

"让我想想……"国枝停了一会儿，说，"我应该是在家吧。那天的台风刮得太厉害了，我家附近工地上搭的台子都被吹倒了。"

"没人受伤吧？"

"晚上倒的，附近没有什么人。"

国枝的声音低沉却又很好入耳，说起话来十分温柔。

他居然会……

圭子马上停下了脑子里闪过的念头，尽量说服自己。

国枝怎么会杀人呢？一定是在私会情人，才要瞒着不说。

可是……圭子抿了一口酒。想要理清那晚的记忆。

走出公寓的国枝没有叫出租车就离开了，那样大的雨，这样做实在太可疑了。

为什么？圭子心中满是疑问。

如果那天晚上没有拒绝那个叫岛崎的税务师，就会直接被他送回家。那么就不会在路上看见国枝，现在也不会去怀疑国枝。

想到这里，圭子突然憋了一肚子火，都怪岛崎。

"彩奈真的很让我佩服啊。"国枝稍稍蹙眉，看着圭子说道。

"怎么突然这么说？"圭子忙挤出笑脸回应。

"一边上学，一边还要来这里打工，真的很辛苦啊。"

"看您说的，白天打工的同学们也很辛苦呢。"

"快找个好工作，从这里辞职吧。"

"我还挺喜欢在这里工作的。"圭子笑着说出了自己都不相信的话。

陪酒小姐在陪客人的时候怎么能抱怨自己的工作。

"我觉得彩奈是个正经人，不像是会一直干下去的。"

"讨厌啦。"坐在美浓部身边的真美撒娇似的晃着肩膀。

美浓部原本放在真美肩膀上的手不知何时伸到了她的胸口。

对陪酒小姐来说这本应该是见怪不怪的事情，可对圭子来说，每次看见这种客人都会让她十分恶心。

国枝就绝对不会对陪酒的女孩做这种下流行为，也不会开那些低俗的玩笑，每次都是认认真真地在聊天。圭子觉得，国枝是个好人。如果是国枝来邀请自己吃饭的话，自己一定会答应他。可是却偏偏在那天看见了他的秘密……

"您平时去杉并区吗？"圭子想问个明白。

"没有什么事要在那里办，就没怎么去过。"国枝回答道，"怎么了吗？"

"没什么，我想您是开派遣公司的，应该会跑很多地方。"

"是经常会去客户公司走动走动，我在杉并区那边还没有合作的公司。对了，你在杉并区的哪里住？"

圭子大致说了一下自己公寓的位置。

"那边我是没去过。"

听着国枝的谎言，圭子心里十分难受，只希望国枝在那晚出现的原因能够与自己的猜想相反。

"彩奈啊，"美浓部突然向圭子搭话，"你们两个在说什么悄悄话呢？"

"我说院长啊，你就让我们两个好好说说话吧。"国枝笑眯眯地对美浓部说。

"彩奈你可是真讨我们社长喜欢，我约他去别的店他可从来都不去的。"

"是啊，我觉得彩奈她是个好姑娘。"国枝爽快地说。

来俱乐部里的客人大多都把"小宝贝"挂在嘴边，轻浮得很。听见国枝这么夸自己，圭子感到很高兴，也坚信了国枝比其他客人要有教养得多。

"你腿上的伤怎么样了？"美浓部问国枝。

"还好，没有骨折。"

"您受伤了吗？"圭子忙问道。

国枝的眼神在一瞬间有些飘忽不定："被锤子砸了一下，不是什么严重的伤，但还挺痛的。"

国枝又在说谎，他一定是在那栋公寓里受的伤。

圭子有些坐不住，一口气喝光了杯子里的威士忌。

"我还是第一次见彩奈这样喝酒呢。"国枝笑了笑。

"因为今天见到您了，所以……"

"心情不好吗？"

"才没有呢。"圭子慌忙说道，"是觉得很安心，所以才想多喝一点。如果是和其他的客人在一起，我会比较紧张，和您在一起才会觉得很放松。"

"那就好。"

"对不起。"

"说什么对不起呢，心情这么好，多喝点也没什么。"

一旁的真美在向美浓部说自己门牙中间缝隙有点大。美浓部让她来自己的医院，说是马上就能治好。

圭子也开始天南地北地闲聊起来，心里却全是国枝刚刚说的谎话。

"院长，我们差不多该走了吧。"国枝对美浓部说。

美浓部看了一眼手表，说："都已经这么晚了啊。"

国枝和美浓部从来都是 AA 制，店里便分别送来了两张发票。

结完账，两人离开了座位。

按照规矩，陪酒小姐们要一起送客人走进电梯。

圭子满面笑容地挥了挥手，又深深地鞠了一躬。

下班回到家，圭子洗好澡后打开了电视，调出事先录好的纪实综艺。那天的主题是奖学金，可以参考一下来规划以后的生活。

圭子觉得有点饿，便拿出了苏打饼干和芝士碎来填填肚子。甜的东西要忍着不吃，因为会长胖。

节目开始介绍没能按时返还奖学金的事例。有一个人在大学毕业后仍然没有工作，要返还的金额已经变成了原来的好几倍。还有一个，没有被心仪的工作单位录取，本想要再准备一年，可是为了按时还奖学金，不得不选择了自己不喜欢的工作。相比以前，现在的奖学金制度更加严格。连续三个月没有还奖学金的人将会被拉进黑名单，不能办理信用卡，也不能申请贷款买房。

圭子心情瞬间降到谷底，关了电视，不想再继续看下去。

要想进入出版社成为一名文艺编辑，要么就再准备一年，要么就先去其他的公司暂时当一个非正式员工。

可为了还奖学金，就必须放弃自己理想的职业，随便找一家公司去当正式员工。

继续陪酒的话，钱倒是不成问题。可就算是这样的工作，也不能有一个长期保证。

最近，店里的同事少了很多，圭子也时常觉得可能会被老板辞退。好在自己经常在六本木街头被人问要不要当陪酒小姐，即使是被辞退了，也可以马上找到下一家。

可自己又不是为当陪酒小姐才来东京打拼的，这种工作，圭子一天也不想再干下去。

在东京生活，存钱很难，活着的每一天都让人焦虑不安。

圭子又抓起乒太。

不安和孤独像海浪一样向圭子袭来，空虚也随之潜入心头。

这时，圭子突然想起勒索吸毒客人的惠利子。她打开电脑，输入"恐吓罪"三个字：根据刑法第 249 条规定，使用暴力或对方不可告人的弱点威胁对方，使对方产生畏惧以获取金钱或其他财物的行为叫作恐吓。判处十年以下有期徒刑。

"恐吓"这个词让圭子觉得浑身阴森森的，一种至今为止从未有过的想法在心底悄悄萌芽。

电脑里给出的解释让圭子心里有些害怕，索性关掉电脑去洗脸台前刷牙。圭子刷牙刷得很仔细，心脏却好像要从身体里冲出来似的跳得飞快。

圭子刷完牙，一头倒在床上，把乒太抱在胸前。

一种莫名的感情涌上心头，圭子甚至觉得有些兴奋，把胸前的乒太抱得更紧了。

二

又是一周过去了。周六，圭子来到一个叫吉木功太郎的男人家参加聚会。

半年前，圭子在同学高井弥生家认识了功太郎。弥生住在田园调布（东京地名）的一栋别墅里，父亲好像是在做投资顾问的工作。

弥生趁着父母出国旅游的时候，叫了圭子、麻美等一些要好的女同学来家里聚会。

圭子一进门，就已经看呆了。透过落地窗便可以看见屋外种满了各种花草的院子。皮质的大沙发，就算是来了三个相扑运动员也可以轻松坐下。哪个女孩不想住进这样的房子？

房子的主人弥生，平时喜欢打打高尔夫和网球，或者是开着自己的奔驰小跑四处兜风。

有的人从出生开始，便拥有了一切。幸福的家庭，花不完的零花钱。出生在单亲家庭的自己和弥生简直是天差地别。

面对生活富足的弥生，圭子感到既自卑又嫉妒，可从没有因此讨厌过她。弥生开朗大方，这样的性格想必也是在她幸福的家庭中培养出来的。圭子每次想到这些，便越觉得自己活得更加卑微。

聚在一起的女孩子们讨论起了大学研究组里的男同学。麻美和弥生喜欢的男生类型完全不一样。麻美喜欢留胡子的冷峻男人，弥生却觉得身材纤细爱说爱笑的男生比较好。圭子对朋友们热烈讨论的话题毫无兴趣。

说完了男同学，话题又转移到了讨论组的教授身上。听弥生说讨论组有个教授和妻子离婚后不久又复婚。圭子觉得有些可笑，一对夫妻兜兜转转结婚两次，真是白费周章。

话说到兴头上，弥生的哥哥带着朋友回来了，一起加入了女孩们的聚会。

那个朋友就是吉木功太郎。在交谈中，圭子和功太郎发现彼此竟然是同乡。功太郎的父母在家乡开着一家小酒馆，他的妹妹和圭子读过同一所高中，比圭子高两级，曾经是学校田径部的王牌队员。

两人聊得很投缘。功太郎给了圭子一张自己的名片，名片上说功太郎在一家大型纤维制品研发公司上班，今年二十七岁。功太郎的言谈举止都很有教养，向圭子提议交换联系方式的时候，圭子毫不犹豫地答应了。

第二天，圭子收到了功太郎的邮件。

邮件上说："很高兴能遇见同乡的后辈，学习要加油哦。"

圭子回信："我也很开心，工作辛苦，要注意身体。"

在那之后，圭子和功太郎的联系便密切了起来。

一个月后，功太郎发邮件邀请圭子一起吃饭。想到晚上的工作，圭子只好拒绝功太郎的邀请。

在回信中，圭子把自己家里的情况和去做陪酒小姐的事情如实说了出来。

功太郎回复："能靠自己工作独立承担学费和生活费是非常了不起的事情。做这样的工作一定积攒了很大的压力吧，如果有抱怨想说的话就尽管来找我好了。虽然不能解决实际的问题，起码心里会轻松很多。周六或者周日有时间吗？我们见一面吧。"

圭子答应了，第二周周六两人约在了南青山的一家意大利餐厅。

功太郎是个很好的倾诉对象，圭子把平日里积攒的牢骚一口气都说了出来。虽说和功太郎很聊得来，可圭子并没有把他当作男友候补来看。长相帅气，谈吐得体，也能说是个很完美的男人，可偏偏说话声音又高又细，像个开水壶，圭子听着有些别扭，功太郎也因此止步于一个可以敞开心扉的前辈了。

后来，圭子和功太郎又一起约着吃了几次饭，但大多时候还是互相发邮件联系。对象是这样的男性朋友，让圭子感觉相处非常轻松。找工作时的不顺心，店里碰见的小麻烦或者是对同学的坏话，圭子都通过邮件说给功太郎听。而功太郎也都会耐心地一一回复。对圭子来说，功太郎是自己不可或缺的朋友。

功太郎住在品川。说是在他家聚会的朋友里有个在出版社工作的，便邀请圭子也一起参加。自己这样在出版界没有熟人也没有后门，去了应该可以得到些内部消息，总之没什么坏处。

参加这次聚会的，包括圭子和功太郎一共六个人。其中有一个叫樱井律子的女人，三十多岁，在一家外资制药企业工作。在出版社工作的男人叫作田口和正，看起来比功太郎年长不少。剩下的两个男人也都是普通的公司职员。功太郎和他们都是日本古城堡的爱好者，假期的时候经常一起去各个地方观赏古城。

圭子隐约记得功太郎说过自己喜欢日本古城堡。

"我们下次去哪儿？"在啤酒公司工作的大屋内问。

"去水口城怎么样？"米岛回答。米岛是一家汽车制造公司的职员。

"米岛的提议不错。"田口喝光了杯子里的红酒，附和道。

"圭子要不要一起去？"樱井律子问道。

"我对古城堡简直一窍不通呢。"

"你就当作是和我们一起去郊游好了。"功太郎安慰她说。

圭子笑了笑，还是拒绝了。

和这群古城堡发烧友出门，一路上肯定是德川家康怎样怎样，周围的石墙如何如何，自己是插不上嘴的。

说完古城，功太郎话锋一转：

"田口先生，圭子她一直想进出版社工作呢，可就是拿不到offer[①]。"

"去我们家面试了吗？"

"去了啊，可是第一次面试就没有通过。"

"还记得面试官是谁吗？"

当时一共有四个面试官，可圭子只能记起其中一个的名字。

"有一位叫山边的。"

田口突然笑了："你说的是文艺部那个山边啊，他最开始是当临时工的，后来签了契约社员，过了好久才转成正式社员。你说好不好笑，他自己就不是正规面试进来的，居然能去面试别人。"

"田口先生，你们出版社也招收契约社员吗？"

"招啊，两年更新一次合同，工作满四年就能转正了。"

圭子本想求田口想办法给自己争取一下机会，可是第一次见面，目的性太强给人的印象总不会太好啊，便没有再问。

一旁的功太郎却趁热打铁："田口先生，你那边能想想办法吗？"

田口表情有些为难，伸手挠了挠头发。"现在有点难办，空缺

---

① 录用信。

都已经满了，没人辞职的话应该不会再招人进来。"

"临时工可以吗？"圭子有些着急。

"应该也不行，我们刚招了两个新人进来。"

"再多招一个也无妨嘛。圭子人很踏实的，而且还去参加了你们的面试，当契约社员的资格肯定是够了。"

"如果能有作家介绍的话进出版社也很简单的。我回去再帮你们问问吧。"

"那就麻烦您了。"圭子向着田口深深地鞠了一躬。

"我们交换一下邮箱，我打听到消息就联系你。"

"好的。"

接着，大家又开始了闲聊，话题再次回到战国武将的身上。

晚上十点，圭子准备回家。

"听我们这群古城堡迷说话，挺无聊的吧。"功太郎有些抱歉地说道。

"工作的事情你还是先不要抱太大希望哦。"田口盯着圭子说。

"您愿意去问，就是帮了我的大忙了。我先走了，大家回家后早点休息。"

圭子一个人离开了功太郎家。

街上没有人，路过的车子也很少。

看来就算是放下身段去当契约社员或是临时工，想进出版社也没那么容易。

圭子叹了口气，抬头看了看没有星星的夜空，向品川车站走去。

虽说是有了作家的介绍一切好办，可靠的还是家里的关系。单亲家庭出身，连生活费和按时归还奖学金都是个问题，怎么会有进出版社工作的路子。现在是平等社会，面试官绝对不会调查人的出身，可是……

可悲的自己有着这样可悲的想法，讨厌，真是太讨厌了。

圭子看着倒映在街边的玻璃窗上的自己，形单影只，一种被世界遗弃的孤独涌上心头。

前方亮起一道光，接着响起了引擎的声音，一辆出租车正迎面开过来。路很窄，圭子只好躲到一边。

出租车在圭子身边停住了，后车窗摇下来，露出了国枝的脸。

"这不是彩奈吗？"

圭子没有反应过来，一时有些答不上话。

"是我，国枝。"

"晚上好。"圭子慌忙赔了个笑脸。

"这么晚了你在这里做什么？"

"我朋友住在这附近，今天来找他喝酒。国枝先生，您也住在这附近吗？"

"我家还要再往前走一些。你这是要回家去吗？"

"是的。"

"路上小心点，我改天再去店里找你。"

"那太好了。"

窗户摇了上去，出租车开走了。

圭子站在原地，盯着越来越远的出租车，直到车灯的亮光消失在黑夜里。

那晚的杀人案件一直在圭子的脑海里挥之不去。不管打开电视还是报纸，都会下意识地关注那桩杀人案件的后续报道。直到今天，案件仍然没有进展。恐怕只有自己才知道，真正的凶手就是国枝。

心中再次涌上那股莫名的黑暗，不行，怎么能去想这么荒唐的事情。圭子猛地摇了摇头。

圭子从品川站坐上山手线，在新宿改乘了丸之内线，十一点左右在南阿佐谷站下了车。

回家的路上，圭子又一次路过了发生命案的公寓，恍惚间似乎又看见了国枝慌忙从公寓楼中跑出来的身影。

圭子快速走过那栋公寓楼。回到家的时候，已经渗出了一身冷汗，本该放在包里的手机也找不到了。

应该没有丢在电车里。

圭子记得和田口交换完邮箱地址后就把手机随手放在了桌子上，桌子上堆了很多酒杯和盘子，手机放上去应该很容易被忘。

田口的话已经让人十分沮丧，再加上其他人还一直在聊日本古城堡，一定是找机会提前溜走的自己把手机忘在功太郎家里了。

圭子走出公寓楼，想找一部公用电话。在手机普及的现在，公用电话哪会那么好找？也知道这个时候着急也没有用，可圭子心里就是乱得厉害。

好不容易才找到一个公用电话亭，圭子冲了进去，拨通了自己的电话。

"我就知道你要打过来。"

平时让自己感觉很不舒服的声音，这个时候却觉得听起来令人十分安心。

"太好了，方便吗，我马上去拿。"

"你现在在哪儿？"

"在家附近。"

"你还要回到品川，太麻烦了。这样吧，我给你送到新宿，你来拿怎么样？"

"太麻烦你了。"

"没事没事，我们在新宿的纪伊国书店门口见吧。"

"大家都还在你家吗？"

"早就走了。圭子你应该比我早到一点，先在那里等我好了。"

"好的。"

圭子再次坐上电车，来到新宿纪伊国书店已经是晚上十一点五十分左右了，书店门前已经没什么人经过，夜晚看不出半分白天的繁华与喧闹。应该是赶不上最后一班电车了，圭子心想。偶尔坐次出租车也不是什么难事，真正让圭子恼火的是自己这马虎的行为。

大约等了十五分钟，一辆出租车停在眼前，功太郎从车里走了出来，手里提着一个小小的袋子。

"等了好久吧。"

"没有。"

"我把手机给你放这里面了。"

圭子从袋子里拿出手机，向功太郎道谢。

"直接回去吗？"功太郎问道。

看着深夜还专程赶到新宿给自己送手机的功太郎，圭子心里很是过意不去。

"一起喝点什么吧，挺晚了，酒就不要喝了。"

"聚会的时候就喝了不少，我也不想再喝了。"

圭子跟着功太郎来到了一家咖啡店，这家店开在歌舞伎町一栋商住多用楼的二楼。两人坐下后，各自点了一杯混合咖啡。

"每次都这么麻烦你。"圭子内疚地说。

"没关系的。"

"还有，谢谢你介绍田口先生给我认识。"

听见圭子这么说，功太郎的表情有些尴尬。"你走以后我也问他了，出版社好像是真的没有空缺职位了。"

圭子轻轻笑了笑，咽下一小口咖啡。"我有心理准备的，看来没有后台是没办法进出版社了。"

"你不要这么灰心嘛，是田口先生没有招你进去的能力。对不起啊，这次也没能帮到你。"

圭子用力摇了摇头，说道："别这么说，你对我这么好，我一辈子都不会忘了的。"

"哈哈，你说得也太夸张了吧。"功太郎笑了起来。

"看来只能放弃出版社，随便找个愿意收我当正式社员的公司咯。"

"也不用这么早就放弃。现在你还在俱乐部打工，生活费应该不成问题。"

"可是这种工作我一天也不想多干了。"

"我倒是觉得在俱乐部打工也没什么，不过我知道你不喜欢，就没有告诉他们。"

"哪个公司会要我这种当过陪酒小姐的人？"

"你不说有谁会问吗？我敢说日本起码有五万女大学生都干过类似的工作。"

"要是所有人都像你这么想就好了。"

"我有个好消息，不知道你愿不愿意听。"功太郎的嘴角浮现出一抹意味深长的笑意，"你走之后，田口先生一直夸你可爱，他好像很喜欢你啊。"

"哦，这样啊。"

圭子没什么可说的，敷衍地回答道。

"你要不要攻略他试试。"

"我可没想过对他用那种手段。"

功太郎的笑从嘴角扩展到脸颊："那个人还挺爱在女人面前逞能的。"

圭子对田口没有多少好感。就算是和他交往了也未必能进出版社，对自己来说只不过是多添一件麻烦事罢了。

圭子喝完了剩下的咖啡，看了一眼手表，说："我该回去了。"

"好，走吧。"

"今晚的咖啡我来请好了。"

"别客气了，你自己一个人打拼多不容易。"

"可是……"

功太郎拿起了账单走到前台结账。

离开咖啡店，两人一起向靖国大道走去。

在路上，功太郎掏出一万日元递给圭子，"打车回去吧。"

圭子想要拒绝，可被功太郎把钱硬塞进手里。

"也没有把你的工作安排好，还让你听我们聊古城堡。这算是我给你道歉了，拿着吧。"

"那我们下次见面的时候，我把打车剩下的钱还给你。"

功太郎听了后哈哈大笑："谁要那几个零钱？"

"每次都让你这么破费。"圭子向功太郎鞠了一躬。

在路口，圭子打到一辆出租车。

"我们回头再联系。"

"好。"

圭子摆摆手，向功太郎道别。

功太郎是个值得信任的男人。最让圭子感到奇怪的是，功太郎对自己这么热情，竟然完全看不出想和自己交往的意向。

对圭子来说，有这样一位男性朋友是求之不得的事情，可想到这里也会怀疑是不是自己魅力不够，虽然现在这种关系相处起来很是轻松，可就是觉得哪里有些不对劲儿。

圭子攥着功太郎给的一万日元，感觉自己像是接受施舍的乞丐，心里很不舒服。年长的男性替女性垫付交通费本是件很正常的事情，不宽裕的生活让圭子变得十分敏感。

如果有钱就好了。有了钱，就可以马上辞了陪酒的工作，也有充裕的时间去找心仪的工作。

到底有多少钱才会安心呢？一百万肯定是不够的，最少也要一千万。

圭子把对折的一万日元打开，小心翼翼地放进了钱包。

口袋里的手机发出来信提示，是国枝。

"没想到可以在这个时候见到你，不知道怎么的有点高兴。我们下次再好好聊，你早点休息吧。"

圭子没敢回信，成家的人在周末收到别的女人的来信是很危险的。

国枝啊……

圭子在心里默默地念着。

三

第二天下午，圭子收到了母亲从家乡寄来的苹果和大米。

圭子是福井人，在离福井市不远的一个小镇长大。

圭子把收到的东西简单收拾好后，和母亲打了个电话。

"东西收到啦，谢谢妈妈。"

"苹果是你住在长野县的叔叔寄来的。"

"东西也太多了，我一个人怎么吃得完啊。"

"没关系，苹果也可以放很久的。"

"好吧。家里最近怎么样？"

"还可以。不过最近可是发生一件不得了的大事。村越先生家被偷了，犯人你也认识，就是那个照相馆家的儿子。"

"是吗？"

那个照相馆家的儿子是圭子的初中同学，学习虽然不太好，剑道倒是练得很不错。

那么老实的人居然也会做这种事情。

"他爸妈最近连照相馆的生意都不做了，说是没脸见镇上的人。你出门也要小心一点，记得要把门窗都锁好。"

"我知道了。"

圭子和母亲都短短地沉默了一下。

"你接下来怎么打算的？"

"现在在写毕业论文。"

"你学习方面我是放心的，不是说工作还一直没找到吗？"

"我会想办法的。"

"说是想办法，你有什么主意了吗？"

"我拜托很多人帮我了。"

"如果在东京找不到工作就回家吧。妈妈认识三津田商事的副社长，还跟他提过你的事情呢。他说如果是大学毕业生的话，什么时候都能来他们公司上班。"

三津田商事是圭子老家一个相当有名的公司。

"妈妈，我不想再回乡下了。有家出版社说是能收我做契约社员。"

圭子撒了个谎，想让妈妈安心一些。

"契约社员和派遣社员的话还是不要做了，太难了，妈妈就是这么过来的。"

圭子的母亲现在是一家大型男装连锁店的正式员工，在这之前一直在换工作。只靠一个女人去养活女儿是非常难的，家里的生活一直都很不宽裕。当时还在上高中的圭子也必须去打工才能交得起学费。

母亲和出轨的父亲离婚后，只在最开始的几个月收到了圭子的赡养费。

"圭子，你也要考虑考虑回家这条路啊。"

"你不要总是和我说这个可以吗？"

每次说到这里，圭子都觉得很恼火。

"你去了东京之后，就再也没有向家里开口要过钱。妈妈知道自己没资格这么要求你。可是，妈妈很担心你啊。在便利店打工，怎么可能应付得来学费和生活费呢？"

圭子没有把自己在陪酒这件事告诉母亲。

"我既然努力走到这一步了，就不要让我放弃啊。"圭子有些哽咽。

"妈妈知道，可是……"

"好了好了，我现在有事要出门，先挂了。"

"你以后多和妈妈打打电话好不好？"

"知道啦，你注意身体。"

"你也是。"

圭子挂掉电话，深深吐出一口气。

即便是工作找得不顺心，圭子也没有产生离开东京的念头。

自从来到东京，一切都是圭子靠自己打点好的。毕业以后，也应该能勉强应付下去。

圭子不想回老家，不想和母亲一起住在两居室的出租屋里，不想过那种一眼就看到头的生活。

母亲今年已经五十二岁了，圭子想让母亲的老年生活过得轻松一些，但现在自己的生活依旧紧紧巴巴，哪还有能力去照顾母亲。

给功太郎发了一封道谢的邮件后，圭子打开电脑准备学习，心里却一团乱麻，索性离开家去新宿逛街。在商场漫无目的地看了几家店，圭子想买几件新衣服换换心情，可看到标签上贴着的价格，只好把衣服又放了回去。

圭子越发觉得自己可悲，为了振作精神，还是决定在外面吃了晚餐再回家。

在大道背面的一家小餐厅，圭子点了一份意面套餐。透过窗子，看见行人来来往往。有双手拎着家电商场的购物袋的年轻男人，有背着名牌包，挽着男人手的女人……

大家都很开心吧。不，也应该有装作一脸开朗，其实满心烦恼的人吧。

圭子一边吃着意面，一边胡思乱想。

吃完意面，圭子又追加了一份草莓酸奶，算是小小地奢侈一把。酸酸甜甜的味道在嘴里扩散的一瞬间，圭子觉得自己好像变得稍微幸福了一点点。

回到家，圭子取出报纸。自从来到东京，读报已经成了一种习惯。打开报纸，圭子便开始无意识地去找有关那桩命案的消息。案情依旧毫无进展，而一通与此无关的报道引起了圭子的注意。

"位于东京都千代田区的山田屋面包公司总部收到了一封恐吓信。警视厅搜查一课与曲町警局经过联合调查，将嫌犯锁定为住在东京墨田区的自营业者照山信夫（四十五岁），并以勒索未遂的罪名将其逮捕。据该嫌犯交代，他通过邮局寄出恐吓信，以在产品中下毒为要挟，企图向山田屋面包公司勒索三千万日元。"

"恐吓"两个大字刺激着圭子的视觉神经，心脏也不由得一紧。

发出恐吓信的男人打算怎么去取这三千万日元呢？不可能就这样毫无准备地去指定的地方拿钱。不过，这个人被抓也是他自己太蠢了。合法经营的公司平白无故被勒索，怎么可能不报警。可如果换作是杀人凶手被威胁的话，他一定不敢通知警察。

圭子的手心渗出冷汗。

如果用揭发他是凶手为要挟，勒索国枝的话，他应该会老老实实地把钱交出来。

圭子拿着报纸的手微微有些颤抖，上半身不知是痛是痒，很是难受。

自己到底在想些什么乱七八糟的东西。

圭子放下报纸，去厨房拿了一个苹果，靠在床头，大口地啃着。心里被"恐吓"两个字填满了，手里的苹果也尝不出滋味。

等回过神的时候，手里的苹果已经被吃光了。圭子看着剩下的苹果核，突然想起了因为恐吓罪被逮捕的同事惠利子。如果不是那个人被逮捕，惠利子也应该不会暴露。威胁国枝是会得到钱，可万一国枝也被捕了，他一定会和警察说明自己被勒索的经历，那么自己的人生也就完了。一定不能当面去勒索他。

圭子把苹果核扔进垃圾桶。

明明知道勒索国枝是一件很危险的事情，可就是止不住地想要这么去做。

圭子知道自己不是什么心地善良的人。像老家照相馆家的儿子那样入室行窃的勾当虽然是万万不会去做，但自己已经不止一次地对这个世界发出恶意。

圭子从小就知道，自己的内心十分阴暗。上小学的时候，有一个家境很好的女生，人长得漂亮，学习成绩也很优秀。后来那个女生出了车祸，伤势非常严重。圭子表面上做出一副很担心的样子，心里暗暗开心。如果弥生有了和那个女孩一样不幸的遭遇，自己想必也会很开心吧。

现在，这种阴暗的心理以一种更具体的形式控制了圭子的思维。

虽然不知道国枝具体有多少家当，但总之是个有钱人。

不知道能不能在不被国枝发现的情况下去勒索他。

如果像那个威胁山田屋面包的人一样寄匿名信的话应该不会暴露。可是又要怎么去取勒索到的钱呢。

"啊——"圭子放声大叫。

真想从心里的阴影里逃脱出来。

即便是把电视的音量调到最大，也不能盖过心里的声音。

圭子卸了妆，换好睡衣，喝了一杯红酒打算睡觉。不经意间一回头，看见自己睡衣的肩膀上有一个破洞。这件睡衣已经买了好几年。洗了穿，穿了又洗，想必是把布料洗坏了。

为什么只有自己过得这么可怜？哪怕是找工作稍微顺利一些，也不会想到去恐吓一个杀人犯。人心啊，真是太可怕了。

之前还说想象不到照相馆家的儿子会去别人家偷东西，可现在自己不是也在认真考虑怎么去恐吓别人吗？

到底勒索国枝那个杀人犯多少钱才好？一亿日元应该是有点太多了。何况就算是他能拿得出来，那么多钱，要用多大的包才能装进去呢？就算找到能装得下的包，又要怎么去拿呢？一千万日元的话会不会好拿一点？可是自己光是奖学金就借了五百万，只要那么一点，肯定是没什么意义的。

圭子打开电脑，去查一万日元纸币的大小和重量。

一张一万日元纸币长 16 厘米，宽 7.6 厘米，重量大约是 1.02克。一千张加起来重量应该在 1 千克左右，厚度应该有 10 厘米。

圭子想拿几张一万日元的纸币排在一起比量一下大小。可打开钱包，一万日元只能找到一张。圭子把仅有的一万日元举起来，盯着看了好久，又拿下来贴在了鼻子上。贴在鼻子上的一万日元发出了一股淡淡的钞票特有的味道。这略微有些难闻的味道竟让圭子觉得很舒服。如果钞票再多一些，味道会变得更浓郁吧。

就这么决定了，恐吓国枝，搞上一笔。不行不行，这么荒唐的事自己怎么做得出来。圭子的大脑里仿佛有天使和魔鬼在打架。鼻腔里钞票的味道挥之不去。

那么先做个计划出来看看好了。

如果拿钱的时候不与国枝接触，要怎么做才能把风险降到最低呢？

投币式储存箱应该可以试试。可这样就必须要找一个放储藏箱钥匙的地方。钥匙放在哪儿才能安全拿到呢？是放在电话亭里或是公园长椅下好呢？还是放在咖啡店让国枝假装丢了钥匙去拿好呢？车站的投币储物箱周围基本上都有监控摄像头，而且很容易被人盯梢。那么，用图书馆的储物箱会不会稍微安全一点？把准备好的储物箱钥匙当成捡来的交给管理员，再吩咐国枝去认领，等他把钱放进去之后自己再找机会去拿出来。不过国枝也会为了找出威胁他的人而去储物箱附近盯着吧。

圭子又想到了私人信箱。在电脑上调查了一下放置要求，发现哪怕是个人私自设立的也是需要本人登录才能使用。

圭子灰心丧气地关掉了电脑，洗了把脸，钻进被子里。

如果找不到可以安全取出钱的办法，自己就没办法推进下一步计划。无计可施的圭子躺在床上不停地翻身，可就是睡不着。圭子抱紧乒太，小声对他说："要是你能帮我去取钱就好了。"

天刚刚亮，圭子就醒了过来。隐约记得自己好像做了一个梦。

在梦里，圭子来到了欧洲某地的一个湖边城堡。城堡静静地倒映在湖水中，美得像一幅画。作为导游带着圭子游览城堡的竟然是国枝。想必是上次在功太郎家里的聚会给自己留下了这个印象，再加上圭子本身就很喜欢欧洲，一直希望有一天能够去法国或是意大利旅行。梦里的圭子不再因为缺钱而痛苦，她和乒太一起坐在一辆白色的豪华汽车里。

周一的傍晚，圭子给国枝回复邮件。

"谢谢您给我发邮件，没想到会在上周六遇见您。等您有时间了，请一定到店里找我。"

邮件发出去后，圭子稍微愣了下神。

在制订了恐吓国枝的计划之后，就算是发这样一封普通的业务邮件也让圭子感到十分紧张。

周二晚上，圭子和老板娘一起陪两个客人去六本木的一家大厅带有卡拉 OK 小酒馆唱歌。

其中一个客人好像认为自己很擅长唱尾崎丰的歌，接连点了好几首。圭子则唱了松隆子翻唱的《冰雪奇缘》主题曲。

相比陪客人去酒吧喝酒，圭子觉得来唱歌要轻松多了。既不用被灌酒，也不需要一直陪着他们聊天。虽然听那些客人们唱歌很无聊，不过也是工作的一部分，耐心听完以后给他们鼓鼓掌就好了。

"这不是老板娘吗？好久不见了！"

一对男女结伴走进大厅，女人向老板娘打了个招呼。

圭子仔细一看，才发现这是她陪酒陪得如鱼得水的同学亚纪子。

亚纪子和老板娘寒暄了两句后，对圭子说道："最近还好吗？"

"挺好的。亚纪子，你变化好大啊。我差点没有认出你来。"

圭子记得亚纪子一直留着深色的中短发，而现在已经变成了烫着大卷的长发，发色变浅了好多。妆容也比以前更浓了。

"你说这个呀，我带的是假发。有客人说喜欢这种发型，所以我偶尔就带着。下次我们一起去吃饭吧。"

"好啊。"

亚纪子向老板娘点了点头，到包厢去陪她的客人。

圭子再一次因为女人外貌的变化之大而惊讶不已。心想：怎么之前就没想到取钱的时候变装呢？

圭子心里暗暗感谢大变样的亚纪子，多亏了她，才让自己想到变装这个办法。

可是就算再怎么改变，见到国枝也会被认出来。果然还是需要让他提前把钱放在哪里才行。

"彩奈？"

老板娘出声提醒圭子不要冷落客人。

晚上，圭子回到家，又开始想起了自己的计划。

到底要让他把钱送到哪里才好呢？个人信箱和储物箱都不能用……

圭子绞尽脑汁也想不出什么办法。

第二天下午，圭子收到了功太郎的邮件。

"我去出差了，现在在广岛。我这个人啊，认床，在宾馆怎么都睡不着。你昨天打工忙吗？我晚上的时候本来想给你发邮件聊天的，可是怕打扰你就没发。田口先生之后和你联系过吗？等我回来了再好好聊。"

"工作辛苦啦。昨天陪客人去唱歌了，回家也很晚。出台真麻烦。"

发出这封邮件，圭子好像想到了什么。

对啊，宾馆。可以让他把钱送到宾馆啊。用伪造的名字预约房间的话也不会暴露。

这个主意好，在宾馆订了房以后也没有必要一直待在房间里。让他把钱寄放在宾馆前台，之后再变装去取就好了。

现在问题在于开房的时间。

自己手上有国枝的名片，可以把恐吓信寄到他的公司。但就算给他指定了送钱的时间，他也未必能够准时去，所以定一晚上肯定是不够的。

一直以来的计划突然有了实现的可能，圭子心里却越来越不安。

如果国枝不是杀人凶手，他收到这封恐吓信以后肯定会报警的。

不然，还是不要做这么危险的事情了。

圭子闭上眼睛，努力回想那个台风夜发生的事情。

国枝当晚的行为是极其不正常的。在那天晚上，不叫出租车，就这么冒着大雨走回去，怎么想那件事都是他做的。他的腿应该就是当时和人扭打的时候受了伤。

没错，就按照计划来做。

圭子依然在纠结要向国枝勒索的金额。

既要让他可以很快筹集出来，而且还要方便自己带走不能太显眼。

圭子把一张张自己事先准备好的一万日元纸币大小的纸排列在一起。

不知道国枝能不能准备好三千万日元？圭子还是拿不准公司老板到底能拿出多少钱。

两千万日元的话应该可以了吧？正好可以塞进鞋盒带走。

圭子本想在网上买一顶假发，可又担心暴露了身份信息，最后还是决定去新宿的服装手工专营店买一顶假发。

假发的问题解决了，接下来就是恐吓信。圭子打算从报纸上剪下需要的文字去拼恐吓信。为了不留下自己的指纹，还需要买一些一次性手套。

第二天一早，圭子向学校请了假，坐上电车来到新宿，想找一家合适的宾馆。在看了好几家之后。圭子选中了新宿区派出所附近的一家前厅很小的宾馆，这样一来既方便观察行动，又可以在国枝不配合的时候直接报警。

圭子准备好了变装需要的假发、化妆品、假睫毛和墨镜，服装则选了平时不会穿的千鸟格连衣裙和白色的夹克外套。接着她又在堂吉诃德连锁超市买到了一次性手套和信封，在报亭买到了体育报纸。

必需的东西都准备好后，圭子马上开始了变装的准备。因为自己平时的妆容风格已经偏成熟，所以只能把妆再化得更浓一些。圭子加重了眼妆，把口红从淡色系改成鲜艳的红色系；因为本身睫毛不是很长，在夹过的睫毛上刷了睫毛膏之后，圭子又戴上了一副夸张的假睫毛；假发则选择了中短发的造型。

戴上墨镜，镜子中自己的模样已经和之前完全不同。

新宿区经常可以看见很多想来东京当陪酒小姐的乡下女孩，变装后的圭子和这些女孩几乎完全一样。

圭子对自己的变装感到非常满意，心想：绝对要让这个计划成功施行。在网上查好宾馆的预约信息后圭子谎称身体不舒服，向打工的店里请了几天假。

圭子顾不上卸妆就开始准备要寄出的恐吓信。圭子戴着一次性手套，从体育报纸上剪下需要的字，小心地贴在复印纸上。信封上收件人的姓名和地址是从国枝公司的主页上下载打印出来的，虽然有些不自然，但为了不留下证据，也只好这样了。

"写"完信的圭子看着镜子里陌生人一样的自己，冷冷地笑了起来。

国枝悟郎先生：

想必您还记得您曾经有过杀人的经历。如果您不希望这段经历被暴露，请准备两千万日元，在二十号中午之前，送到新宿区歌舞伎町的博特宾馆，让前台转交给一个叫横田良子的人。如果您不愿意合作，我就把您杀过人的这件事告诉警察。

为了给国枝准备钱的时间，圭子在十四号寄出恐吓信。如果国枝手头拿不出那么多钱的话，只给他两三天时间是绝对不够的，一周以上的话时间又太长，难免夜长梦多。给他六天时间应该刚好。

圭子以恐吓信中提到的横田良子的名义在博特宾馆定了一个房间，留的地址是广岛县广岛市佐伯区××横田第一广告，是根据功太郎出差的地点和网上看到的公司名称编造的假地址。考虑到宾馆一般不会给预订房间的客人打电话，电话号码也是圭子随便写上去的空号。

随着计划向前推进，要考虑的东西变得越来越多。

要从什么地方的邮筒寄出恐吓信才好呢？只要国枝不报警，地点不管在哪里应该都不是什么大问题。可在这种情况下还是小心驶得万年船。

自己公寓附近的邮筒应该首先排除，用公交站点附近的邮筒寄信的人很多，放在那里应该比较安全。为了避免信封上留下指纹，圭子本打算戴着手套去寄信。可现在这种天气，戴手套未免过于奇怪。圭子从包里翻出一条白手帕，打算隔着手帕把信塞进邮筒。

14 号的早上，圭子比以往醒得更早。透过窗帘，圭子看见外面下着大雨。

今天的早餐，圭子给自己准备了玉米片。玉米片比较贵，圭子平时很少去买。为了迎接即将到来的两千万日元，圭子为自己小小地破费了一把。

一包玉米片和两千万日元比起来简直是九牛一毛。习惯了节省着过日子的圭子想到这里就觉得自己穷酸得可笑。

圭子化好妆，考虑了一会儿，换上牛仔裤和毛衣离开家。

看着下个不停的大雨，圭子有些暗自得意，心想：看来连天气都愿意助我一臂之力。

撑着伞就更难被人辨认出来，把信放进雨衣的口袋里比塞在包里更方便拿出来。

一切都准备好后，圭子抱起乒太，对着乒太竖起的长耳朵小声地念道："会成功的。"随后深深地吸了一口气，戴上帽子和口罩，走出了家门。

据调查，日本有百分之七十八的人有戴口罩的习惯。还有一些女孩子把口罩当作穿搭的一部分。圭子一直不明白为什么那么多人都喜欢戴着口罩。不知是对自己的长相自卑，还是不想让别人看到自己的表情，或者是想故意给自己制造一种神秘的感觉。

圭子曾经听朋友说过，她认识的一个美国人第一次来到日本的时候，看见那么多人戴着口罩，还以为是日本暴发了什么传染病。

圭子讨厌戴口罩时呼吸不畅的感觉，独有今天，让圭子觉得生活在这个爱戴口罩的国家是一件非常幸运的事情。口罩万岁！

圭子撑了一把黑色的男士用伞。伞是店里在突然下雨的时候为客人们准备的，陪酒小姐忘带伞的时候也可以直接拿去用。

圭子在新宿站下车，首先往车站东口转盘处的邮筒走去。邮筒前，一个穿运动服的男人正在把打包好的包裹往邮筒里塞。圭子有些心虚，马上走开了。

圭子又来到车站南口。南口的邮筒附近停着很多拉客的出租车。圭子怕被出租车司机看见，径直走过了邮筒。

LUMINE 百货前也有一个邮筒，可来往的行人实在是太多了。在圭子看来，每一个擦肩而过的路人，似乎都在监视着自己的行动。圭子虽然知道是自己太过紧张，可还是不敢靠近 LUMINE 百货的邮筒。

西口的邮筒设置在不会淋到雨的地方，圭子站在楼梯的角落里盯着西口邮筒上放着的空易拉罐看了好久，还是离开了。在西口寄信不能打伞，让她心里有些没底。

圭子回到东口，雨下得更大了。圭子用手帕捏着的信封，谨慎地看着周围的情况。

附近没有人，好机会！

圭子从雨衣口袋里拿出信封，向邮筒送去，手止不住地颤抖。轻轻一推，信封便掉进银色邮筒的肚子里，再也看不见了。

圭子像逃命似的快速离开了。那时大约是上午九点半。

圭子离开新宿大道，大脑一片空白，只知道一直向前走。走过了伊势丹百货也没有停下。心里有个声音一直在问：干了这么荒唐的事情真的可以吗？

"It's too late. It's too late.（太迟了。太迟了。）"

圭子也不知道为什么会开始对自己念起英文。

下午，圭子强撑着去学校上课，晚上的工作也照常出勤。

毕竟心里压着一块石头，干什么都心不在焉。在店里，圭子还把自己的饮料打翻在客人的身上。这一晚，圭子觉得非常难熬。

第二天，圭子估算着恐吓信已经送到了国枝的公司，心里更加不安。出差了怎么办？要不要发个邮件确认一下？国枝读信和准备钱的样子仿佛就在眼前。

当天晚上，圭子在接待客人的时候，收到了田口和正的邮件。休息的时候，圭子打开手机。邮件写道："最近还好吗？我去问了负责人事招聘的同事，现在好像是真的不缺人手。我在别的出版社也有朋友，想着要不要让他帮你打听一下。我们可以见面聊聊吗？"

圭子回复道："抱歉我现在有些不方便，明天下午回复您。"

功太郎说过，田口似乎对圭子有好感。虽说他要帮忙拜托其他出版社的朋友，可二十号之前，哪里会有心情去见这个田口。

第二天下午，圭子给田口回复了消息。

"您愿意帮我这样一个只见过一次面的人，真的是太感谢了。工作的事情就麻烦您费心了。"

不到半个小时，田口发来了回信。

"二十号晚上有时间吗？一起吃个饭吧。"

圭子看着手机，翻了个白眼。

二十号的晚上怎么有心情出去吃饭？这个男人真是不会选时间。田口对自己的计划一无所知，可圭子就是忍不住地想要发火。

"实在是抱歉，那天晚上我不太方便。现在准备毕业论文实在是太忙了。二十一号以后的话您看什么时间比较合适？您难得邀请我，真是太抱歉了。"

"没关系，我先看看时间，等定下了再联系你。"田口爽快的回信让圭子松了一口气。

没过一个小时，功太郎也发来了邮件。

"明天晚上有时间吗？"

慌忙之中竟然忘了功太郎。

明天是周六，圭子开始犹豫了起来。自己必定要迎来人生中最漫长的一个周末。

圭子接受了功太郎的邀请。

周六是一个让人心情舒畅的大晴天。圭子穿着牛仔上衣，搭配了一条白色的七分裤。这套衣服是三年前买的，非常便宜。

等两千万日元到手了，一定要买好多新衣服。圭子暗暗地打算着。

圭子心里七上八下，仿佛一架在强气流中行驶的小型飞机。既担心恐吓会失败，又不停地幻想着两千万日元到手以后的美好生活。

这样不安的心情，哪怕是见到功太郎也难以平复。

两人约好在数寄屋桥十字路口的交警值班亭前见面。

圭子到得比较早，功太郎还没有出现。

圭子盯着十字路口来来往往的人群。心想，国枝应该会把钱交出来的，毕竟他杀了人。

三天后自己的人生就要改变了，可二十号那天发生的一切却不停地在大脑里回放。

圭子猛地感觉背后有人在盯着自己看，肩膀一抖，吓了一跳。

"怎么看你心不在焉的？刚刚叫了你好几声都没听到。"原来是功太郎。

"刚刚在发呆，被你吓到了。"圭子向功太郎笑了笑，连自己都感觉笑容有些僵硬。

功太郎带圭子走进一家摆设雅致的烤鸡肉串店，酒柜摆在过道的一侧。功太郎预约了一间包房。

"有忌口吗？"功太郎问。

"没有。"

"那就麻烦店家帮我们选菜吧。"

"好。"

"喝白葡萄酒吧，和烤鸡肉串挺搭的。"功太郎点了夏布利白葡萄酒。

圭子再次为功太郎去新宿送手机的事情向他道谢。

功太郎轻轻地笑了笑。

"你不怎么来银座吗？"

"是啊。"

"那你应该是去新宿比较多。"

"什么？"

最先上的菜是烤肉丸。

"他们家味道真好。"

"看你说的，如果难吃的话我还会带你来吗？"

圭子本想表现得像往常一样，可现在说什么话都感觉怪怪的。功太郎难听的声音听起来倒是似乎顺耳了许多。

"说起来，你两三天前是不是去过新宿。"

圭子手里拿着烤肉串，不知道该说什么才好。

"你看见我了吗？"圭子冷静了一下，反问道。

"你还记得上次在我家聚会的米岛吗？"

"是那个在汽车制造公司上班的人吧。"米岛话不多，圭子对他没什么印象。

"他说在新宿站看见你了。"

圭子想反驳说米岛认错了人，话卡在喉咙里怎么也讲不出来。

功太郎脸上的笑容消失了，"你脸色好像不太好，是身体不舒服吗？"

"是吗？"圭子笑着应付过去，咬了一口手里的烤鸡肉串。

自己的大学在御茶水，只要在丸之内线的南阿佐谷站上车后不用换乘就到了。早上九点的时候，没有别的事情是不会中途在新宿站下车的。

"我坐电车的时候碰见了好久没见的朋友，和她一起去新宿站附近的咖啡馆喝了点东西。"

"这样啊。"功太郎依旧看着圭子。

明知道功太郎没有怀疑自己的可能，可那双眼睛就是让圭子感到非常可怕，只能一遍遍地安慰自己，那天的事情谁也不知道。

杯子空了，功太郎拿过酒瓶倒酒。

"田口先生和我联系了。"圭子把话题转移开。

"跟你说工作的事情吗？"

"他的公司好像是真的没办法再招人了，但是他要帮我去问问其他出版社的朋友。"

功太郎听完恶作剧似的把脸靠近圭子，眼睛笑得眯成一条线："他来约你了吧。"

圭子把和田口往来邮件的内容都告诉了功太郎。

"我就说是这样。"

"我拒绝他了。"

"毕竟晚上还要工作呢。"

"话是这么说没错，可我也没想和他见面。"

"我觉得这个人可能会对你死缠烂打，要不要我告诉他你在做陪酒小姐啊。"

"不用了，我见他的时候自己会说的。"

功太郎塞了一大口肉串，用力地嚼着："也是，这种事情让别人说是不太好。"

圭子咬了一口烤鸡胗。

"今天的圭子有点不对劲，有什么心事吗？"

"没什么，就是觉得有些累了。"

"毕业论文写得怎么样了？"

"最近没怎么碰，反正毕了业也找不到工作。"

圭子想起了母亲在电话里说的事情。

"你说那个三津田商事啊，我有个高中同学在那里上班，据说工资特别低。"

"我没有回老家的打算，哪怕今年找不到工作也要留在东京。"

"回老家是没什么意思。"

"我记得功太郎你是家里的长子，父母没有劝你回去吗？"

"有啊，但是我可不想像我爸妈那样开小酒馆。"

不管说什么，恐吓国枝这件事都像一片乌云一样笼罩在心头，但功太郎的酒和闲聊已经让圭子轻松了很多。

"你最近回老家了吗？"圭子问。

"偶尔会回去看看，不过今年正月和朋友去冲绳旅游了，没有回去。"

"去冲绳看古城了吗？那个有名的古城是叫什么来着？首里城吗？"

功太郎笑嘻嘻地咧着嘴："我也不是天天都在找古城看啊。"

圭子半开玩笑地说："看来是和女朋友一起去了。"

"想歪了吧。我和弥生还有她哥哥一起去的。"

圭子想起来弥生好像说过今年正月去了冲绳。

"你知道他哥哥的爱好是什么吗？"

圭子摇了摇头。

"你猜。"

"我怎么猜得出来啊。"

"很好笑的，你猜猜看。"

"女装吗？"

功太郎被圭子逗得差点把嘴里的东西吐了出去。"你这也太离谱了。再猜。"

"收集洋娃娃或是毛绒玩具吗？"

"给你个提示，跟钱有关。"

"和钱有关？"圭子侧着脑袋，还是想不出，"我猜不出来了，你告诉我好啦。"

"他这个人啊，喜欢买彩票。"

圭子很惊讶："家里已经那么有钱了，怎么还觉得不够呢？"

"他不是想要钱。有一次我们玩宾戈，买了十张彩票当奖品。其中有一张中了一百万日元。从那以后，他就开始靠买彩票去看这一天运气好不好。虽然也不是特别大的金额，但那家伙据说是经常中奖。"

"这样太不公平了。好多缺钱的人把未来的人生都赌在一张彩票上，但也只能中三四百日元。"

"老话说不慌不忙有神帮嘛。"

圭子记得弥生的哥哥有一辆保时捷的豪车。开着豪车去买彩票，对别人来说是多大的挖苦啊。圭子闷闷不乐地把吃完的竹签扔进垃圾桶。

"圭子，买过彩票吗？"

"以前买过的。"

"因为那家伙，我现在也经常买彩票了。"

"中过奖吗？"

"我手气不行，玩宾戈都赢不了。还是圭子比较务实，不像我天天想着一夜暴富。"

圭子心头的阴霾突然加重："还不是当穷人当习惯了。不过我还不知道你竟然有一夜暴富的梦想呢。"

"从开始买彩票的时候我就在想，如果我中了一等奖的话会怎么做。虽说钱花起来就没完没了，可要怎么花，还是很考验想象力的。假如说有人让我一天花光三亿日元，那我就要头疼了。"

圭子的眼睛盯着包间的角落："我一天可花不完三亿日元。"

"除非去赌马，把三亿日元全赌在一注上，不然是真的花不完。"

"是啊。"

圭子又想起国枝的两千万日元。

如果两千万日元真的到手了，自己会怎么做呢？随便挥霍是绝对不可能的，但应该会变得稍微大手大脚一点。

"圭子，你想什么呢？"

被拉回现实的圭子对看着自己的功太郎笑了笑，喝光了杯子中剩下的白葡萄酒。

大谈三亿日元的白日梦的功太郎表情明朗得耀眼，自己将要得到的两千万日元显得更加肮脏。

饭后，功太郎邀请圭子一起去附近的酒吧坐坐。

走在银座大道的背面，各种高级商店的灯光逐渐熄灭，工作日也十分繁华的银座在这个时候显得有些冷清。

酒吧开在一栋商住多用楼的地下，店里播放着爵士乐，客人并不多。吧台旁边坐着两个四十多岁的女人，看样子是购物之后来这家店里歇歇脚。

圭子坐在吧台尽头的座位上。

功太郎点了掺水的威士忌。圭子看着功太郎的酒杯，有些反胃。威士忌是每晚陪酒的时候都要喝的东西。

圭子打算点一杯鸡尾酒。圭子不是很喜欢店家推荐的马丁尼，犹豫了一会儿，点了加有葡萄柚汁的咸狗鸡尾酒。

酒保上齐酒后，两人再次碰杯。

"最近有没有遇见耍流氓的客人啊？"

"最近的客人都挺好的。"

"那么，圭子有没有喜欢上哪个客人啊？"

"没有。"功太郎话音一落，就被圭子否定了。

"看来是我想多了。不过我觉得客人和陪酒小姐互生好感也不是什么不可能的事情。"

"对我来说，只有想接待和不想接待的客人。不想接待的客人就算给我多少钱我也不想和他接近。"

圭子突然想起国枝。

国枝是自己的恐吓对象，也是她在店里最乐意接待的客人。虽然没想过进一步发展成为男女关系，可圭子对国枝还是很有好感。在给他发恐吓信的时候，圭子也觉得很不忍心，但想想，如果国枝是自己讨厌的那种客人，这次计划可能都不会发生。

国枝所表现出的好人品，让圭子能够稍微安心地去实施自己的计划。由此看来，对国枝的好感不如两千万日元来得实在。

"出台指标是不是挺难做的？"

"我还好啦，不怎么去做这些事，所以工资就比较低。接待客人的时候不如其他女孩伶俐，还懒得给客人发邮件，说不准哪天就被开除了。"

"不要担心，圭子你人长得漂亮，性格也好，应该有很多客人喜欢你。"

圭子无奈地笑着，拿起自己的酒杯。

"我干脆也去你工作的地方坐坐好了。"功太郎若无其事地小声说道。

"千万别，我们家店太贵了。何况我还要在你面前表演，太尴尬了。"

"那我还是别去了，等哪天我买彩票中了特等奖再说。"

"也不是这样的……"

"怎么了？"

"就算你一晚上在我们店花了一百万日元，我的收入也不会高多少。"

"这样啊。"

圭子给功太郎简单地讲了一下店里的工作流程，功太郎听得津津有味。

在酒吧坐了一个小时，功太郎又给自己追加了一杯。

晚上十点半左右，两人离开酒吧。在银座乘坐丸之内线的话，圭子不需要换乘就可以直接回家。

在路上，圭子对功太郎道谢：

"今天又让你破费了。"

"没关系的，"功太郎抬头看了看深蓝色的夜空，"我总觉得不能对你放着不管。"

"你说什么？"

"没什么啦，只是想一直这样守护着你。"

"我看起来这么不让人放心吗？"

"说实话，是的。"

圭子没有再回答。两个人的脚步声稀稀落落，合在一起后不久很快又前后错开。

"我让你不开心了吗？"

"没有。我之前也跟你说过，和你在一起聊天，心情会变得轻松很多。"

"那就好。"

"我先走了。"不知不觉，圭子和功太郎已经走到地铁入口。

"下次再见。"

功太郎伸出手，圭子握了上去。功太郎的手有些湿湿的。

圭子沿着入口的台阶向地铁站里走去，回过头看见功太郎仍站在原地。

车厢内空荡荡的。圭子从包里取出提前设置成震动模式的手机。通知栏一片空白，没有人联系过她。

"只是想一直守护着你。"

功太郎刚刚的这句话让圭子很是介意，她不知道功太郎为什么要对自己这样说。

也许是功太郎真的不知道怎样去追求女孩子。唐突地说出这样的话只会让两人的关系变得疏远，之后也可能再也不会见面。现在这样若即若离的关系才能让两个人真正相处得长久。

圭子有些心烦。功太郎是一个好的倾诉对象，也是一个值得信赖的朋友，自己应该还是可以和他继续这样的关系。

不好！差点忘记了那个叫米岛的男人曾经在新宿看见过自己。圭子背后一阵发冷，不由得打了个哆嗦。

四

二十号的早晨终于来到了。

前一天晚上，圭子做了出台任务。回到家的时候，已经是凌晨三点。

那天圭子喝了很多酒，一直在做梦。

梦里的自己正沿着又窄又陡的台阶向前走。周围一片漆黑，什么也看不见。只能向前走。而前方什么也看不见。

圭子从梦里惊醒，脖子上直流冷汗，嘴巴也干干的。

猛地灌了一大杯水后，圭子又躺回床上。

昏昏沉沉之中，已经是上午八点了。圭子很困，可紧绷的神经让她无法再次入睡。

圭子不知道在下午出门之前要干什么才好。她换上平日爱穿的牛仔裤和夹克，走出了公寓。

薄薄的云层像纱似的浮在天空，透过云层的几缕阳光洒在路上。

圭子向荻洼的方向走去，却不知道自己的目的地在哪里。

走进路边的家庭餐厅，圭子点了一份热松饼。

圭子一边嚼着松饼，一边在大脑里一遍又一遍地演练着即将开始的行动。

"一定要成功。一定要！"圭子在心里一次次地对自己说着。

下午一点，圭子开始准备给自己变装。

放在客厅的手机响了起来，好像是谁发来了一条 LINE，圭子站在洗脸台前，专心地给自己化妆。

鲜艳的口红，假睫毛……圭子的脸一点一点地变化着。戴上假发的那一刻，冈野圭子的身影已完全消失在镜子里。

化好妆，圭子打开手机。是弥生发 LINE 邀请自己周六一起喝酒。

"我周六有些事情，去不了，抱歉啦。"

圭子无法再去考虑今天之后的安排。为了不再分心，她把手机调到飞行模式。

为了方便取钱，圭子还准备了一个空的行李箱。

戴上墨镜，变装堪称完美。

"我出发啦。"

圭子把乒太紧紧地抱在怀里，深深吸了几口气，拎着行李箱走出家门。

为了不让邻居们发现自己，圭子没有用电梯，而是特意从楼梯走了下去。

在确认了大厅没有人后，圭子快速走出公寓。

打扮成这样出门还是第一次，圭子生怕哪里会有不妥，小心翼翼地打量着路过的行人。

万幸，没有人察觉出圭子的不对劲。

在卫生间再次确认过妆容以后，圭子走进地铁站。

成功的变装让圭子稍微有些安心。

来到新宿，圭子并没有马上去预约的宾馆查看情况，而是先来到离新宿区派出所附近的一个公共电话亭。

一个菲律宾女人正站在里面打电话。

等了好一会儿，圭子才走进了电话亭。菲律宾女人浓重的香水味充斥着狭小的空间。

圭子攥着一手心冷汗，拿起听筒。

"您好，这里是博特宾馆，我是接线员盐崎。"

"我叫横田良子，在你家预约了一晚上房间。请问你们有没有收到寄给我的包裹？"

"我去确认一下，请您稍等。"

圭子抓紧听筒，吞了一口口水，只觉得那个叫盐崎的接线员离开的时间久得离谱。

"让您久等了，我们收到了您的包裹。"

"……"

"横田女士？"

圭子没有马上反应过来。

"啊，抱歉。我会在下午三点左右到。"

"好的。"

"我很快就到。"

"我们等着您的光临。"

挂掉电话的圭子站在电话亭里大口喘着气。

这仅仅是第一步，接下来要开始的才是重头戏。

圭子离开电话亭，向目的地博特宾馆走去。圭子关注着路上发生的一切。几个快递员正从卡车上卸货；卡车周围停着几辆私家车；路上行人不多：一个男公关打扮的年轻人叼着烟走过去；旁边又走来一个穿着西装外套的上班族。

现在还不能确定国枝是否已经按照要求将钱送到宾馆。如果他与那桩杀人案件无关，一定会把被恐吓的事情告诉警察，所以要小心宾馆附近有没有在监视的警察。

圭子来到博特宾馆的门前，透过玻璃大门向大厅看去。

大厅很小，一个皮质沙发前摆着三个矮矮的脚凳。

走廊有些暗，隔着门不太能看清。

圭子离开宾馆大门，一直走到风林会馆前的十字路口，打算再多观察一会儿。

现在最要提防的就是警察，当然也不能排除国枝亲自守在附近的可能。如果他是杀人凶手，收到恐吓信后一定想知道威胁他的人是谁，毕竟还有再次被勒索的可能。何况国枝还是个杀人犯，如果自己被发现了，难免不被灭口。所以即使变装得多完美，也不能让国枝看见自己。勒索只做这一次，一定要避免和国枝的当面接触。

街边低矮的绿植被风摇地沙沙作响。

圭子紧张地观察着宾馆附近，马路防护栏、大楼背阴的地方都没有发现有什么人守在那里。

圭子从包里拿出手机，突然，一个穿着条纹衬衫拿着公文包的中年男人出现在面前。男人的皮肤黝黑，一双眼睛长得很大。

圭子很是紧张，根本说不出话来。

"你好像在这里站了好久了，是不是迷路了？"

"没有。"

"要去哪里？"

圭子没敢回答，拖着行李箱从男人身边走开。

男人跟了上去："有时间吗？我请你喝茶去啊。"

圭子不理他，飞快地往回走。等走到靖国大道的时候才敢回头看了看，男人已经不见了。

现在自己这副打扮，拖着行李箱，走在歌舞伎町，一定是被当作想当陪酒小姐的乡下姑娘了。

怎么就偏偏在这个时候被搭讪。

"可恶。"圭子愤愤地骂道。

吸取了刚刚的教训，圭子不敢再在路边看手机。她走进一家咖啡厅，点了一杯咖啡。

圭子用咖啡润了嗓子，拨通了国枝的电话。

"您好。"电话里传来国枝稳重的声音。

"唉？我是彩奈啊，是国枝先生吗？"

"是啊。"

"真是抱歉，我本想给一个叫国田的朋友打电话的，不小心拨错号了。"

国枝笑了笑说："我们名字很像呢。"

"您在工作吗？"

"在公司刚刚开完会。"

圭子听见电话铃响起的声音，国枝应该是在公司。

圭子再一次向国枝道歉。

"没关系的，你想什么时候打给我都可以。你在学校上课吗？"

"今天休息。"

"听到彩奈的声音突然觉得很安心。"

"看您说的。有时间请一定再来店里玩。"

"好的，一定。"

圭子挂掉电话，努力让自己冷静下来。

看来自己的担心是多余的。可被恐吓的国枝，似乎又是那么冷静。圭子曾经听说，一些人的心理和普通人很不一样。无论犯下多么恶劣的罪行，也都能一直保持平静，甚至可以去参加被自己亲手杀害的死者的葬礼。

下午三点。

圭子向博特宾馆走去，国枝冷静的声音再次响起在耳边。

是啊，如果那桩命案真的与他无关，报了警以后他还有什么好紧张的呢？

各种猜想再次占据了大脑，但现在已经没有了后退的可能。

圭子再次来到宾馆门前，取出手机，一边假装打电话，一边盯着进进出出的租客。

三个提着大包小包的女人向宾馆走去。听声音好像是中国游客，大概是在商店街买了好多东西打算带回国。

在确认了大厅沙发上没有坐着什么人之后，圭子跟在三个中国女人的后面走进了宾馆。

一个中年女人坐在大厅的休息椅上，看样子不像是警察。

柱子背面没有人。

三个中国女人正在等电梯。

再次确认没有危险之后，圭子走近前台，短短的不到一分钟的时间里，心脏不知道跳动了几百次。

"欢迎光临！"

向圭子打招呼的接待员胸牌上写着"盐崎"两个字，这应该就是接到自己电话的男人。

"我叫横田良子，在这里预订了房间。"

盐崎确认着电脑上的预约信息。

圭子微微扭过头，只见两个男人向着前台径直走来。

难道说是事先埋伏的警察吗？圭子心里大慌。

"横田女士，请您在这里登记一下。"

两个男人站在圭子身旁。身高较高的男人向圭子的方向看过去，圭子感觉男人的视线就像一道火焰，似乎马上要把自己裸露在外的皮肤烤焦。

男人向前台递上号码牌，应该也是有东西寄存在前台的客人。

圭子在登记簿上写下事先背下的广岛的地址，握着笔的手不住地颤抖。写完后，圭子轻轻舒了一口气。

"801 号房，不附带早餐。"

"谢谢。"

房钱之前就交付过了。

"寄存的行李我马上去取，您先在沙发上休息一下。"

拉着行李箱的圭子靠近沙发，没有坐下去。

没过不久，盐崎提着一个大大的袋子回来了。

袋子是一家大型电器商城的购物袋，开口处被人用胶带死死地封住。

圭子接过袋子，对着盐崎鞠了一躬，说道："非常感谢你。"

过于正式的话让道谢的自己和被感谢的盐崎都觉得十分尴尬。

万幸，没有人在监视宾馆。

圭子走进电梯，站了好一会儿才突然想起自己忘记去按楼层按钮。

万事小心的圭子按下十层的按钮，到达以后，又顺着楼梯走到八层。

进入房间的圭子把行李扔在一边，倒在床上，仰面看着正上方的天花板。

虚脱感像藤蔓一样缠绕着全身。

十分钟过去了，二十分钟过去了。圭子就这样躺在床上一动不动。

不知过了多久，圭子从床上坐起来，打开冰箱，里面什么也没有。

电梯旁边好像是有个自动贩卖机。

圭子在自动贩卖机上买了一瓶矿泉水。坐回床上，一口气喝光了瓶子里的矿泉水。

房间里有一个小窗户。透过窗户，可以看见几家开在大楼里的餐厅和一小片天空。外面没有风，秋天的天空给人一种莫名的安心感。

圭子拉下窗帘，打开行李箱取出几个事先准备好的塑料袋。圭子从地上拿起装得满满的电器商城购物袋，购物袋上写着的字明显可以看出是属于男性的字迹。撕开胶带，袋子里面是一个鞋盒大小的包装盒，上面也严严实实地缠着胶带。

圭子把盒子取出来放在床上，撕下缠在鞋盒外面的胶带，打开盖子。

盒子里面是成捆的一万日元钞票。看样子是从银行取出之后直接装进盒子里的。

圭子笑了。

数钱还重要吗？

圭子把钞票分别装进几个塑料袋里，又把它们塞进了自己事先准备的纸袋。

装着两千万日元的白色纸袋，分量不重，也没有多大的体积。

圭子把盒子压平，和原先装钱的购物袋一起塞进行李箱后，拿出手机看时间。现在是下午四点零五分。

为了制造居住过的痕迹，圭子把包挂在衣架上，把床布置成有人睡了一夜的样子。

离开之前，圭子收到了一条邮件。

是国枝。

"虽然是错打的电话，可能和你说几句话也挺好的。"

恐吓勒索的对象，正是发来邮件的这个人。圭子心里隐隐作痛。

"能听见您的声音，我也很开心。"

圭子对践踏国枝好感的自己心生厌恶，但事已至此，只能接受自己所做的一切。面对国枝，也只要和往常一样就好。

离开前，圭子对着洗手池的镜子仔细地检查着，生怕伪装得不自然，让人发现把柄。

明明知道已经没有什么需要再担心的问题，但圭子仍紧张地打量着大厅的每一个角落。

拿着两千万日元的圭子，已经没必要再坐着电车回家了。

圭子在马路边拦下一辆出租车。

进入公寓的时候，依然没有人看到幸运的圭子。

回到家，圭子拉上窗帘，打开电灯。摘下伪装后，圭子又变回了平日里的样子。在行动开始之前，圭子就已经考虑到要把到手的两千万藏在哪里。刑侦电视剧里，罪犯经常把赃款赃物藏在卫生间或是床下，但圭子首先排除了这两个危险的地方。两天前，圭子卸妆时突然想到一条妙计。

行动前一天，圭子买好了两份三盒装的抽纸。需要藏钱的时候，只要小心地拆开抽纸的包装膜，分别取出放在最上面的一盒。再用裁纸刀在剩下的四盒抽纸底面割开一个比一万日元纸币稍微大一点的洞，从里面取出一些抽纸，再把钱填进抽纸盒就好了。

圭子把纸袋中的钱取出，放在桌子上，又从摆好的钞票里抓起几摞贴在鼻子上，用力去嗅它散发出来的味道。同时也不忘给乒太的鼻子前也递过去一叠。

"乒太，我们成功了。谢谢你一直陪着我。"圭子凑近乒太的耳朵，喃喃说道。

两千万日元被分成均等的四份，依次塞进准备好的抽纸盒。随后，圭子先用透明胶带把抽纸盒底部切开的部分封好，放回抽纸包装袋，再把没有动过手脚的两盒纸压在最上面。这样一来，两千万日元便彻底隐去了踪迹。

圭子把装着六个抽纸盒的袋子放进洗脸台的柜子里，而从抽纸盒里取出的纸巾则被塞进塑料袋，扔到了一边。

把抽纸盒放置好后，圭子怎么也无法平静下来，便拿起吸尘器做起了大扫除。圭子把家里的每个角落都认真打扫了一遍，不知不觉，就出了一身大汗。打开淋浴头，水洒在身上，圭子才稍微冷静了一下。

当天晚上，圭子照常到店里上班。接待客人的时候，每次想起藏在家里的巨款，心里都会"咯噔"一下。手里的钱越不干净，要担心的事情便越多。

第二天早上，圭子很早便醒了过来。重新换上昨天出门时的打扮，准备回宾馆退房。和昨天一样，圭子拦下一辆出租车。

上午九点刚过，圭子回到宾馆。这个时间从外面回来的女人，大多是和男人在外过了一夜。

圭子回到房间，打开淋浴头，把各种物件都放置整整齐齐的房间搞乱。随后坐在床上，静静地等了一个半小时，拉着行李箱离开了房间。

在前台办好退房手续，圭子依旧打车回家。

刚进公寓楼，迎面遇上一个见过几次的邻居。

"下午好。"圭子向男人打了个招呼。男人也点了点头，向圭子回礼。

圭子不知道男人有没有认出自己是谁，但钱已经拿到了，即使刚刚被认出来，也没什么好担心的。

回到自己的房间，圭子摘下假发，卸掉脸上的浓妆，把这次计划用到的衣服、假发等道具通通塞进纸箱，藏到橱柜的最里面。

由自己计划的这一桩恐吓案，终于告一段落。

从广岛来的横田良子，也已经完全从这个世界上消失。

一颗悬着的心暂时放下，圭子突然觉得肚子很饿，拿出母亲寄来的苹果狠狠咬了一大口。

从那天以来，圭子每天都会去检查藏着钱的抽纸盒，生怕它们会突然不翼而飞。

拥有了随时都能买到喜欢的衣服的从容感，圭子的购买欲反而减弱了很多，手里的两千万日元也一直没用。

圭子以前一直不理解为什么别人总说有了钱反而会变得吝啬。直到自己亲手攥着两千万日元的时候，她才明白这句话的真正含义。

虽然知道因区区两千万日元就如此得意的自己见识浅薄，但圭子并不以此为耻，反而从容地接受了自己此时的心态。

"我有钱了。我有钱了。"圭子在心里不知道默默地喊了几万遍。

每天照常去学校上课，照常回家学习，照常在店里工作，和从前不一样的圭子做着和从前一样的事，心境变化之大，恐怕只有她自己才知道。

自己的计划可以称得上滴水不漏，根本不用担心会露出马脚，可不安的情绪仍笼罩在心头，挥之不去。

为了生活而选择的工作，虽然没有觉得做不下去，但从没有投入过热情。

找机会揩油的客人、只顾着自说自话的客人、心情不好就找碴的客人……现在的圭子手握两千万日元，越发难以忍受这些本就让人讨厌的客人。

从不轻易请假的圭子借口得了感冒，连着两天没有去店里上班。就职的事情还没解决，哪怕两千万日元足以支持自己的生活，陪酒的工作也是万万不能轻易辞去的。现在需要做的是暂时忘了躺在抽纸盒里的两千万日元，在出版社的工作确定之前，继续强忍着到店里上班。

计划完成后大概过了十天，是与田口和正约好见面的日子。两人约好午休时间在田口公司附近见面。

圭子先到一步，看着自己曾经面试落选的地方，想：如果明年春天可以在这里上班的话，也就用不着去做那样的蠢事了。心里像被揪了一把似的，隐隐作痛。

田口迟到了几分钟，带圭子去了附近的一家寿司店。

点餐后田口盯着圭子，问道："你是不是瘦了？"

"是吗？我自己没什么感觉。"

想必是几天以来的紧张感让身体起了一些变化。

"上次可真让我意外。"

"您说上次是？"

"就是在吉木家喝酒那次啊。功太郎说有个想要当编辑的女学生也要来，可我没想到竟然是个这么漂亮的女孩子。"

田口的眼神明显心有所图，只不过借帮忙找工作为理由来接近自己罢了。圭子没有回答，眼睛看着桌子上的木纹。

上菜前，圭子从包里拿出准备好的简历交给田口。田口仔细地看着手里的简历。简历上没有过于私人的信息，可能是出于对这个人的抵触，圭子有一种被窥探的拘束感。

店家上菜。

田口抬起头，问："你听说过上弦社这个出版社吗？"

"没有。"

"出版社规模不大，主要做翻译过来的外文书，而且质量都很不错。我认识他们社长，打算把你介绍给他。不过他们那样的小出版社，薪水可能不会太高，而且随时都有倒闭的可能……你，有没有兴趣？"

"这可就让我为难了，毕竟他们的工作有些不稳定。"圭子微笑着回答。

"你说得也对，谁也不想去这种不能稳定工作的公司上班嘛。你多吃点。"

"好。"

圭子用筷子夹起一个寿司。

"如果是想做文艺方面的编辑，还是比较推荐你去专门出版文艺刊物的公司。像我们这样的大型综合出版社的人事变动很大，很难保证你能进入希望的部门。"

"我现在可以查一下那家出版社的信息吗？"

"好啊。"

圭子拿出手机，打开了上弦社的公司首页。

从公司简介上，圭子得知，上弦社主要以出版外国的小说、戏剧、哲学方面的书为主，还曾推出过诺贝尔文学奖得主的作品。其中，价格在五千日元以上的高价书也不在少数。这些书一般受众非常少，发行量也很低。而且，他们好像从来没有出过日本本土作家的作品。

圭子的目标是当一名负责日本作家作品的编辑，上弦社好像并不适合自己。虽然心里有些失落，圭子却不敢直接告诉田口。

"果然和您说的一样，这家出版社的作品都很棒呢。"

"那我就去帮你联系了。"

"麻烦您了。"

"好，我提前和他们社长打个招呼。"

"田口先生，虽然这么说有些过分但还是想提前告诉您。如果薪水不合适的话，我可能会拒绝。"

田口嘴里嚼着寿司，说："没关系的，有我在你就放心好了。毕竟这是关系到圭子前途的大事啊。"

听到田口直接叫自己的名字，圭子有些恼火。

"你最近和功太郎见面了吗？"

"他有时会请我吃饭。"

田口突然凑近，两只眼睛像是要窥探圭子心里所有的秘密。"他是你男朋友吗？"

嘴里的寿司有些难以下咽，圭子喝了口茶。"田口先生，请不要问这么奇怪的问题。吉木和我是同乡，我经常和他聊天而已。此外就没有更进一步的关系了。"

"我猜也是这样。功太郎还是第一次带女孩子见我们，所以我还挺好奇的。"

"吉木他现在好像没有女朋友，以前呢？"

"你想知道？"

"他待人和善，聊天的时候也总是听得很认真，还会帮你分析问题。这么好的人没有女朋友倒是有些奇怪。"

"我也才认识他两三年，但从没听说过他有女朋友。上次在他家看见你的时候，我还挺惊讶呢，觉得你们两个一定都对对方有好感。"

"我可没有。"

"那就太好了。"笑意浮上田口的嘴角。

"什么太好了？"

"我说圭子，这段时间的晚上你有没有安排？我们约一下晚饭，好好聊聊。"

得知自己和功太郎没有在交往后，田口的本意开始暴露出来。

"田口先生，您今年多大了？"

"三十四了。"

"请问您结婚了吗？"

田口被圭子的问题问住了，半张着嘴，没有马上回答。

"我只是约你吃晚饭，怎么突然问起这些了？"

"没别的意思，只是单纯好奇？"

田口尴尬地笑了笑："你怎么不问问我有没有孩子呢？"

"有吗？"

"我儿子今年马上三岁了。怎么，有没有兴趣和三十四岁有家室的男人吃个晚饭呢？"

圭子端起茶杯，喝了口茶。"有件事想告诉田口先生。"

"什么？你有男朋友吗？"

"没有。"

"那你想告诉我什么？"

圭子把自己当陪酒小姐赚生活费的事情告诉了田口。

"在新宿吗？"

"在六本木。"

田口继续追问店名，圭子觉得没必要藏着掖着，如实说了出来。

"我知道那家店，还挺贵的呢。"

"您去过吗？"

"以前负责周刊杂志的时候去过几次。"

"因为晚上有工作，所以我想工作日应该没办法和您一起吃晚饭。"

"只能在周末啊……"田口嘟囔道。

有妻有子的男人一般都很难在周末抽出时间。

"功太郎也知道你打工的事情吗？"

"我和他说过。"

田口想了一会儿："下下周的周末你有时间吗？"

圭子没有安排，正想随便找个借口拒绝的时候，田口的手机响了起来。

田口看着屏幕上的来电显示，微微皱眉。"真是说曹操曹操到，是功太郎。他知道我们今天一起吃午饭的事情吗？"

"不知道。"

田口把手机扣在耳朵上。"喂，是我。有什么事吗？……这个，不好说吧。樱井好像是实在没办法去。"

两个人好像在说去外地参观古城的事情。

"……我今天晚上再给你答复吧。不说这个了，你猜我和谁在一起？……我现在正和冈野圭子一起吃寿司呢。……是啊，还没说到呢。刚看了看她给我的简历……我知道，我一定帮忙。我换她和你接电话吧。"

说完，田口把手机交给圭子。

"中午好。"

"没想到圭子你也在啊。怎么样，田口先生有没有给你介绍公司啊？"

"有的。"

"那么他有没有想泡你的意思啊？"

功太郎半开玩笑的口气反而让圭子觉得有些心烦。

"没有。"

"你和他说了晚上的工作吗？"

"说了。"

"我改天再打给你，你把电话先还给田口先生吧。"

圭子把电话还给田口。田口没说几句，挂断了电话。看来午休时间快要结束了。

"我和那边的出版社联系好后就把你的简历给他们。"

"谢谢您了。"

"好久没去六本木了，下次我叫上那群管钱的家伙一起去店里找你。"

"您可千万别，我不想在工作的时候碰见认识的人。"

"不是挺好的吗？等你下班了，我们再单独去哪里坐坐。"

田口没有打退堂鼓的意思，圭子也只能对他礼貌性地笑一笑。

回家前，圭子特意绕路去了新宿。在堂吉诃德超市为自己买了一件新睡衣。想到可以扔掉那套有洞的睡衣，圭子便开心了许多，于是决定再小小地奢侈一下，来到化妆品柜台，买了以前从没用过的眼线笔和口红。

上弦社的薪水还是个问题。圭子有些犹豫，如果太低的话不知道是应该直接拒绝还是先在那家出版社暂时上班。手上有两千万日元的话，薪水即使低一些，也能应付好几年。在这几年里说不定还会遇到更好的机会。

多亏了这两千万日元，圭子才能从容地思考问题。

五

这天晚上，店里生意很好。圭子周旋在各个酒桌之间。

有的客人很礼貌，有的客人也很难缠。圭子时不时就看看手表，一心想着早点下班回家。

一名从事金融行业的客人邀请圭子下班后陪他单独坐坐。圭子谎称事先有约，直接推辞掉了。

离下班还剩一个小时，圭子被店内员工领着去接待另一组客人。

看着坐在卡座靠墙一侧的那个身影，圭子的心揪了起来。

是国枝，只有他一个人。

国枝吸着烟，倚在沙发靠背上。

圭子沿着座位之间的空隙向国枝走去，强烈的压迫感像枷锁一样使圭子喘不过气。

"欢迎光临。"圭子轻轻地点了点头，坐在国枝身边。

侍者端来酒瓶放在桌上，酒瓶上标记着国枝和美浓部两个人的名字，是两个人一起寄存在店里的高档货。

"您是刚刚到的吗？"

"你们家生意一直都这么好。"

"冷清的时候也有，今天客人是真的挺多。您用冰水调酒可以吗？"

"我有些口渴，先给我一杯啤酒吧。彩奈你喝什么？"

"我也喝啤酒。"

圭子示意侍者送来两杯啤酒。

"还是第一次看见您一个人来。"

"是啊。"

"美浓部医生没有一起吗？"

"这段时间没有见到他。"

侍者端来啤酒。

圭子接过酒杯："谢谢您的啤酒。"和国枝轻轻碰了一下杯子。

国枝看样子是真的渴了，大口喝着啤酒。

圭子不敢直视国枝，可也不能一直低着头什么也不做，只能努力强装出一副轻快的样子，问道："最近工作很忙吧？"

"是啊，最近要处理的事情挺多的。"

"您看起来很累呢。"

"是有些累了。虽然告诉彩奈不太好，可最近我的确碰到了一些棘手的问题。"

棘手的问题……圭子只能想到自己对国枝的恐吓。

被不知姓名的人勒索，即使是按照要求交出了钱，也还是会很不安。有了第一次就会有第二次，勒索自己的人把钱用完了只怕会继续进行勒索。

可圭子知道，自己即使是把两千万日元用完以后也不会再想进行第二次勒索。仅仅是选择一个合适的邮筒寄信就已经足够自己紧张好久，更别说还要变装后用捏造的名字去宾馆拿钱。

国枝先生，您不要再担心了，那样的事情不会再有了。

看着疲惫的国枝，圭子心里满是歉意。

为了打消自己的负罪感，圭子强迫着自己去回想那个台风夜发生的一切。

这个人是杀人凶手，因为犯了罪才会乖乖交出钱的。和恐吓相比，他的行为要严重一万倍，不要再为他谴责自己了。

"不知道为什么，就是想见见彩奈。"

国枝的声音低沉而温柔。

"我真是太荣幸了。"

"上次你打错的那个电话……"国枝微微眯上眼睛。

圭子倒抽一口气，只能硬着头皮回答。

"真是太抱歉了，我一直都迷迷糊糊的，经常拨错电话。"

"我在给你发的邮件里也说了，接到那通电话，我是很开心的。可能是在电话里听到了你的声音，所以才一直想着什么时候来这里和你见一面吧。"国枝像是在和自己确认一般小声地回答道。

圭子试探地问："那时候，您还在公司吧？"

"是啊，怎么了吗？"

"我怕打过去的电话会影响到您的工作，如果您当时正和客人谈生意，那我可真是惹了大麻烦。"圭子不得不厚着脸皮撒谎。

国枝的酒杯空了，圭子为他调了一杯掺水的威士忌。国枝让圭子给她自己也倒一杯一样的。

"彩奈会打高尔夫吗？"

"不会，我是个运动白痴。小的时候参加运动会，基本上每次都是倒数第一。看来社长很擅长运动呢。"

"也说不上擅长，就是还蛮喜欢的。高中的时候我一直有参加足球部。"

"我读高中的时候，曾经喜欢过一个同班同学，他是我们学校足球部的王牌呢。"

"和那个男孩子交往了吗？"

"没有，只不过是我的单相思罢了。他那时候很受女孩子的欢迎，好像和一个体操部的女孩子在一起了。"

"那个男孩现在在做什么？"

"他们家是做泥瓦匠的，现在跟着他父亲一起干活。有一次我回老家的时候遇见了他，整个人胖了好多，和以前一点也不一样了。"

闲聊并没有消除圭子的紧张感。

下班的时间快到了。

"彩奈，今晚有约吗？"

圭子不知怎么回答。

"如果可以的话，我们两个再一起喝一杯吧。"

"好的。"

"真的没关系吧？"

"没事的。"

半夜一点刚过，国枝去结账。圭子离开座位去换衣服，顺便和工作人员打了招呼，说今天不坐店里的车回家了。

脑子里很乱。

国枝的突然出现已经让圭子方寸大乱，更别说要单独陪他喝酒。除了对国枝的愧疚，似乎还有一些更加难以言表的感情驱使着圭子答应国枝的邀请。有些像是犯人总想回到犯罪现场再四处看看的心理。

结好账后，国枝和圭子一起离开。

"饿了吗？要不要吃点东西？"国枝问。

"没有。"

"虽然是我硬要约你出来，可我对六本木不太熟悉，不知道去哪里好。彩奈有没有想去的地方？"

"社长，你想去唱歌吗？"

"唱歌就算了，去个安静的地方吧。"

"那我们去找个清静的酒吧。"

"好。"

圭子打算带国枝去经常和同事们聚会喝酒的一家酒吧。

酒吧在六本木一个有名的墓地附近。店里很安静，只有两个五十多岁的酒保，经常放着爵士乐。国枝应该会很喜欢。

酒吧开在地下。圭子走在前面，为国枝引路。

店面很是宽敞，可吧台早已坐满了人。一个酒保看向刚刚走进店门的圭子。

圭子扫了一眼回头问国枝："要去包厢吗？"

国枝眯起眼睛向吧台看去，表情有些不自然。

"我们换一家吧。"

国枝说完便转身离开了。

"抱歉，我们下次再来。"圭子对看向自己的酒保道了个歉，转身去追先行离开的国枝。

走到墓地大门前，国枝有些勉强地笑着："抱歉了。"

"您不喜欢那家店吗？"

"我看见有一个合作过的客户正坐在吧台喝酒，那个人酒品不太好。"

"所以您马上离开了啊。"

"我们再找一家吧。"

"好。"

圭子打算再带国枝去六本木大道对面的一家酒吧看看。

路上，国枝没有说过一句话，大概还在想刚刚看到的那个客户。

国枝离开酒吧时逃也似的背影和那个台风夜圭子目睹到的一切逐渐重合。

第二家酒吧店里还有座位，圭子和国枝在吧台的一角坐下。

在工作以外，圭子基本不会碰威士忌，只点了一杯白葡萄酒。

国枝盯着酒架看了好一会儿，点了一杯卡尔瓦多斯白兰地。

两人再次碰杯。

国枝问起了找工作的情况，圭子把田口帮忙的事情告诉了他。

"如果销量不好但还坚持出精品书的话，恐怕给员工的工资不会太高吧。"

"我也在担心这个问题。"

"你借的奖学金有多少？"

"四百多万日元。"

"这可不是一笔小数目。我觉得你还是不要只拘泥于出版社的工作比较好。"

"现在正是左右为难的时候。如果选择了别的工作，以后恐怕就与出版社无缘了。"

"我这样问可能不太好，但还是挺担心的。你现在有积蓄吗？"

"因为一直在陪酒，多少存下了一些。"

国枝细细地品着手中的白兰地。

今晚的国枝，一个人来到店里，还约了下班后的时间。这些行为都是以前的国枝从来没有做过的。何况还被问到了奖学金和存款的问题。难不成自己恐吓他的事情已经暴露了？不，这绝不可能。自己已经做得万无一失，绝对不可能被任何人发现。国枝应该只是出于担心才问了这些问题。

不！国枝收到了来历不明的威胁，定会从他认识的人里开始找线索。自己的公寓就在案发现场附近，岂不是很容易被国枝察觉？圭子记得那天晚上，国枝走出命案发生的公寓，先向四周看了看然后才离开的。难道说，他在那时发现了附近的自己吗？

不，应该不可能。即使发现自己在附近，应该也不能认出来。那晚整个区都停电了，路上一片漆黑，不可能看到自己的脸。

不要慌，和往常一样就好。圭子在心里默默地给自己打气。

"我知道对你找工作的事情指指点点不太好，只是作为过来人给你一个建议，没有别的意思。"国枝抬头看着圭子的脸，说道，"我很喜欢你这个小姑娘的。"

"谢谢。"

"不用对我道谢的。我也没能帮你什么忙。"

"我每次坐在社长身边的时候都会感觉很安心，经常忘了自己是个陪酒小姐。"

圭子没有撒谎。虽然怀疑国枝是否在试探自己，可还是觉得能陪国枝说话有一种莫大的满足感，甚至常常忘了自己面对的是一个杀人凶手。

圭子又想起功太郎，他也是一个好的倾诉对象，也是一个值得信赖的朋友。可相比之下，圭子还是更喜欢国枝一些。

圭子小学六年级的时候，父母离婚了。父亲是一个卖美术用具和教材的推销员，工作繁忙，很少回家。圭子记得，父亲很温柔，喜欢说话，对自己也十分疼爱。就是这样的父亲，有一天突然对圭子说："爸爸要离开你和妈妈出远门了。"听到父亲这么说，年幼的圭子抱着父亲哭了好久。

父亲离开之后，圭子才从母亲那里得知父亲有了外遇。圭子知道父亲对自己和母亲做了很过分的事情，可心里却没有对父亲产生过丝毫恨意。

圭子觉得自己有很严重的恋父情结。对功太郎无法产生的感情，对国枝就完全可以。

圭子试着去问国枝的私生活。

"您结婚很久了吗？"

"今年是第十四年，我结婚挺晚的。其实，我是个上门女婿，公司原是我妻子的父亲开的。"

"您有孩子吗？"

"我妻子比我还要大一岁，也不是说不想要孩子，就是总没有好的时机，现在两个人年纪都大了。"

上门女婿手上能调动的钱不会有很多，为了凑齐这两千万日元，想必费了很大的功夫。圭子心里的内疚更深了。

"我听说没有孩子的夫妻感情会更好，社长家就是这样吧。"

"也不知道我和妻子的关系是算好的还是算不好的。"国枝苦笑着回答。

"真好。"

"什么？"

"我说社长您人真好。"

"怎么突然夸起我了？"

"我见过好多背地里说妻子坏话的客人，我很不喜欢那些人。"

"在你们店里那样的场合，哪里会有不识趣去夸自己妻子的？很多都是随大流，看着别人抱怨，自己也就跟着抱怨了。"

"话是这么说没错，可我觉得在外人面前也能夸奖自己妻子的男人很帅。他们的太太是女人，作为倾听者的我也是女人。听他们说自己太太坏话的时候，会有种全天下女人都被骂了的感觉。"

"彩奈是这样想的啊。那么，假如你爱上一个有妇之夫，并和他发生了关系，难道不想听他对你说他妻子的坏话吗？"

"这样啊。"圭子微微笑了笑，喝光了白葡萄酒。

"要再来一杯吗？"

"麻烦您了。"

国枝为圭子又点了一杯酒。

"如果真的要和有妇之夫交往的话，我希望那个人能够经常夸奖自己的妻子，爱自己的妻子但更爱我。"

国枝捏了捏肩膀，笑着说："这可真是个奢侈的梦想啊。"

"可是，我不想破坏别人的家庭。我只要能平平淡淡地结婚生子就满足了。"

"出轨自然是不对的，可在婚后爱上别人也是很正常的。"

圭子看着国枝的眼角，问："看来社长您是有过这种经历呢。"

国枝不好意思地笑着说："我也很想有这种经历，可惜啊，我可没有背叛过我的妻子。"

"真的吗？不要怕，您什么都可以对我说的。"

"是真的没有。"

"我相信您，社长是个真诚的人。"

国枝点起一支烟。

心中的阴影再次出现。圭子坐立不安，起身离开，去了卫生间。

圭子站在卫生间的隔间里，把脑子里零星的念头一块块地拼起来。

死者是一个四十二岁的女性，和国枝必定有某些不可告人的关系。国枝应该也对她承诺过要和妻子离婚，可也不过是有妇之夫为了骗人上床的惯用伎俩。死者在得知真相后大怒，用挑明关系来威胁国枝。国枝作为上门女婿，外遇暴露后必定会被扫地出门。为了保护自己，所以才犯下了凶案。

从国枝的为人来看，不太可能去玩弄女人的感情。想必是真的爱上了那位花道老师，由爱生恨，才犯下了这样的大错。

警察如果去排查死者的人际关系，应该很容易就能把国枝纳入嫌疑对象之中。无论两人在交往的时候有多低调，总会有知道这件事的人站出来。也许国枝会为自己制造不在场证明，但警察未必会因此而打消对他的怀疑。

也许，今晚国枝的独自到访，以及破天荒地请自己单独作陪，并不是在寻找寄出恐吓信的那个人，而是为了装出一副经常和各种女人打交道的样子来迷惑警察的眼睛。

虽然不知道警察会不会为了调查国枝而跟踪自己，但与警察打交道应该是在所难免。

别想太多，别想太多。圭子安慰着自己，走出卫生间。

国枝正准备再点一杯酒。

"以后还能约彩奈单独出来聊天吗？"

"当然可以了。"

"如果你不方便的话也不要勉强自己，直接拒绝就可以。听说你们店里有陪客人出台的指标，如果没有完成的话可以告诉我，我时间允许的话就帮你。"

"能这么想的客人只有社长您了。"

"你怎么还管我叫社长呢？太见外了。"

"那，我叫您国枝先生吧。"

国枝没有回答。

三十分钟后，两人从酒吧离开。

圭子小心地观察着四周，生怕有警察尾随在身后。

凌晨两点半，六本木大道上依旧是来来往往的行人，根本分辨不出警察的身影。

国枝拦下一辆出租车，递给圭子一万日元，说："坐出租车回去吧。"

圭子坐进车厢，透过窗户向站在人行道上的国枝点头道谢。

在和国枝相处的几个小时之内，圭子似乎耗尽了所有的精力。

国枝虽然没有很露骨地向圭子表示好感，但能感觉出他很想进一步拉近两人之间的关系。

但如果国枝进一步追求自己，她又该怎样去面对他。

一定要拒绝。这个男人是自己恐吓的对象，何况，他还是个杀人犯。

如果没有之前发生的一切，自己又会怎么做呢？圭子问自己。也许会被国枝低沉而富有磁性的声音吸引，成为他婚外情的对象吧。

之后应该经常会和国枝单独见面，圭子既期待又不安。

就这样又过了一个月，圭子仍然没有收到田口的联系。

三十一号开始是学校的文化节。文化日放假那天，圭子，弥生和麻美约好一起逛街。走了一圈后，三个人钻进一家小酒屋。

"我听哥哥说，圭子最近好像经常和吉木先生见面呢。"弥生一脸八卦地问圭子。

"是啊。"

"吉木先生？是在弥生家喝酒时见到的那个人吗？"

"你们两个发展到哪一步了？"

"你说什么哪一步？"圭子咬着煎蛋卷，慢悠悠地回答。

"就是问你们两个是不是互相有意思啊。"

"可惜，完全没有。"

圭子从没想过和功太郎发展成朋友以上的关系。虽然比起那个只会吹牛的田口，功太郎的确是要好得多。

不知怎么的，圭子又想起国枝。

自从实施了恐吓行动以来，和弥生和麻美在一起的时候，她总觉得是在陪着小孩子一起过家家。

圭子回到家，要做的第一件事就是检查洗脸台下藏着两千万日元的抽纸盒还有没有安稳地放在原处。

抽纸盒是不可能凭空消失的，每天检查不过是让自己能变得安心一些。

圭子洗了澡，准备睡觉。她靠在床上，打开了电视。晚上十一点，正是播放夜间新闻的时间。

"上个月 2 号发生在东京杉并区的一起杀人案件。死者名叫佐山聪子，四十二岁，是一名花道教室的讲师。当日凌晨，死者在家中被凶手用利器袭击，因失血过多而死亡……"

圭子死死盯着电视机显示屏。

"……警视厅于今日下午逮捕了住在案发地点附近的犯罪嫌疑人，福元幸司。经 DNA 鉴定，死者指甲缝中残留的皮肤碎屑与已经逮捕的犯罪嫌疑人一致。福元嫌疑人也已承认了自己的罪行。据相关人员提供的证明说，福元嫌疑人是死者花道教室的学生，对死者心生好感，一直企图接近死者。当晚，犯罪嫌疑人来到死者居住的公寓，企图对死者施暴。死者奋力反抗，在争执中，不幸被害。据犯罪嫌疑人交代，作为凶器的刀具被他丢进善福寺川，警方目前仍没能找到。警方将继续对本次案件进行更为详细的调查。接下来请观看明天的天气预报……"

圭子慌忙换了电视频道。好在其他电视台报道的新闻里没有提及发生在杉并区的那桩命案。

事情的结果居然会变成这样，简直叫人难以置信。圭子手里攥着电视遥控器靠在床头，身体不住地颤抖着。

不知道过了多久，新闻结束后，搞笑艺人乱糟糟的小品吵得人心烦。

圭子关掉电视，一头栽倒在床上。

房间里安静得可怕。

一定是哪里搞错了。那个叫福元的男人，一定是在警察的逼迫下,不得不撒谎说自己是凶手。就算死者和嫌疑人福元起了争执,被福元攻击,也未必当场毙命。也许是在福元慌忙逃走之后,赶来的国枝杀害了当时还活着的佐山聪子。

凶手不是福元。凶手只能是国枝。

可福元既然是替人顶罪,为什么还要把凶器的遗弃地点说得那么具体。

圭子感觉一阵恶心,摇摇晃晃地站起身来,走到卫生间,在马桶前蹲下。圭子干呕了几声,想把堵在胸口的东西一口气吐出来,可什么都没有吐出。

圭子打开水龙头,往脸上捧了一把水,想借此清醒一下。大脑仍是一片混乱。圭子坐在洗脸台前的地板上,盯着眼前的橱柜门,橱柜门里是让她寝食难安的元凶,两千万日元。

杀人凶手只能是国枝,不能是别人。可冷静下来想想,凶手应该就是那个叫福元的男人。除非出现其他有力的证据,警察是不会再去怀疑其他人了。

杀害那个花道老师的凶手真的不是国枝吗……

"哎。"圭子无力地叹了口气。

一个月以来,圭子一直生活在因恐吓行动而产生的不安与恐惧中,现在,一种比之前更可怕的情绪折磨着圭子的神经。

圭子多么希望这次案件的结果是个错误。如果凶手不是国枝,自己将永远生活在无尽的绝望之中。

圭子有些恍惚,甚至想找国枝当面问清到底发生了什么。

放在客厅的手机突然响了起来,圭子走出卫生间。

打开手机屏幕,是功太郎发来的邮件。

"最近太忙了，一直没能和你联系。现在可以和你打个电话吗？"

圭子不想接电话，但也不能放下这条讯息不管。稍微停下想一会儿，给功太郎回复了邮件。

"今天去参加了学校的文化节，有点累，正准备睡觉。抱歉歉了。"

圭子没能察觉到多打了一个字。

圭子双手按在脸上，粗粗地喘着气。

手机又响了起来，圭子不耐烦地皱着眉头。功太郎大大咧咧的行动让圭子很是窝火。

圭子扫了一眼显示屏，只觉得浑身一凉，又开始不住地颤抖。

这次发来邮件的人，是国枝。

圭子战战兢兢地看着国枝发来的邮件。

"我猜你可能已经睡了，但还是想给你发个邮件。后天可以见一面吗？请联系我。"

国枝在这个时候发来邮件，难道是别有用心？可圭子猜不出国枝到底想要干什么，只觉得脑袋像是要裂开了一样疼得厉害。

拒绝国枝这次的邀请不是什么难事，可以后总归还是要和他见面的。虽说见到国枝，他也不可能得知事情的真相。也许是为了让自己安心，圭子决定接受国枝的邀请。

"感谢您的邀请。我明天下午再给您答复。"

回复了国枝的邮件，圭子感觉自己有些虚脱，浑身使不上力气。

工作、毕业论文、陪酒的兼职，全都见鬼去吧。圭子再也不想看到这两千万日元。

第二章

国枝悟郎的秘密

一

文化日的第二天，国枝悟郎从南阿佐谷站下车。

国枝的公司里有一位女性员工因为结婚申请了离职。这天晚上，几个员工聚在品川车站附近的一家居酒屋里为她举办欢送会。一向重视为公司培养和谐氛围的国枝也参与其中。

国枝担心自己如果一直在的话，员工可能会有所拘谨。于是，在大家打算去下一家继续喝酒之前，国枝付好账，准备先行离开。

"感谢社长这么长时间以来的照顾，在公司工作的这段时光，我是永远不会忘记的。"离职的女员工说着说着就哭了出来。

国枝一直希望自己可以成为一个被员工信赖敬重的经营者。看着泣不成声的女员工，只觉得自己的眼角也有些湿润。

从聚会中离开后的国枝一个人走在路上，另有一番心事浮上心头。恐惧和不安如影随形。

国枝要去文惠家。从那个因为台风而导致大规模停电的晚上以来，虽然互相通了几次电话，可还没有再见过面。

国枝在结婚以前，旧姓川村。但真正的川村悟郎早在很久以前就已经死了。国枝的真名叫作下冈浩平，这个名字最后一次被提起，已经是二十五年前了。

总有些事情想忘却忘不掉。

自从被人恐吓以来，那起可怕的案件像永远不会醒来的噩梦一般，让国枝备受折磨。

下冈浩平出生在长野县著名的疗养胜地——轻井泽。在老家时，与父母和一个小他两岁的妹妹住在一起。家里开了一家专卖家用电器的店铺，从上初中开始，浩平就一直在帮父亲料理店铺。父亲希望儿子高中毕业后去家电制造公司一边工作一边学习，为将来继承自己的事业做准备。而母亲却看透了学习用功的儿子想要去东京上大学的梦想，鼓励他走出了家乡。

在上大学的时候，浩平做过家庭教师，参与过词典的编辑，也当过夜总会的侍者和中餐厅的服务员。虽然一直在做各种繁重的兼职，在学习方面，浩平却从没有松懈过。

大学三年级的春天，浩平恋爱了。

因为搬家，浩平开始坐公交车上下学。在那辆公交车里，他遇到了一个女孩。女孩是同校的大学生，一张圆圆的脸上长着一双好像会说话的眼睛。

每天，在拥挤的公交车里被挤来挤去的浩平，总是偷偷看向女孩坐着的地方。

从第一次在公交车里遇见那个女孩后，过了一个月，浩平终于有了和她独处聊天的机会。

女孩独自在学校餐厅吃饭。浩平鼓足勇气在女孩对面坐下，略显生涩地对着她笑了笑。看样子，自己冒失的行为并没有遭到女孩的反感。浩平把自己的名字告诉了女孩，女孩则笑着回答了自己的名字。

浩平大约记得，在进行了那次没有营养的对话后，第二天在公交车再看见那个叫作中根美沙子的女孩时，自己已经坐在了她的身边。

随后，两人的关系日渐亲密，开始一起去咖啡厅，一起去看电影。

美沙子现在借住在亲戚家，父母在名古屋经营着一家日式旅馆。

走在回去的路上，浩平鼓足勇气握住美沙子的右手，来自对方的回应也传递到自己的左手上。就这样，两人开始交往。暑假前，两人发生了关系。毫无经验的两个人都紧张极了。好在第一次的温存进行得还算顺利。

那时的浩平对未来满是憧憬，总是去幻想与美沙子结婚、生子、互相搀扶地走下去……

浩平第一次送她回借住的亲戚家时，简直要惊呆了。美沙子住的地方位于涉谷区一条雅致的住宅街上。在浩平看来，这地方说是豪宅也不为过。虽说有钱人的亲戚未必也是有钱人，可美沙子家里几代都在经营日式旅馆，想必也是非富即贵。浩平想起自家收入平平的小店，为自己与美沙子的爱情捏了一把汗。

然而，担心是多余的。

从第二年春天开始，美沙子就借口学习压力大或是亲戚家出了事情这样的理由，拒绝与浩平的约会。

不久后，一件突如其来的事情给了浩平巨大打击。

那天，浩平去银座的一家中餐馆打工。在繁忙的工作结束后，浩平离开餐厅准备回家。不料刚走出店门，就看见美沙子与一个中年男人手挽着手走在银座大道上。

那晚，浩平企图用酒精忘掉看见的一切，把自己灌得酩酊大醉。

第二天，浩平在学校堵住美沙子，让她下课后来公寓，自己有话对她说。

"知道了。我也有想要对你说的话。"美沙子留下冷冷的一句话，转身离开了。

傍晚，美沙子来到浩平的公寓。浩平问起昨天发生的事情。

美沙子沉默了许久，说：

"我们分手吧。"

"你爱上那个男人了吗？"

"我到底是哪里让你不满意了？"浩平盯着低下头的美沙子，大脑一片空白。过了好久才继续追问。

"我好像更喜欢年纪比我大很多的男人。浩平，你很好，但我们没办法再继续下去了。"

"我连将来和你结婚都想到了。"

"请别这么说。"

美沙子的话仿佛冰冷的荆棘做成鞭子，抽打在身上。窒息般的疼痛让浩平难以继续思考，只能紧紧地绞住自己的双手。

"以后不要再联系我了。"

美沙子说完，头也不回地离开房间。

分手后，浩平每天沉溺在威士忌带来的神经麻痹里。喝酒、呕吐、喝酒、呕吐……像这样整日浸泡在酒精里的日子持续了好久。

与沉浸在失恋痛苦中浩平形成对比的是冷酷的美沙子。从那天起，美沙子就再也没有接过浩平的电话，偶尔在学校相遇，也马上转身离开。

母亲的突然离世唤醒了耽于情伤的浩平。听家人说，那天早上，母亲很晚都没有起床。有些担心的妹妹打开母亲的房门，发现躺在床上的母亲已经停止了呼吸。死因是心肌梗死。

浩平觉得自己很不配为人，难以去面对用生命拯救自己的母亲。

料理好母亲的丧事，浩平回到学校，虽然已经走出了那段感情所带来的阴霾，每每看到美沙子的时候，浩平心里还是会泛起一阵苦楚。

大学毕业后的浩平留在东京，进入了一家有名的印刷公司工作。

在他二十九岁时，父亲工作时从房顶摔下来，颈部骨折，也去世了。

现在家里的小店只有妹妹一个人照料是无论如何也忙不过来的。浩平和妹妹商量，要不要关掉家里的店铺，可妹妹却希望浩平能够辞去东京的工作回家继承父亲留下的小店。

兄妹两人从小感情很好。浩平不忍心让妹妹伤心，只能答应了妹妹的要求。

昭和天皇驾崩，年号改为平成后的一个月。浩平回到轻井泽，继承了父亲的家电铺子。

中学的时候，浩平就已经在帮着父亲打理店铺，也可以轻松应对一些简单的维修工作。可要完全接过父亲的担子，还远远不够。父亲有一个经营家电制造工厂的朋友，浩平经常挤出时间，向他学习有关家电的知识。

五月的黄金周和夏天的暑期连休，很多城里人都来到自己在轻井泽的别墅休假疗养。这两个时期，店里的生意总会出奇的好，工作也比平时繁忙得多。

暑期连休的一天，一辆红色的三菱帕杰罗停在店门前。车上走下一名打扮时髦干练的女人。女人戴着一副能遮住半张脸的墨镜，刘海高高地卷起，身上穿着一条白色的无袖连衣裙。

妹妹热情地走上前去打招呼，看样子和这个女人很是熟悉。

"这是结城太太，一直很照顾我们家的生意。"

浩平向结城太太简单说明了自己家里现在的情况。

"我家客厅里要换一个新电视。你有什么推荐的吗？"

女人摘下墨镜，走到摆放着电视机的展柜。浩平打量着她，年纪不大，应该还不到四十岁。五官深邃，可以说是个大美人。

浩平看着女人的大眼睛，想起了同样有这样一双眼睛的美沙子。

女人站在一台新型电视机前，转着手里的墨镜微微转过身看着浩平说："我要一台和这个一样的，明天送到我家。"

"好的，明天下午的时候我帮您送过去。"

"好，五点左右，我等着你。"

"好的。"

浩平看着女人离开的背影，不知是不是想起了美沙子，看得有些入神。

妹妹打趣道："原来我哥哥看见大美人也这么入迷。"

"你胡说些什么呢。"

"结城太太虽然是个美人，但名声不太好呢。"

"怎么了？"

"说是家人不在的时候会把年轻男人领回家。"

"你这都是听谁说的？"

"内堀先生的亲戚说的。说有一次早上起得比较早，从结城家的别墅门口路过时，看见有年轻男人从里面出来。好像那个人还是富永学长的大哥呢。"

富永俊二是浩平的中学同学，大学毕业后也留在了东京。他的大哥则继承了家里的咖啡馆。

"结城太太可真是大胆，居然敢把男人带回家。要是被她丈夫发现了还怎么了得。"

"结城先生因为车祸，脊柱受了重伤，现在只能坐在轮椅上。年纪也很大，应该快七十岁了。和太太的夫妻生活应该是不太和谐。"

妹妹说起邻里的八卦就没完没了，浩平向来对这些和自己无关的风流韵事没什么兴趣。

"结城先生是做什么工作的？"

"好像是做房地产的，手上有好多大楼。"

第二天中午，厂家送来了结城太太预定的电视机。浩平请来父亲的老熟人关口帮忙送货。关口曾经也是一个家用电器屋的老板，因为没有儿子去继承自己的工作，就把自己的店铺关掉了，现在赋闲在家，也已经七十多岁了。浩平没有余力去给自家店铺雇用店员，只好在忙的时候请来关口一起照看生意。关口因为每次都能得到一些报酬，也很乐意去帮忙。

临近约定的时间，浩平把电视机装进小型货车，带着关口一起出门送货。

"你老爹以前也经常跟我说起过这个结城家。"

"他们一家好像很照顾我家的生意。"

"他家那个太太特别喜新厌旧，电视机还没用几年就要换新的。"

"如果没有这样的客人在，我们只靠卖电灯泡和干电池也是挣不到钱的。"

沿着长长的石板台阶向上走，看见一户人家门口贴着"结城"两个字的门牌，想必就是这里了。别墅门外是私人停车场。停车场最前面停着昨天看到的红色帕杰罗。帕杰罗的车牌是长野县的，看样子只在回来度假的时候才会使用。

一个男人正在仔细地给车身打蜡，大概是这家的专属司机。车库后的几间房子应该就是司机的房间。

别墅只有一层，占地面积却很大。浩平刚按下门铃，一个中学生模样的男孩子打开门，看到抬着电视的浩平和关口，男孩冲着屋里喊道："妈，送电视的人来了。"

男孩子穿着红色的 polo 衫，带着一股富家公子哥特有的高傲和自信。他瞥了浩平一眼，拎着一根金属球棒跑出了家门。

玄关处设置了残疾人专用的倾斜板，想必是为了这家坐在轮椅上的男主人准备的。

结城太太紧跟着走出玄关，她今天穿着黄色的 T 恤，搭配了一条牛仔长裤。

浩平和关口一起抬着电视机向客厅送去。

客厅的房顶很高，显得整个屋子宽敞明亮。皮质的沙发和座椅整齐地摆放在房间正中央。客厅的一侧是餐厅，放置着一张长长的餐桌，起码能容纳下十个人一起用餐。

阳台外视野开阔，一眼望去，可以看见不远处王子宾馆的滑雪场。

旧电视上连着 DVD 播放器。浩平正准备拆线的时候，一个坐着轮椅的男人不声不响地出现在客厅。

　　男人身材消瘦，额头向前突出，眼窝深陷，目光锐利。浩平
感觉这个男人阴森得可怕。

　　"打扰您了。"浩平向男人点了点头。

　　"这是我丈夫。"结城太太介绍说。

　　结城家的男主人问浩平："听说你父亲去世了？"

　　"是的。"浩平没有停下手上的工作。

　　"你父亲工作很仔细，对家电也很了解。"

　　"我们在东京的家里用的东西也都是从你父亲那里买的呢。"
太太补充说道。

　　"那真是太谢谢两位了。"

　　"你刚刚接手，恐怕还是不如你父亲，在我家工作的时候就请
认真一些吧。"男主人一脸冷漠地嘱咐完，离开了客厅。

　　"真是对不起，我丈夫他不太会说话。"结城太太小声地替丈
夫道歉。

　　安装电视的时候，结城太太似乎对浩平很感兴趣，问了很多
问题。像是什么时候回到轻井泽的？在东京做过什么工作？有没
有结婚？从哪所大学毕业的？浩平都一一地回答了。

　　结城太太对自己的经历刨根问底，让浩平不由得想起她与富
永大哥的传言。

　　难不成自己也成了这位大美人的目标对象？恐怕是想多了，
和客户的夫人搞在一起还怎么了得？

　　浩平调整好电线，将DVD播放器的插头连在电视上，完成了
今天的工作。

　　轻井泽是个避暑胜地，夏天即使不开空调也不会感觉很热。

而那天却是个罕见的高温天，即使是傍晚的工作，浩平也是满身大汗。

浩平用毛巾擦着脸上的汗，突然察觉到有一双眼睛正紧紧地打量着自己，是结城太太。结城太太丰满的嘴唇微微上翘，隐隐挂着笑意。

"流汗的男人可真是不错。"太太若无其事地说。

听见这话的浩平心头一紧，关口也瞪大了眼睛。

浩平说明了新电视的使用方法，把淘汰下的旧电视装进纸箱带走了。

结城太太把两人送到玄关，说："今天辛苦你们了。如果还有要麻烦你们的地方，我会提前打电话的。"

"您客气了。"

浩平向结城太太点头道别。

关口坐在副驾驶上，点起一支烟，斜着眼睛看向浩平："那女人说'流汗的男人可真是不错'，浩平，你可真是让我这个老头子羡慕啊。"

"您羡慕什么呢？"

"结城家的太太啊，正是需要男人的年纪呢。"

在这之前很长一段时间，浩平一直在尽量避免和女性发展密切关系。在东京工作的时候，虽然遇见过令他心动的女同事，可也没有刻意去与她们接近。与美沙子的那段感情已经不再让他有所留恋，但也因此使他害怕去接触女人。堂堂大丈夫因为一段感情竟能畏惧成这个样子，浩平觉得有些不堪，虽然一直想要走出这个阴影，却总是没有机会。

浩平在一开始并没有对结城太太抱有任何非分之想，唯一在意的是她紧紧盯着自己的那双眼睛。

送去电视以后，过了很长一段时间都没有收到来自结城家的联系。浩平把那位美丽的太太暂时忘在了脑后。

秋天到了，浅间山的枫叶逐渐染红了山头。

傍晚六点半，浩平在店里接到了一个电话。像这样在营业时间结束之后还继续接待客人的情况不在少数。

打来电话的是结城太太。说是家里客厅的灯泡全都坏掉了。

"……我家的屋顶实在太高了，我实在没办法自己换。我家里有备用的灯泡，你今晚能来帮我换一下吗？"

浩平心里抱怨，只不过是一晚上，忍忍就过去了。可还是向结城太太确认了屋顶高度，听说是有四米。

出门前，浩平嘱咐妹妹把店里的门窗锁好，自己挑了一架三米高的架梯装进小型货车，向结城家的别墅开过去。

也许是听到小货车从远处开来的声音，结城太太早已站在门前等着自己。浩平向她打了个招呼，抬着架梯进入客厅。

客厅的吊灯结构复杂，仅仅是换三个灯泡，就花了好一阵工夫。

换好灯泡，浩平顺着梯子爬下来，结城太太端上早已准备好的咖啡。"没什么招待你的，喝杯咖啡再走吧。"

"麻烦您了。"

浩平看着已经端上来的咖啡，知道自己不好推脱。

"设计师只顾着房子怎么建看起来气派，根本不去考虑住进去的问题。你看，就连换个灯泡都这么麻烦。"结城太太抱怨道。

浩平不想多留，一口气喝光了杯中的咖啡，向结城太太告辞。

"我差不多要……"

"下冈先生，我有话对你说。"

"要对我说吗？"

"是的。"别墅的女主人眼中含笑，"你先坐下。"

"下冈先生，请问你认不认识一个叫作中根美沙子的女人？"

听见这个名字从结城太太口中说出，浩平有些猝不及防，坐在沙发上一动不动。

"果然是认识的。"

"我们是大学的同学。太太，您怎么会知道这个人？"

"她是我的表妹。"

"我记得，她是名古屋人，上学的时候住在涉谷的亲戚家。"

结城太太背靠在沙发上，抿着嘴笑了笑。"在涉谷住的是我的三叔。我和三叔一家关系很好，在美沙子上大学的时候经常和她见面。有一次她告诉我说交到了男朋友。名字我不知道，只是听说老家在轻井泽，父母是卖家用电器的。上次在你家店里看到了你，就突然想起了这件事情。再后来问了你在哪里读的大学，就觉得美沙子当时的男朋友应该就是你了。"

"她，最近还好吗？"

"回到名古屋以后，她的父母就给她安排相亲，不久就和相亲对象结婚了。"

"她居然会和相亲对象结婚啊。"浩平回想着美沙子的脸，说道。

结城太太向浩平靠近了一些，说："看来我们两个很有缘分呢。"

"我可是早就被美沙子甩了呢。"

"你现在还在想着她吗？"

"那倒是没有。"

结城太太突然站起来，走到窗前。"明晚，要不要来我家？"

"太太，您可是我们家的老客户啊。"

"那又有什么关系？我挺喜欢你的。美沙子是比我年轻很多，可看男人的眼光真是差劲。"

被美沙子的表姐这么说，浩平心里有些说不出的感觉。

一直看向窗外的结城太太突然转身，直勾勾地看着浩平："我已经四十岁了，你是不是觉得我已经是个老太婆了？"

"没有这回事。"

"是吗？那你觉得我怎么样？"

结城太太深知自己的魅力，说出这样充满诱惑的话语，让人感觉不到任何违和感。

"看着我，好好回答。"

"太太您是个很美的女人，可是……"

"你在担心什么，我丈夫和儿子都在东京。"

"我不是这个意思。"

"那你想怎么样？"

浩平被步步紧逼，毫无周旋的余地。看着眼前这个成熟且富有魅力的女人，浩平身体里属于男人的原始欲望愈发强烈。

"公园对面有一个幼儿园，请您明晚把车停在幼儿园门前。那里应该不会被人发现。"

结城太太满意地笑了。"我知道了，明天想喝什么酒？"

"都好。"

浩平说完便默默地站起来，抱起架梯向玄关走去。心神不定的浩平一不小心，把架梯重重地撞到门口的柱子上。

"对不起。"

结城太太看了一眼被撞到的柱子。"稍微碰到了一点，不仔细看发现不了，没事的。"

浩平再次向她道歉，离开了结城家的别墅。

回家之前，浩平先把梯子放回了店里的仓库。

到家时，妹妹正在吃晚饭。"我太饿了，就先吃了。"

浩平不说话，在餐桌旁的椅子上坐下。

"怎么这么晚才回来？"

"要把她家的沙发和椅子先移开才能换灯泡。回来的时候我还遇到了大学的同学，明天晚上约好了要一起喝酒。"

"那个朋友也在这里买了别墅啊。"

"是啊。"

浩平随便吃了一些妹妹准备的饭菜后，回到了自己的房间。

躺在床上，浩平点起一支烟。

浩平吐着烟圈，又想起了那个曾幻想过要共度余生的女人，想起她笑起来时与结城太太简直一模一样的眼睛。自己果然还是会被那样的眼睛吸引。

不知道呆呆地想了多久，大脑里的那张脸的主人，竟不知在何时变成了结城太太。

第二天晚上，浩平算好约定的时间，出门前往公园对面的幼儿园。平时晚上出门喝酒的时候，一直都是自己开车出去，回家的时候再雇一个代驾。而这次，发现哥哥打算步行出发的妹妹觉得有些奇怪。

"今晚想出门走走。"浩平解释道，离开家赴约。

幼儿园的门口，停着那辆熟悉的红色帕杰罗。浩平四下看了看，确定没有人经过后，打开帕杰罗的车门，坐在副驾驶的座位上。

浩平戴上事先准备好的墨镜。

"还挺谨慎的嘛。"结城太太看着他，忍不住笑了。

"小地方，谨慎一点最好。太太您……"

"别叫我太太了。我有名字，叫我初子。"

"初子也不想再惹上些流言蜚语吧。"

"也是。"

初子的驾驶技术相当不错。沿路的灯光照亮了她美丽的侧脸，真的很像美沙子。

来到结城家的别墅，浩平看见摆在桌子上的冰桶里，斜放着初子事先准备好的一瓶香槟。

初子打开音箱，房子里流动起爵士乐的音符。

浩平与初子轻碰酒杯。

"你昨晚，有没有想美沙子？"

"想起了过去的很多事情。她现在有孩子吗？"

"去年生了个男孩。你想见她吗？"

"不想。"

"大家都说我和美沙子长得很像呢。"

浩平看向初子："我倒是没有觉得哪里很像。"

浩平自己也不知道为什么要撒谎。

"夏天的时候我在门口看见的那个男孩，是你的儿子吗？"

"那是我和前夫的儿子。"

"他今年多大了？"

"十四岁了，叫辉久。不怎么爱听我的话。"

"为什么？"

"和一群不良少年学坏了，跟着他们抽烟喝酒，晚上到处闲逛，被警察警告过好几次。我这个做母亲的不会教育孩子，丈夫对那个孩子也很严厉，两个人都没办法坐下来好好说上几句话。"

"您丈夫很久之前就开始坐轮椅了吗？"

"大概有十年了吧。和我结婚的第二年开始就变成了那副样子。原来他的脾气就很差，受伤以后就变得更过分了。"

"太太……不，是初子一直在照顾他吗？"

"是啊，我可从没有放下他不管。不过该放纵自己的时候就要放纵，否则我会崩溃的。"初子的眼神带着几分挑逗。

浩平没有说话，喝完了玻璃杯里剩下的香槟。

"香槟是很好，可也要换换口味。要不要来杯威士忌？"

"好的。"

初子调好一杯威士忌，在浩平身边坐下。浩平闻到了一股好闻的香水味。

"我，还没有问过你的名字呢。"

"我叫浩平。"

"浩平，你在紧张吗？"

初子带着香气的身体突然靠近浩平，释放出一股热潮，将浩平浑身包围。加了冰块的威士忌被一饮而尽，烈酒滑过干渴的喉咙，将酒精输送到每一寸血管。浩平抱起初子，用力去感受初子的体温。

初子的脸微微后仰，丰满的嘴唇刺激着浩平的视觉神经。借着酒精的刺激，浩平附上了自己的嘴唇。两条柔软的舌头互相交缠，如同在舔食着同一块冰激凌。禁忌的吻激烈又绵长。

初子喘着气，脱力似的倒在沙发上，仰面看着浩平。经过一番激吻，向上卷起的裙摆之下，黑色丁字裤若隐若现。在这一刻，浩平感到自己的理性像充满气的气球一样"啪"的一声在大脑中炸开。

"把我抱到卧室吧。像王子抱着公主那样。"初子在浩平耳边娇喘道。

浩平抱起初子，跟着初子的指示，打开了走廊左侧最靠里的房间。

把怀里的初子放在床上后，浩平迫不及待地脱去全身的衣服，初子则不慌不忙地退去短裙。

许久没有再经历过性生活的浩平，疯狂地渴求着初子的身体。

"这里……再往这里一些……"初子拉着浩平的手指，引向自己的敏感点。

经过爱抚的初子变得更加淫靡。进入初子身体以后，两人一起迎来高潮。

沉睡许久的猛兽，在这一晚苏醒过来。

缠绵过后，两人仍紧拥在一起。浩平怀中的初子，宛如一只雏鸟，纤弱又精巧。

"你抱着我的时候，有没有想到美沙子？"

"怎么会呢？"

"不需要对我撒谎。"

浩平转过头，用眼角看着初子，"怎么可能想到刚刚二十岁的小姑娘。"

"是啊，怎么可能呢。"初子仿佛自言自语似的低声回应着，让浩平去客厅把剩下的酒拿来。

浩平赤裸着走出卧室。

与客户的妻子发生关系，是多么荒唐的一件事。

可浩平并没有在意。他明白，自己不过是周旋于丈夫和儿子之间的初子借以缓解痛苦的泄欲工具。对于自己来说，能通过情事将自己从每天枯燥的生活中解救出来，也是求之不得的一件美事。

再一次与初子交合后，浩平突然想起自己应该怎么回家。

既不能让醉酒的初子开车送自己回去，打车的时候也担心会遇到相识的司机。

浩平把自己的烦恼告诉了初子。

"你住一晚上不就好了吗？"

"这样可不行。"

两人商量后，决定先由初子开车将浩平送出别墅区，之后再让他打车回家。只在别墅区内开车的话，只要不出事故，就不会有人发现是酒后驾车。打车的时候即使是遇见认识的司机，也顶多是被问一句这么晚了在这没人的地方做什么。

"我后天就要回东京去了，你明天再来陪陪我吧。"

"可是……"

"还在想要怎么回去吗？"

"是啊。"

浩平决定第二晚自己开车来见初子。把车开进车库，就不用担心被人看见。明天不喝酒，再回去得早一些，也不会被妹妹发现。

第二天，浩平如约而至。

两人亲热一番后，浩平问初子：

"你什么时候还会再来轻井泽？"

"圣诞的时候，不过会和家人一起来。"

"春天之前都不能单独见你了吗？"

"我元旦之后就会来的，冬天的轻井泽很美。"

想到下次像这样抱着初子要等到明年，浩平心里有些难过。

"我可以去东京找你吗？"

"我们还是不要在轻井泽以外的地方见面了。"

"我明白了，反正我也只有在周日才有时间。"

"你要等我哦。"说着，初子在浩平脸颊上轻啄一下。

仅仅两度春宵，浩平已然成为初子的俘虏。

初子离开后，秋天的轻井泽更显寂寥。

结城家留在店里的账单上写着东京的住址和电话，不敢主动联系的浩平一再告诉自己，与初子不过是互相借助对方的肉体填补内心空虚的床伴，可初子的每句话，每个眼神都好像走马灯似的在大脑里打转。初子的离去，加重了浩平的思念。

转眼，轻井泽迎来了冬天，在一个大雪的日子里，浩平收到了一封来自陌生男人的信。打开信封，一读便知道是初子化名寄来的。

初子在信中说，本想把你当作轻井泽独有的回忆来珍藏，可就是忍不住去想你。下下周的周末，我们在东京见面吧。

就这样，两人约好下下周的周日下午一点在新宿一家宾馆大厅见面。如果出现什么变故，初子没有赶到的话，浩平则顶用一个叫作石川的宾馆客服向结城家打电话。

这封没有问候也没有其他信息的来信，让浩平心中狂喜不已。

两人约好见面的那天终于到了，浩平以去见同学为借口离开了家。

浩平提前一步来到约定的地方，宾馆大门外冷风阵阵，气温已经降到零摄氏度以下，但比起轻井泽似乎还要暖和一些。

初子姗姗来迟。她穿着一件带有风帽的焦糖色外套，修长的脖颈上围着一条胭脂色的围巾。

"好久不见了。"浩平看见初子就笑了。

"你真的来了呢。"

"我没有想到你会给我写信。"

"我好像也被某人迷住了呢。"初子微微一笑。

"接下来要做什么？"

"明知故问。"初子没好气地回答道，自顾自向前走去。

浩平跟在初子后面。两人来到大久保医院附近的一家装潢精致的宾馆。这家宾馆并不是专门的情人旅店，但对一些想要掩人耳目的情侣来说，是个再好不过的去处。

进入房间，浩平从背后抱住刚刚脱下外套的初子，在她耳边低声说道："我好想你。"

"我也是。"初子回答。

两人拥吻着倒在床上。

云雨过后，初子起身对浩平说："我晚上六点之前必须要回家，让你这么慌慌张张的，真是太抱歉了。"

"没关系，我今晚也要赶回去。"

"有件事必须要告诉你，这不是我第一次背叛我的丈夫。"

"我知道。"

"但是，浩平是第一个即使在东京也想要见面的人。"

"只要你需要，不管什么时候我都会赶过来的。哪怕只能一起吃个饭，看场电影，我也满足了。"

"电影啊，好久没有看过了呢。"

"下次一起去看电影吧。"

"浩平，你可真是可爱。"

"果然只看电影还是不够。"

"是啊，看电影太浪费能够见面的时间了。"

"我可不是只想和初子上床的。"

"我也是啊。因为太喜欢浩平了，所以即使在东京也想要叫你过来。但我们两个是永远不会有结果的，我们能做的只有漫无目的地向前走。等你结婚的时候，我们两个也就不会再有联系了吧。"

"我还没有考虑过结婚，现在只是想和妹妹两个人一起打理好父亲留下的店铺。"

"你妹妹也没说过要结婚吗？"

"我还没有听她说起过。我啊，很没出息。自从被美沙子甩了以后，似乎就再也不敢轻易和女孩子交往了。"

"因为我是个结了婚的老太婆所以就没关系吗？"

"不是的。虽然没有和初子交往，但是心里想的确全是初子。"

"因为把我当作美沙子的替身了吧。"

"我说过的，没有这回事。"

"一定有的，只不过你没有察觉到罢了。"

"看你说的。"浩平笑着含糊过去，把臂弯里的初子抱得更紧了一些。

自从那天以来，两人的联系更加密切。在两周后的周日，浩平为了初子再次来到东京。

平安夜的前一天，浩平在店里接到了初子丈夫的电话。说是别墅里的加湿器坏掉了，让他马上拿一个新的过来。浩平提议，先把店里的商品介绍书带去好让家人挑选一下再送货上门。却被顽固的老头子一口拒绝，只好选了一台质量好的送了过去。

轻井泽天气潮湿，想必是结城家正好处在比较干燥的地区。浩平装好车，急忙向别墅区赶去，一周前下的雪还没有化掉。在别墅门口，那辆红色的帕杰罗不见踪影，初子大概是有事出去了。开门的是初子的儿子。十四岁的少年嚼着口香糖，冷冰冰地招呼浩平："进来吧。"

进入走廊，左手边靠里的一个房间的门突然打开，坐着轮椅的男主人出现在门后。

"你过来。"

浩平跟着结城先生进入房间。这个房间是结城先生的书房，和初子的房间分别在别墅的两端。

浩平打开加湿器的包装，向结城先生说明用法。别墅的男主人一言不发，冷冰冰地盯着眼前的浩平，目光好像两把锋利的刀子，让浩平浑身不自在。

浩平打开旧加湿器的盖子，蓄水箱内壁结了厚厚一层石灰。

"轻井泽的水质不好，石灰成分很高，所以才会变成这个样子。"浩平抬起水箱对结城先生解释道。

"不用你说我也知道。"

"抱歉。"

真是个让人不舒服的男人。浩平不能理解初子为什么要和这种人结婚并且还一起生活了这么长时间。

第二年元旦后不久，初子再次联系浩平，两人在别墅的密会又一次开始了。之后，浩平开始在周日频繁往返于轻井泽和东京之间。

"哥，你是不是交到了东京的女朋友。"妹妹好奇地问道。

"没有的事，我只不过去东京放松放松。"

"去找小姐了吧。"

"你瞎猜什么呢？"

"你去发泄一下也没什么的，男人嘛。"

春假的时候，浩平听说初子一家又来到了轻井泽。想到两个人的距离是如此接近却不能相见，浩平心里很是难过。

三月末的时候，店里又接到了结城先生打来的电话，说是书房的光盘播放器出了点问题，让浩平马上来一趟看看怎么回事。

浩平不情不愿地答应了。

车库里不见红色帕杰罗，也不知道是不是因为初子的儿子不在家，结城家的别墅静得可怕。

"重播键不管用了。"

浩平盘腿坐在地板上，打开了播放器的电源，突然感觉背后的结城先生正向自己靠近。

"里面有录像带，你打开看看。"

浩平连接好电视机，打开播放器。

电视机的屏幕里播放起一条录像。一切都正常运转。

浩平紧盯着电视机屏幕，画面里的场景好像在哪里见过似的。

画面逐渐推进，浩平突然意识到事态的严重，不由得瞪大了眼睛。

出现在画面中的宾馆，正是与初子私会的地方。

"我不会原谅你们的。"结城先生喉咙中发出呜咽一般的低吼。

浩平没办法也不知道如何为自己辩解，沮丧地低下头。突然，他感到右肩突然受到猛烈一击，钻心的疼痛让浩平倒在地上。

浩平忍着疼痛睁开眼睛，结城先生的手中不知从什么时候多了一根金属球棒，想必是事先藏在书房里的。

眼看着金属球棒又被高高举起，瞄准了自己的后背。

浩平忍着肩膀的疼痛，狼狈地躲过球棒的攻击。

"去死吧！去死吧！"

"初子她……"浩平勉强发出声来。

"那女人已经死了。"

结城先生原本深陷的双眼，此刻却因为愤怒几乎要从眼眶中飞出来似的。

恶鬼一般的男主人操纵着身下的轮椅，步步向浩平逼近。

浩平拼命站起身来，躲过了球棒的攻击。

大脑一片混乱，冷静和理性早已不复存在。慌忙中，浩平看见了右手边的陈列柜，便随手抄起一个青铜雕像，不假思索地对准结城先生的脑袋砸了起来。

恶魔般的男人呻吟着，和轮椅一起倒在地上。

浩平剧烈地喘着粗气，紧紧握着手中的雕像，站在原地一动不动。

恢复冷静的浩平意识到事态的严重，带着伤的身体因恐惧而颤抖。

书房的门"嘎——"的一声打开，初子的儿子一言不发，紧盯着浩平。

不知所措的浩平扔掉手中的铜像，转过身对着打开门的少年。

　　少年冷漠得可怕，将视线从浩平身上移开后走进房间。

　　浩平摇摇晃晃地沿着走廊，向玄关走去。被球棒击中的地方仍源源不断地将痛感传输向全身，浩平强忍着疼痛，开车逃离了别墅。

　　被铜像那么用力地击打头部，结城先生必死无疑。虽说先动手的是对方，自己不得已才进行反击，但事情发生时，书房只有两个人，而且结城先生又是个残疾人，自己的做法明显属于过度防卫。

　　浩平仿佛一具没有灵魂的躯壳，麻木地驾驶着自己的小型卡车，行驶在大道上。耳边一阵刺耳的鸣笛声，浩平才回过神来。心不在焉的他通过十字路口的时候，根本没能注意到眼前的红绿灯，险些撞在迎面的大卡车上。

　　回到家里的浩平拨通了妹妹的电话，把妹妹从店里叫了出来。

　　不久，妹妹出现在蜷缩成一团的浩平面前。"哥，出什么事了？"

　　"我……"

　　"你怎么了？"

　　"我杀人了。"

　　"这……"

　　"很久之前，我就和结城家的太太搞在一起了。这件事暴露后，她的丈夫想用金属球棒杀了我。我当时慌得不行，随手就拿起不知道什么东西向那老头子的脑袋砸了过去。然后他就这么死了。他还说他老婆已经被他杀掉了，也不会就这么轻易放过我。我正准备逃走的时候，被他家的儿子撞了个正着，现在只能去自首了。"

"真的死了吗？"

"我没来得及确认，但被打成那个样子，不可能还活着。"

"哥，逃走吧。现在就走。"

浩平抬起头，看着妹妹的眼睛。

"哥，你可不能被抓去坐牢啊。"

"能……能逃得了吗？"

"不试试怎么会知道？这是唯一的出路了。"

"可……"

"快准备吧，不然警察就要来了。哥，家里的钱你全都拿走。"

电话响了起来。

"……您找我哥吗？他出门工作了。……什么？怎么可能……人真的不行了吗？我哥是不会做这种事的，一定是哪里有误会。"妹妹放下电话听筒。

"是结城家的太太吗？"

"是的，说是听儿子说开电器商店的袭击了自己丈夫。人的确是死了。"

妹妹取出藏在衣橱里的现金，说："哥，你开车逃吧。能走多远走多远。"

"我知道了。"

"一定要联系我，没有钱了我会想办法给你送过去的。"妹妹说着，抱住已经十分虚弱的大哥，"一定要活下来啊。"

浩平看着妹妹，眼泪再次落了下来。

"哥，你可要好好地。"妹妹强忍着在嘴角挤出微笑。强装的笑容，让妹妹看上去更加痛苦。

浩平把手边能用上的东西一股脑塞进双肩包，离开了家门。

因为担心警察已经开始了行动，只能开着车从小路逃走了。

开出那片别墅区后，浩平向着小诸方向走。到达小诸后，浩平乘坐特快列车到长野。又从长野出发来到松本，几经辗转后，搭乘中央线到达名古屋。在名古屋躲了几天后，浩平又逃往博多，在建筑工地上找了一份工作，勉强地维持生活。为了掩人耳目，浩平剃光了头发，留长了胡须，还戴上了一副没有度数的眼镜。好在，被球棒击中的地方只是一些皮肉伤，很快就痊愈了。

为了不去接触与自己有关的新闻，浩平再也没有读过报纸。

在博多稳定下之后，浩平准备了一把零钱，趁着深夜来到公用电话亭，打通了妹妹的电话。

"哥，你怎么才联系我？"

浩平听到妹妹的声音，觉得很是安心。

"店里情况还好吗？"

"还开着呢，关口叔叔每天都来帮忙。"

"客人是不是少了很多？"

"少了点。"

"我现在应该是被通缉了吧。"

"是啊，好像还有警察专门在监视着我。听说，结城先生已经是癌症晚期，活不久了。大概是出于嫉妒和怨恨，才有了杀死哥哥和自己太太的念头。你现在怎么样？"

浩平向妹妹简单说明了自己的现况。

又过了一周，浩平辞去了工地的工作，在九州地区的各个城市间流转。不久后，他又离开九州，去了北海道。像这样辗转于各地的生活持续了三年。三年间，为了不被发现，浩平用了好多化名，也有想过让妹妹帮自己筹钱去整容，但又担心反而会因此暴露身份，只好作罢。浩平认为，可以潜逃这么久而不被人发现，多亏了自己这张平凡不显眼的脸。整容这样过于夸张的事情还是不做为妙。

即使这般小心谨慎，浩平依然生活在担心被捕的恐惧中。被卷入工友间的争执时不得不忍气吞声；生病时也只能强撑着不去看医生。浩平不止一次地想过，和现在的生活相比，自首也许是更好的选择。可既然已经选择了逃亡生活，便不可能有回头路可走。现在，妹妹是浩平唯一的支撑。每次听到电话另一端传来妹妹的声音，他心里便顿生一股暖意。

开始在大阪生活的时候，浩平已经三十三岁了。在大阪，浩平从车轮下救起了一个险些被压到的流浪汉，两人也因此成为朋友。

流浪汉以酒度日，脸色很差。一天，用布满红血丝的眼睛看着浩平，说：“你啊，一定干过什么见不得人的事情。”

“什么？”

“你像是在躲着什么东西。每次看见条子（警察），你都魂不守舍的。”

“你想多了。”浩平笑着糊弄过去。

“我的身份就给你好了。”

“你说什么？”

“我活不了几天了，这个身份你拿去用就好了。你救了我，我很感激。可不管是被车碾死还是什么别的死法，对我来说没什么区别。”说着，流浪汉从行李袋里掏出了户籍证明、住民卡和健康保险证。

流浪汉的名字叫作川村悟郎，秋田人，恰巧和浩平同岁。

"我就算死了也没想过要回到家人身边，随便找个地方把我埋了就行。这些是我的身份证明，给你了。放心随便用，我的家人不会来找我的。"

浩平收下川村的身份证明，没有马上拿去使用。

从那之后又过了十天，浩平得知了川村横死街头的消息。

得到的住民卡上，有川村四年前曾在东京中野区居住过的记录。健康保险却是好久也没有续交了。

经过一番周折，浩平终于变成了川村悟郎。

浩平打电话把经过和现状告诉了妹妹。

"哥，你就用这个名字去租一间公寓吧，钱的话不要担心，我来想办法。"

"我也是这么想的。"

"哥，我想看看你。我们下周在东京见面吧，顺便把钱给你。"

"不太好吧……"

"别担心，早就没有人在监视我了。"

一周后，浩平和妹妹在上野的一家咖啡厅见了面。一见面，妹妹的眼泪就落了下来。

"哥，你变化好大。"

"你还是和从前一样。不要哭了，别人会注意到我们。"

"我给你准备了一百万日元。"

"怎么拿这么多？"

"我在轻井泽住着，花钱的地方不多。"妹妹小心地打量着四周，"那家人的别墅，被卖了。因为那件事再加上泡沫经济崩盘，家里破产了。"

"她，现在怎么样了？"

"你还在想着她吗？"

"倒也没有。"

浩平用妹妹送来的钱在羽田租了一间小小的公寓，租赁保证人的一栏随便写了一个编造的名字。

住处稳定之后，浩平从报纸的招聘启事上，找到了一个大学勤杂工的工作。他更新了废弃多年的"川村悟郎"的住民卡，工作之余，还重新考取了驾照。

两年后，浩平辞去大学勤杂工的工作，开始在现在的岳父经营的公司工作。

当时的岳父——国枝社长看好工作认真勤勉的"川村悟郎"，有意让他成为自己的上门女婿。那时的浩平四十一岁。社长的女儿也就是现在国枝悟郎的妻子，佐知子四十二岁，长相不难看，性格也十分温和。因为十六岁时母亲的过早离世，佐知子由父亲独自抚养长大，心里对父亲十分依恋，才导致这样的年纪还没有结婚。浩平在与佐知子见过几次之后，心里虽然没有对她产生爱慕之情，但想到改姓国枝后，自己的生活能更加安全，便答应了这门婚事。两人结婚后，浩平慢慢开始对佐知子产生了感情。

四十五岁时，浩平身上的命案已经过了追诉时效。虽说仍不得不过着小心谨慎的生活，但与之前相比，心里的担子早已轻松了许多。

杀人犯下冈浩平在全国通缉下，以另一个身份平静地生活着。

与国枝悟郎秘密见面的叫作文惠的女人，也并不是什么情人。

下冈文惠，浩平的妹妹。

二

下冈文惠在八年前搬到东京，那时浩平的追诉期限早已过去了两年。

自从哥哥离开后，关口一直在店里帮忙。后来，经关口介绍，店里还招来几个兼职的店员，解决了人手不足的问题。

关口经常这样对文惠念叨着：

"我也是一把年纪的人了，不知道还能帮你到什么时候。小文，你听我的，早点找个人结婚吧。"

"我是杀人犯的妹妹，谁会想和我这样的女人结婚呢？"

"你不要太悲观嘛，你这么漂亮，一定有男人喜欢你的。"

文惠低头笑了笑，继续整理手里的账票。

文惠从没有考虑过结婚这件事，不管是嫁到别人家，还是招女婿上门，都会影响和哥哥的联系，甚至还会暴露哥哥的行踪。

当初的自己为什么会毫不犹豫地让哥哥逃走呢？文惠后来怎么想也想不通自己为什么要这么做，也许只是想让哥哥自由地活下去吧。文惠一开始并不知道哥哥逃亡生活的艰难，直到和哥哥取得联系以后，才对自己当时的行为有些后悔，决定不管怎样都要倾力帮助哥哥。

浩平离开后第六年的冬天，关口因为急性脑溢血去世了。失去了帮手的文惠只好雇用一些新的店员，从头开始教他们如何工作，勉强维持着店铺的经营。也因为这些新员工发生了一些很不愉快的事情。有一个从横滨来的店员，在工作了两年后，卷走了店里一大笔钱。这个青年的所作所为，给了文惠很大的打击。

　　就这样为了哥哥一个人努力的文惠，在四十岁的时候落入了情网。

　　文惠经常去临镇的一家朋友开的居酒屋喝酒。在那里，文惠认识了一个电器公司的社长。那位社长经常去轻井泽工作，文惠店里的几个老客户也与他的公司有合作关系。因此，两人很快就熟络了起来，并且交换了电话号码。

　　文惠知道，那个人有妻有子，心里却一直对他念念不忘。

　　当收到了共进晚餐的邀请后，时隔多年，文惠第一次如此精心地打扮自己。她仔细地化好妆，还换上了专门为这次约会买的新衣服。

　　不久之后，两人发生了关系。文惠不想被人发现，约会时很少去附近的情人旅馆。两人关系进展飞速，经常一起去温泉旅馆度假。

　　文惠将一切如实告诉了哥哥。

　　"……我和哥都做了一样的蠢事呢。"

　　"你觉得幸福就好。最近你的声音都开朗了很多，我很为你开心。"

　　"对不起，明明你现在过得那么苦。"

　　"你就不要担心我了，你能过得这么幸福，我也很高兴。"

　　"但是，这段感情也总会结束的吧。要是永远能够这样继续下去该多好。"

　　"那你就去争取啊，把那个人夺到自己手里。"

　　"这怎么可能？"文惠的声音有些颤抖。

　　文惠和那个男人的关系维持了四年。世上没有不透风的墙，两个人的秘密被男人的妻子知道了。即使是那样小心，在轻井泽这样的小地方，也很难不被人发觉。

男人的妻子来到文惠面前大闹一通。

"真是让我见识到了，杀人犯的妹妹居然能骗到我家男人，你可真是不知羞耻。"

文惠被激怒了，狠狠地瞪着眼前的女人。

"你这是什么意思？还想杀了我不成吗？也是，你和你那个哥哥一样，身上都留着恶魔的血。"

"你放心，我以后不会再和你丈夫见面了。"

"真是个嘴硬的女人，下次再让我看到你缠着我老公，我就到法院告你。"

男人的妻子说完，头也不回地离开了。

不久，那个男人给文惠寄来一封信。信中为妻子的失礼道歉，也向文惠提出分手。

文惠知道这一天迟早都会到来。她没有解释也没有抱怨，更没有再去联系那个男人。

文惠平静下来的时候，突然想起哥哥。今年已经是哥哥离开后的第十七个年头。自己的这段秘密恋情仅仅隐瞒了四年就被人发现了，而哥哥居然能隐姓埋名地生活十六年。

对分手后的文惠来说，经营店铺已经是力不从心，就连继续在从小长大的轻井泽生活下去也很难。打电话时，文惠向哥哥诉说了自己的烦恼。

"干脆就把店卖掉来东京吧。现在我的境况好了很多，安顿你也不是难事，放心吧。"

文惠在哥哥的建议下，卖掉了家里的店面，离开轻井泽，来到东京。

　　家里的店面位置不错，文惠得到了一大笔钱，在东京租下一间公寓。为了不给哥哥添麻烦，已经四十五岁的文惠开始四处找工作。找工作并不顺利，文惠的第一份工作是在大楼里当清洁工。一年后，文惠在网上找到一份服装质检公司的兼职。工作认真的文惠受到上司的赏识，一年后便成为公司里的主任。好景不长，文惠哥哥是杀人犯的这件事在公司不知被谁传开，不久前还经常聚在一起喝酒的同事们逐渐疏远了文惠。文惠埋头工作，不去在意周围人的目光。然而因为经营不善，文惠在九月份被公司裁员，现在还没找到新的工作。

　　轻井泽的店铺和家里的房子出兑的钱都在文惠手里，足够应付她在东京的日常生活。哥哥出于担心，主动提出要帮文惠交房租。文惠拒绝了哥哥，但每次兄妹见面的时候，哥哥都会硬塞给文惠一笔钱，并笑着说只负责到文惠找到新的工作。

　　文惠知道，只有在和自己见面时，哥哥才能够真正地放下防备。哥哥来到自己家里时，经常只喝了一瓶啤酒就开始在沙发上打瞌睡。而文惠每次都悄悄地离开客厅，躲在自己的房间里，只为让哥哥能够安稳地睡上一觉。

　　九月下旬，平静的生活突然被打乱。

　　午饭过后，文惠去附近的便利店买东西。在回家的路上，一个男人悄悄地凑上前。与转过头的文惠对视了一眼，男人笑了："果然是小文啊。"

　　文惠突然被人叫住，只感觉浑身一僵，但还是故作镇定向那人笑了笑："这不是富永家的俊二哥吗？好久不见了。"

　　富永俊二是哥哥的中学同学，他的大哥据说也和那位改变了哥哥命运的女人有染。

"这都多少年没见了？"俊二一脸怀念，"快三十年了吧。"

"你眼力可真好，居然一眼就认出我了。"

"在便利店看见你的时候就觉得眼熟，好像在哪里见过似的。想了好久才认出你是小文，想着怎么也该跟你打个招呼，这才慌里慌张地追着你走了好远。"说着，俊二停下来看了一眼文惠的公寓，"现在住在这里吗？"

"是啊。"

"我听老家的人说你把家里的房子和店面都卖了。走吧，我们喝点东西去。"

和知道过去秘密的人联系必定会让哥哥的现况更加危险，可文惠不知道怎么拒绝，只能跟着俊二走进一家小餐厅。

俊二一坐下就往嘴里塞了支烟。

文惠打量着眼前这位旧相识。毕竟都过了将近三十年，俊二老了许多。头发稀疏，脑袋上有的地方已经露出了头皮，面庞黝黑，满脸皱纹。小眼睛和塌鼻梁却依稀可见当年的影子，身形也没有太大变化，还是那么瘦，以至于套在身上的廉价灰色西装也荡荡悠悠的很不合身。在上学的时候，俊二就没有什么好名声，现在看起来似乎是更加落魄了。

"你也在这附近住吗？"文惠向店员点了一杯咖啡后，问起了俊二的现况。

"我住在荻洼。前些日子被老板开除了，现在帮着熟人干活，好歹能吃上饭吧。"

俊二要了一杯啤酒。

"小文，你结婚了吗？"

"还没呢，一个人过。"

"在哪上班啊。"

"前些日子也被公司裁员了，现在打算先休息一阵子，等等再找工作。"

"我听人说你把老家的房子和店都卖了，想必现在过得还挺宽裕吧。"

俊二的话让文惠感到反感。

"有结婚对象了吧。"

"怎么会有呢。"

"你说没有那就是没有吧。"俊二哼地冷笑一声，放下手里的杯子向前探过去，"你哥，现在有消息吗？"

文惠只是摇头，没有回答。

"我大哥以前也和那个女人上过床，不过没被人家老公发现。浩平的运气是真的太差了。"

"……"

"那件事，现在已经过了追诉时效了吧。"

"富永哥，你别再说他了，我早就当他死了。"

"他那么聪明怎么可能会死呢？现在肯定是换了名字和外貌，不知道在哪里舒舒服服地过日子。他这么多年就没有联系过你吗？"

"没有，那件事对我打击也很大，请不要再和我说这个了。"

"抱歉抱歉，那我不说了。不过倒是还有件事情挺有意思。"

文惠心跳得厉害："是和我哥哥有关吗？"

"是啊。"

"你在哪里见过他吗？"

"我要是见过他不就早告诉你了吗？"

文惠松了一口气。

"说起来也是怪，我和辉久最近走得挺近。"

"辉久是？"

"你不知道吗？辉久就是结城初子的儿子啊。"

"那个女人好像是有个儿子，但是我没有见过。他现在多大年纪了来着？"

"多大了……"俊二皱着眉想了想，"有四十岁了吧。他有段时间在银座的俱乐部当侍者，现在和我一样，都是无业游民。"

辉久是目睹了哥哥杀人后从别墅逃走的全过程的人。文惠只觉得胸口发闷，不想再听到关于这个人的任何信息。

"我该走了。"

"不再多聊聊吗？"

"还有点事情要办。"

俊二举着手机，要留个联系方式。文惠不好拒绝，只能互相交换了电话号码。

遇见俊二的第二天晚上，文惠的手机响起来电铃声，屏幕上显示的是一个陌生号码。

"是下冈文惠女士吗？"

"我是。"

"我是结城辉久。富永应该和你说起过我。"

结城辉久的声音听起来很轻浮，不像是什么正经人。

"是的，请问有什么事吗？"

"我想和你见一面。"

"见面？有什么事吗？"

"也没什么大事。就是最近突然想起以前在轻井泽住的那段时间，我还记得以前经常在你们家买东西。"

"我不怎么记得了。"

"但我们之间可是缘分不浅。"

"你这是什么意思？"

"我也不绕弯子了，最近我手头有点紧，可以借我点钱吗？五六万日元就够了。虽然我不是那个人亲生的，但他死后我家就破产了，我的日子可真是从天上直接掉到地狱。我爸可是被你哥杀的，你好歹出点钱让我应付过这几天吧。"

"抱歉，我现在工作没有着落，手头没有闲钱。就算是有，我也没有义务要借给你。"

"你可真是不讲理啊。我要是找到你哥了，按私了也得给我个几千万日元的抚恤金。可谁让他现在失踪了呢？"

"我先挂了。"

文惠挂掉电话，才发现手心里全是冷汗。

辉久没有再打过来。

文惠马上通知了哥哥，叫他到公寓里当面商量。

兄妹两人约好见面的那天，不巧正赶上台风登陆，但哥哥还是冒雨如约赶到。

"他太过分了！"哥哥听后十分生气，"还不是想用那件事要挟，让你给他钱花。"

"他要是再打电话过来可怎么办呢？"

"你不要理他。"

"他会不会知道我们还在见面？"

"怎么会呢？他知道了一定先想办法联系我，而不是来找你。"

"你说的也是。"

“但最近还是要小心一点好。”

台风丝毫没有好转的样子，哥哥只好冒着大雨离开。

第二天一早，文惠听见有人敲门，门外人自称是警察。文惠眼前一黑，一定是哥哥的那件事暴露了。虽说现在早就过了追诉时效，但警察还是会对以前未解决的案件进行调查。想必是有人看见了进出公寓的哥哥，并向警察指证他就是二十五年前轻井泽那桩命案的杀人凶手。

文惠浑身发抖，但也只能打开门接受调查。进门的两名警察在表明来意之后，文惠悬着的心落了地。

住在公寓二楼 204 房间的女人被杀了。警察问文惠在前一天晚上十一点四十分左右是否听见过可疑的声音。文惠没有听见，如实回答了问题。

警察又问平时和被害人有没有过接触。可别说是被害人叫什么，就连 204 房间里住着的是一个女人，文惠也是刚刚才知道的。

一无所获的警察不久就离开了。

公寓楼外乱哄哄的，文惠站在阳台向外看，公寓门前正停着几辆警车。

得知警察的来意与哥哥无关时，文惠松了一口气，可很快，现在的情况再次使她意识到事态的严重。

文惠记得，哥哥就是在将近十二点的时候离开的，如果楼下的女人的遇害时间是在十一点四十左右，那么警察调取监控的时候一定会注意到同时离开的哥哥。

不，昨晚发生了大规模的停电。哥哥在房间里等了好久也没有恢复正常，最后还是摸黑走楼梯离开的。停电的话，应该也不会被摄像头拍到。

文惠猜得没错。警察离开后，文惠出门买东西。正巧遇见大厅有几个住在这里的女人聚在一起闲聊。听到她们正在七嘴八舌地议论公寓里的杀人案件，一向没有和邻居有太多来往的文惠也加入其中，并从一个女人的口中得知了监控摄像头失灵的好消息。

文惠回到家，将公寓里发生的一切都告诉了哥哥，并嘱咐他最近不要再来公寓见面。

警察为了调查案件，必然会经常进出公寓。在公寓里的租户也难免不会被逐个调查。自己是杀人凶手的妹妹，很有可能会受到警察的"特别对待"。

哥哥答应文惠，约好这段时间只用电话进行联系。邮件总有可能在不经意间留下证据，二十多年来兄妹两人便再也没有互发过邮件。

三

国枝悟郎离开品川的居酒屋来到文惠公寓的时候，还不到晚上十点。

虽然文惠几番叮嘱说不要来，可自己不在场，心里总是过意不去。当晚十一点，文惠与结城辉久约好在公寓见面。

两天前，文惠接到了辉久的电话。

悟郎想要先躲进房间里，等结城辉久进门后好去弄清这个人的目的究竟是什么。这个想法遭到了妹妹的强烈反对，说是自己一个人就能应付，而悟郎为了妹妹的安全，执意要这么做。

悟郎在十月十五日收到了恐吓信，两周前文惠遇见富永，并和辉久通过电话。

这封恐吓信与辉久有没有关系？如果是他寄出的，那么富永会不会也参与了进来？

虽然现在还不能确定寄出信的人是谁，但在文惠遇见了辉久之后，自己就收到了一封以揭发自己罪行要挟的恐吓信。不管是谁，寄信的人一定知道人才派遣公司社长国枝悟郎的真实身份是二十五年前犯下命案并潜逃的凶手下冈浩平。

在那个停电的晚上，悟郎摸黑下楼的时候一脚踩空，右脚不小心扭伤。忍着痛走出公寓时，只看见路口的红绿灯也已经熄灭。大风中，雨伞很难撑开。本想在路边叫一辆出租车，可等了好久也没有看见一辆空车开过来。

悟郎注意到右手边有个撑着伞的人走过来，好像是个女人。自己被暴雨淋得浑身湿透，再站在这里难免会让那人觉得奇怪。长期隐姓埋名的逃亡生活让悟郎比一般人要敏感得多，他迅速背过身去，跑进公寓楼附近的小巷。在小巷里躲了好久才敢回到大路上找出租车。就这么一边找一边走，直走到荻洼车站才终于看见有拉客的空车。

听文惠说，富永俊二现在借住在荻洼的熟人家里。

荻洼站等出租车的人很多，悟郎排在队伍的最后。

四周一片黑暗，富永俊二也许就躲在人群中，伺机尾随自己。如果被他知道了自己的住址，调查住在这家的国枝悟郎应该不是难事。

不，有威胁的除了俊二，还有结城辉久。他没准也混在等车的人群里，伺机和俊二汇合。

和彩奈一起去的那个地下酒吧，吧台前坐着一个男人，长得和自己在大学打工时的同事很像。虽说以前的同事也不可能知道轻井泽的秘密，但遇见他们总少不了麻烦。离开酒吧后，只能编个借口向彩奈解释。

悟郎不知道下一秒会在什么地方遇见什么人，不知道会有什么人正看着自己，因此，每一刻他都必须提防着周围的人群。

现在还不能确定恐吓自己的人就是俊二或辉久。悟郎知道，即使弄清了寄信人的身份也无济于事。但搞清楚威胁自己的人是谁，总比一直活在猜疑之中要安心得多。

悟郎按照恐吓信的要求，把两千万日元送到指定宾馆。之后过了两个星期，倒是一切正常，没有再发生别的事情。在恐吓自己的人没有提出新的要求之前，也只能把这两周的风平浪静看作这次事件的句号。

谁料好景不长，辉久竟然向妹妹提出想要见面。

也许这次的恐吓事件与他并无瓜葛，但悟郎认为，自己必须亲耳确定他的真正目的。

悟郎把自己的鞋藏在妹妹卧室的垃圾桶里。再回到客厅时，妹妹在茶几上放了一杯泡好的茶。

"先给我看看你拍到的照片。"

"没有拍到正面。"

文惠把手机递给悟郎。

悟郎收到恐吓信后，马上打电话告诉了文惠。

"一定是辉久干的。"文惠断定。

"如果是他的话，为什么不直接来威胁我呢？"

"案件的追诉时效已经过了，如果他贸然威胁你，被警察抓走的就是他。所以他不想直接和你见面，就安排了一个女人去办这件事。不，也许信中说的这个女人就是他自己。"

"就算是穿了女人的衣服，一说话还是会被发现是个男人。"

"被发现也没什么。东京有女装癖的男人那么多，宾馆哪里敢拒绝。就算宾馆拒绝让他入住，也可以直接取走寄存在这里的东西。"

"我还是打算把钱交给他。"

"能保证不会有下一次吗？"

"现在想不了那么多了。"

"我去那个宾馆等着好了，这个女人应该就是辉久的同伙。辉久也许就在宾馆的某间房里等着女人把钱交给他。我想办法偷拍一张她的照片，这女人说不定还是你认识的人。"

文惠在二十号上午赶到指定的博特宾馆。一直坐在大厅难免有些不自然，文惠每隔一段时间都会在宾馆门外，观察着靠近宾馆的男男女女。

下午三点刚过，文惠假装休息，坐在大厅的椅子上。这时，她终于等到了在前台要取装着两千万日元袋子的女人。

悟郎现在看的就是这个女人的照片。因为不能留下证据，文惠没办法用邮件把拍好的照片直接发给悟郎。

这张照片是文惠站在女人的左边拍到的。

一个中短发的女人，戴着的墨镜几乎遮住了半张脸。身着千鸟纹连衣裙，肩膀上披了一件白色的夹克外套。红色的小包斜挎在身体一侧。一副风尘女子的打扮。

"妆化得很浓，是你认识的人吗？"

"应该不是吧。"

"你再看看这张。这个女人上电梯之前稍微停了会儿。但我准备拍照的时候正好有个男人从前面走过去，没能拍到脸。她好像在十层下了电梯。我之后也跟到十层去看了看，没有发现什么。"

"这照片离得太远也看不出什么。"悟郎把照片放大，又仔细看了好久。突然，他像是想起什么似的抬起头小声嘟囔道："总觉得有点像一个人……"

"谁？"

"想不起来了。但这种打扮的女人，东京要多少有多少。应该不是我认识的人。"

"在电话里也跟你说了。那个女人没过多久就离开了宾馆。我为了等她的同伙提钱出来，还在大厅多待了一个小时，要是当时跟着她就好了。"

"你当时可能认定是辉久在暗中操作这件事情。"

"我现在还是认为是他干的。我担心在宾馆大厅待久了会被工作人员怀疑，就没敢再多等下去。如果当时我能一直守在宾馆，一定能抓到那个女人。"

悟郎看了看手表，还差十五分钟不到十一点。

文惠收好茶杯，悟郎躲进卧室。稍微把打通的柜橱打开一点就可以看到客厅中间的沙发，想必也能够一睹辉久的尊容。

准备好的悟郎躺在卧室的床上。他想不明白，如果是辉久寄出恐吓信并指示那个女人取走钱的话，又何必在两周以后专门来见文惠呢？

也许寄信的另有其人。但不管怎么说，辉久稍后的到访都足够让人揪心。

十一点过三分，客厅传来对讲电话的声音。

难以言喻的紧张向悟郎袭来。他靠近柜橱，盘腿坐下，一只眼睛透过柜橱缝隙，紧盯着客厅。

"请进。"

辉久一声不吭地走进客厅。文惠招呼他坐在沙发上，好让悟郎看清辉久的脸。

悟郎只在辉久还小的时候见过他两三次，几乎不记得他长什么样子。透过柜橱的缝隙，悟郎看见今年四十岁的辉久长着一双和他母亲很像的眼睛，长脸，略微后陷的下巴上蓄着胡须。厚厚的嘴唇下可以隐约看见两颗突出的大门牙。头发又硬又短，简直像是鞋刷长在了脑袋上。他身穿深蓝的夹克，下身着黑色长裤，脖子上吊着一个骷髅头的项链。

辉久打量着客厅，这副轻浮的样子让悟郎想起了第一次见他时的那副大少爷做派。

坐在辉久正对面的文惠没有挡住悟郎的视线。

"我听说这个公寓楼，前阵子有人被杀了。"

"是的，凶手已经被抓到了，还好没闹出什么大乱子。你了解得可真清楚。"

"我听富永说的。"

客厅里暂时沉默了一会儿。

辉久从上衣口袋里摸出烟盒，文惠赶忙把厨房的烟灰缸递了过去。

辉久点燃一支烟，向后倚在沙发上。

"如果是想找我要钱的话，就请回吧。"

"我妈和你哥，两个人缘分可是不浅。我老爹当年特地雇了侦探调查我妈，发现了他们两个厮混的宾馆。后来我老爹把你哥叫到家里，给他看侦探拍的录像。好像就因为这个两个人才打了起来。你知道你哥和我妈的事儿吗？"

"不知道。"

辉久对文惠翻了个白眼，"真的吗？我可听说你们兄妹两个关系好得很。你哥应该什么都会和你说的吧。"

"你想要钱就直说，总之我是不会给你的。"

"现在我是缺钱，可一看见你，就想起来以前的事儿了。"辉久冷笑道。

"除了钱，你还有别的目的吗？"

"别的目的？你说什么？"

"我不知道。你不是正在找我哥哥吗？"

"你既然猜到了那我就不拐弯抹角了。我是在找你哥。"

"你想干什么？"

"我怎么能让杀了我老爹的人还活得那么潇洒呢？"

文惠一言不发。

辉久取出一个长钱包，从里面拿出一个信封扔给文惠。

"这是什么？"

"你打开看看就知道了。"

文惠打开信封，信封里是从报纸上剪下的一则报道。

"这是……"文惠声音发抖，把信封推回辉久面前。

"这是当时案子的报道，上面还有你哥的照片。这二十多年来，我一直随身带着。"

"你给我看这个干什么？"

"我觉得你能明白我的心情。"

"我知道他做出那种事情，对你的伤害很大。可现在对我说又有什么用呢？"

"你肯定知道你哥躲在哪里。"辉久不容反驳地说道。

"我怎么会知道？你为什么认为我会知道？"

"直觉。虽然不知道你有没有和你哥一直保持联系。但时效过去之后，他怎么说也会给你这个唯一的妹妹打个电话。"

"他不知道我把老家的店转让给别人，也不知道我现在住在东京。就算想联系，也找不到我。"

"如果他潜逃的时候就一直和你保持联系的话那就不好说了。"辉久纠缠不休。

看样子辉久不知道国枝悟郎就是下冈浩平。他来找文惠到底是为了什么？

悟郎猜不透。

"结城先生，你再纠缠我也是没有用的。我根本没见过我哥哥，也不知道他现在在哪里。"

辉久慢悠悠地碾灭了手里的香烟。"最近和我妈见面的时候，经常说起以前住在轻井泽的日子。她还说想见你哥呢。"

"你母亲，现在多大年纪了？"

"六十六岁了。犯了一次心肌梗死以后身体一直不好。"

"有再结婚吗？"

"没有。我老爹死了以后，虽然家里破产了，但好在她娘家有钱，不用工作也能勉强过日子。"

"你缺钱的话找你母亲不就好了吗？"

"她一点钱也不给我。"辉久把信封塞回钱包，又取出一张纸放在桌子上，"这上面是我妈的地址。"

"你为什么给我这个？"

"你要是联系到你哥了就把这个给他。我妈一直说是她害了你哥，想要亲自跟他道歉。你放心，我妈不会和任何人说起你哥来过的事情，当然，也包括我。"

"结城先生，你现在住在哪里？"

"我可以用你一支笔吗？"

辉久从笔筒里抽出一支笔，拿过桌子上放着的笔记用纸，在背面写好自己的地址，交给文惠。

"你现在在品川住啊。"

"是，我和我妈住得不远。"

结城母子都住在品川，这让悟郎眉间又多了几道皱纹。

"我听富永说你曾经在银座的俱乐部工作。"

"我以前在一家俱乐部当常务，和老板吵了一架就不干了，现在在街头拉人。文惠姐，我是真的缺钱，五六万日元就行，我手头宽裕了马上还给你。你就当是替你哥给我赔罪了。"

"你在威胁我吗？"

辉久出声地笑了笑："我这可不是威胁，就是求你借我些钱。如果是你哥的话，他不管做什么也会把钱凑出来的。"

辉久坚持文惠与悟郎有联系。可就是不知道他这么做的目的是什么。

"你真的想多了。从我哥逃走的那天起，我就再也没有见过他。"

"你哥走之前见过你吗？"

"他什么也没说就走了。"

辉久鼻子里发出"哼"的一声，又点起一根烟。

"你说，你哥现在在干什么啊？会不会换了一个身份，没准还变成了一个有钱人。"

"……"

"不过也不可能吧。估计也就是每天打打零工，混混日子罢了。"

"我没什么好和你说的。你走吧。"

"真不打算给我钱吗？"

文惠摇头。

辉久碾灭吸了一半的烟，从沙发上慢悠悠地站起身。

"如果你能联系到你哥，就跟他说说，我现在正缺钱花。也顺便告诉他我妈想见他，好歹两个人干柴烈火一场。我就先走了。"

辉久走出文惠家，顺手带上了门。文惠等了好久才站起身来去把防盗门锁死。

悟郎躲在卧室，不敢马上出来。文惠正站在门口，从对讲机屏幕里观察着走廊的动静。

过了好久，文惠打开柜橱的门。"他已经走了，现在没事了。"

悟郎仍坐在地上，低着头一语不发。

"哥，你怎么了？"

"我脑子有点乱。"

"我想喝点啤酒。哥，你要来点吗？"

"我也喝。"

悟郎回到客厅，坐在辉久刚离开的位子上。

"看清他的脸了吗？"文惠往酒杯里倒着啤酒，问道。

"看清了。不过我想不通他到底想要干什么？"悟郎小声地念叨着，把酒杯送到嘴边。

"哥，你也听见了，他好像很恨你。"

"是吗？我听说辉久一直很讨厌他继父。虽说继父被杀了不可能像没事儿人一样，但应该不至于恨我吧。"

"他继父死了以后，家里公司就破产了。他从一个大少爷落魄成现在这个样子，肯定会恨你这个罪魁祸首啊。"

"公司倒闭是因为泡沫经济崩盘，才不是因为他继父死了。"

"是啊。可他哪会想到泡沫经济，只觉得是你害他变成这样。"

"我在卧室听了这么久，感觉辉久他应该不是恐吓我的人。"

"话虽是这么说。可我们根本猜不透那个人在想些什么。他通过勒索，轻轻松松拿到两千万日元。接下来没准是想做些什么更荒唐的事情，所以才找到我这里。"

"更荒唐的事情是指？"

"想霸占你的公司，或者是想把你逼到破产。"

"就算是这样，也没必要来见你。"

"所以我才说他恨你啊。首先让我不得安宁，再一点点地折磨你，这不就是他的目的吗？虽说他并没有证据能证明国枝悟郎就是当年的下冈浩平，但可以通过匿名恐吓，从你那里得到一大笔钱。现在他定是想通过对我的旁敲侧击让你露出破绽，好把你现在的人生毁掉。他那么恨你，做出什么事情都不奇怪。"文惠突然停了下来，眉头紧锁，"是啊，原来是这样啊。拿到两千万日元以后，如果他还不满足，只要像这样定期来威胁我，也能时不时再得到五六万日元的样子。"

悟郎用力地摇了摇头，放下手里的空杯子。"我还是认为恐吓我的另有其人。辉久接近你，只不过想通过你找到我，好看看我过的是什么日子，能不能从我这里拿到钱罢了。"

悟郎往嘴里放了一支烟，正准备拿出打火机时，他的手机突然响了起来。

原来是彩奈发来的邮件。现在刚过十二点，彩奈应该正在店里工作，怎么突然给自己发了邮件过来。

"国枝先生，我说过下午要给您发邮件的，可是忙起来一不小心就忘了。真是对不起。等了这么久，您没有生气吧？我害怕您突然改变主意，不想和我再单独见面了。我听说您要单独约我的时候，真是开心极了。因为和国枝先生在一起，总让我感到十分安心。我可没有在说客套话，和您在一起的感觉和别的客人真的不一样。彩奈留。"

一向守时的彩奈没有在约定的时间发邮件给自己，悟郎感到有些奇怪。但心里放着别的事情，很快就把彩奈的失约忘在脑后。

读完彩奈的邮件时，悟郎觉得刚才紧张的心情似乎缓解了许多。

彩奈对自己的过去和现在面临的窘境一无所知，正因如此，想起她，悟郎总觉得疲惫的心灵有了一丝救赎。

"这么晚了，是谁啊？"妹妹问道。

"六本木一家俱乐部的陪酒小姐。"

"你们在交往吗？"

"怎么会？"悟郎向妹妹简单介绍了彩奈。

"哥，你这么喜欢去俱乐部啊。"

"也没有说喜欢去俱乐部，只不过和那个女孩子在一起挺让我放松的。不过你可别多想，我对她没有别的意思。那女孩挺不容易的，还特别能吃苦。"

文惠有些无奈地看着悟郎："真的没什么吗？"

"怎么？"

"你看女人的眼光一向不好，被伤了几次也没有改。"

"我又没有打算和她发生什么男女关系，就算我不会看女人，也没什么大不了的。我现在这个样子，怎么可能会想着再去找女人？"

文惠神情一变："我不是说她，而是让你小心那些陪酒小姐。没准哪个店里的姑娘就是辉久的眼线，在帮着他打听你的信息。辉久他原来在银座的俱乐部里当侍者，你说会不会有曾经在六本木工作的陪酒小姐跳槽到银座的店里去呢？"

"应该有吧。"

"那你谈工作的时候会不会去银座的咖啡店。"

"偶尔会去吧。"

"也许真让我猜对了。"

"我也和你说了，辉久应该和这次的事情没有关系。"

"就算这次的事情和他无关，那六本木也可能有很多和他走得近的陪酒小姐。照片里那个女人不就很可疑吗？"

"那个女人还是个小姑娘，不可能知道我的身份。轻井泽那件事发生的时候，她可能都还没出生。"

"也许背后还有人指示呢？"

"这倒也说不准。总之背后那个人不是辉久。"悟郎拿起辉久留下的便签纸，上面写着结城初子的住址，他只觉得背后一凉。

初子的公寓在高轮四丁目，就在自己住着的北品川附近。

辉久住在东品川一丁目。

尽管认定辉久与这次的恐吓事件无关，但与他这么近总不免要万事小心。

悟郎把母子两人的住址记在手机便签里。

"哥，你还想去见那个女人吗？"

"我怎么可能去冒这个险？记下地址好给自己提个醒，以后尽量不去他们家附近。"

"那就好。"

"可辉久为什么想让我去见他母亲呢？"

"你怎么知道他是真的想让你们两个见面呢？这只不过是动摇我们的幌子罢了。"

"那女人，也许真的想见我。"悟郎小声说道。

"别乱想了。谁会想见二十五年前的情人？"

悟郎蹙起眉头，缓缓叹出一口气。"你说得对。"

"总之，辉久现在认定了我们两个还在联系。他可真是聪明。"

"他应该在等你和我见面的时候。"

"应该是。"

"就算他这么想，也不可能一直监视你。"

"哥，你最近也不要来找我了。"

"好。"

"我去见见富永。"

悟郎有些不解地看着妹妹。"你见他做什么？"

"看看能不能从他嘴里问出点什么。"

"还是不要轻举妄动的好。你向他打听辉久的事情，反而让人觉得你有问题。"

"我什么都不问才比较奇怪吧。辉久突然出现跟我说起二十五年前那件事，我觉得心里不舒服，去找富永商量问题。哪里会让人觉得不对劲？"

"可不管辉久是这次事情的主谋还是与这件事毫无瓜葛，另有其他目的。我们两个也不能拿他怎样。"

"话是这么说，可搞清了对方的目的，我们也能稍微轻松一点。一直像现在这样处于被动，真的是一点对应也做不出。"

如果知道了事情的真相，哪怕没有办法解决问题，也比现在这样在黑暗中走一步看一步要强得多。

悟郎只好任妹妹自己去做。

午夜一点多。

"我要是打听到什么了就打电话告诉你。"

"你不要太逞强。"

"不会让他发现的。"

悟郎从钱包里拿出一些钱递给妹妹。

"哥，对不起。"

"这有什么？在你找到合适的工作之前房租就让我帮你出。别着急，慢慢找。这些钱我还是拿得出来。"

悟郎走出文惠的公寓，谨慎地观察着周围的情况。虽说辉久不可能全天都守在附近，但万事还是小心为妙。人行道上只有悟郎自己，他在路边拦下一辆出租车，坐进去后仍担心会有人尾随，从后车窗盯着身后远去的街道看了好一会儿。

坐在车上过了好久，悟郎闭上眼睛，车内沉闷的空气通过鼻腔吸入肺部。

在过去几十年的逃亡生活中，每一天都是那么地让他提心吊胆。好在成为国枝家女婿之后，这种紧张感才有所缓解。可最近发生的一切，似乎又将他拖回那段颠沛流离的生活。

也许正如妹妹所猜测的，辉久和恐吓自己的人有着某种联系。可恐吓信又是在他与文惠通过电话之后才收到的。难道真就是偶然吗？

悟郎心跳飞快，喘不过气。

他打开车窗，任风吹进车厢内，重重拍打着自己的脸颊。

悟郎深深吸下一口微凉的空气，关上车窗，取出了手机。

"彩奈，谢谢你的邮件。我们一起出去吃饭吧，我知道有一家味道不错的餐厅。明天下午我再打电话告诉你碰面的地点。"

对悟郎来说，与彩奈见面确实能给他如履薄冰的每一天带来一些小小的期盼。正是这样的期盼，将他从现实的泥淖中暂时拯救出来。

四

电视里的报道全都是错的，一定是警察的失误，才会有这种误判。圭子一遍又一遍地对自己说，只为能抵消心中的自责。

以前也发生过这样的事情。

大学入学考试张榜出成绩的那天，圭子找了好久也没有在合格的一栏里找到自己的准考证号。自己对这场考试明明有十分的信心，一定是学校搞错了，必须去问清楚到底是怎么回事。学校一开始也没能给圭子答复，直到第二天，圭子重新收到了自己被录取的通知。果然是学校漏填了自己的准考证号。

这次也一定是搞错了，杀害花道老师的凶手只能是国枝。

圭子无数次地安慰自己，内心却依然难以平静，想必是残存的理性让自己早就默认了杀人凶手早已落网的事实。

如果说国枝不是杀人凶手，那么他为什么要把两千万日元这么一大笔钱按要求交送给别人呢？难道说他是被逮捕的福元幸司的幕后指使？

想想也不可能，如果国枝指使福元去杀人，他一定会为自己创造可靠的不在场证明，又何必在当晚出现在犯罪现场的公寓呢？何况被逮捕的凶手福元杀害佐山聪子的动机充足，想要把国枝与这件命案联系在一起，不管怎么想都有些勉强。

圭子编造出几个逻辑不通的理由想要说服自己，可在事实面前，这些理由宛如一碰就碎的肥皂泡。

哪怕是喝了酒也难以睡得安稳。圭子半夜惊醒，冷汗洇湿了睡衣和头发，顺着头发淌在脸上。

圭子换了一件睡衣，想要躺下继续睡一会儿，噩梦又悄然来临。

梦中的自己身处森林中的一间小屋。一个拿着刀的男人闯进屋内，仔细一看，那男人竟然是功太郎。远处传来一阵惨叫，叫声越来越大。圭子再次从梦中惊醒，才想起，梦中惨叫的竟是自己。

梦境是对现实的歪曲，圭子自己为什么会梦见拿着刀的功太郎闯进小屋。

打开电视，晨间新闻正在报道案那桩杀人事件。

根据被逮捕的嫌疑人福元幸司的证言，警方在善福寺川找到了作为凶器的刀。

圭子寝食难安，更别说再像往常一样出门上学。她无数次地在搜索引擎里输入这个案件的关键词，漫无目的地看着毫无任何价值的信息。

圭子在搜索栏输入国枝悟郎的名字。看似普通的名字却意外很少有重名。打开国枝的公司网页，找不到关于社长的详细信息。

事到如今，再去调查这些东西早已无济于事。

突然，圭子鬼使神差地想去国枝的公司附近看看。

她先乘坐电车到新宿站换乘山手线，最后在品川站下了车。

国枝的公司在距离港南口不远的办公区里。

圭子大脑空白，只想着如果能更了解国枝的话，困扰自己的谜团就一定能够解开。可只是在他公司附近走来走去想必也无济于事。圭子来到国枝公司的大楼下，意外地感觉到自己紧绷的神经突然放松了许多。

真是矛盾极了。为什么现在反而比远远躲着国枝的时候要好过许多呢？圭子心想：如果可以的话，真想全天监视着国枝的行动。

圭子走过国枝公司的大楼，便听见手机铃声响了起来。

打来电话的是功太郎，圭子放着响个不停的手机没有去接，现在哪会有心情去接别人的电话？

电话之后又是他发来的邮件。

"今天天气不错。昨天晚上和朋友一起喝多了，今天就在家休息没有去公司上班。现在我正在品川车站附近的超市买东西。下周六要不要一起去吃饭？"

现在哪怕是和功太郎在一起也很难振作起来，圭子不打算赴约。本该马上发邮件回绝他，可现在的圭子连打字的精力也没有。

圭子刚走进品川车站，突然想起功太郎也正在附近。自己没有接他的电话，也没有回他的邮件，如果碰了个正着，不知道有多尴尬。好在品川车站大得很，应该没那么巧会遇见他。虽说如此，圭子还是小心地向四周看了看。

圭子打电话向店里请假，现在的自己根本难以应付晚上的工作。

"既然身体不舒服那就没办法了。但是这个月出台要好好做，上个月一件也没有完成。"

"好的。"

挂掉电话后，圭子想起国枝。昨晚答应他要给他发邮件的。

明明很想见他，可又不知道见面以后应该说些什么。圭子打算先回家冷静一下，再去想怎么联系国枝。

圭子在新宿站下车。现在还不饿，但打算提前解决掉今天的晚餐。在经常去的一家餐厅点了喜欢的意面套餐，也只勉强吃了三分之一。圭子想起在这家店里吃过的草莓酸奶。那时没有实施恐吓计划，也没有拿到两千万日元，小小一份酸奶就足够让自己满足。

圭子心情沉重地离开餐厅。在回家的路上，她再一次路过那栋凶案发生的公寓。在那个台风的夜晚，自己的确看到国枝拖着受伤的右腿，离开公寓大楼。

圭子又开始胡思乱想：也许在同一天，在这栋公寓楼里还发生了另一桩命案，凶手是国枝，几个月后人们才会在房间发现早已变成白骨的尸体。

这种荒唐的推测并不能对内心产生任何安慰。

晚上八点半，圭子接到了母亲打来的电话。

圭子勉强地把手机放在耳边：

"怎么这时候打电话给我？有什么事情吗？"

"我刚刚在商场遇见你德子阿姨了，就和她说起了你的事情。"

住田德子是母亲的朋友，家里是卖衬衫的。

"听说你和吉木居酒屋的儿子关系很好呢。"

"住田阿姨怎么会知道这件事？"

"是智惠子告诉她的。"

智惠子是功太郎的妹妹。住田家的商店离功太郎家很近，德子想必和智惠子也是相识。功太郎应该也向妹妹提起过自己。

"吉木家的儿子，是叫功太郎对吧。"

"是。"

"你们两个是在谈恋爱吗？"

"就是普通朋友而已。"

"他妹妹好像以为你是他女朋友呢。"

"怎么会这样？"

"我听说功太郎他在一家大公司上班。"

"是啊，那又怎样？"

"他今年才二十七岁，又是老乡，现在在东京工作和你也离得近……"

"妈，你别说了，"圭子很是不耐烦，"你是想让我和他结婚吗？"

"我也不是说担心你嫁不出去，就是觉得这个孩子跟你挺合适的。"

"妈，你在想什么呢？我还在上学呢，不管对方条件多好我也没有结婚的打算。"

"其实早点结婚也好，毕竟现在你还没有找到工作，也要考虑一下要不要直接嫁人。"

圭子羡慕母亲的单纯。母亲、功太郎、功太郎的妹妹，还有那个住田阿姨，和自己不一样，他们都是生活在太阳底下的人。想到这些，圭子便更加沮丧。

"你要是再碰见住田阿姨就跟她解释一下，不要让她再有什么误会。我和功太郎根本没有在谈恋爱，他只是一个比较聊得来的朋友。"

"你们可以从朋友开始发展一下嘛。"

"别说了，我现在不想考虑结婚的事情。"

"是吗？那就没办法了。改天我见到你住田阿姨的时候跟她解释一下。"

"别让她再误会了。"

"明天我给你寄点米过去。"

"少寄点就行，我一个人住的。"

"你送点给功太郎吧，这可是老家的米，他应该喜欢吃。"

"你别再和我说他了好吗？"圭子忍不住向母亲发火。

"好吧，我先挂了，最近天凉了，你小心不要感冒。"

"你也注意身体。"

圭子把手机扔到桌子上，抱着乒太躺在床上。

不知道功太郎是怎么跟他妹妹说起自己的，如果真是一副把自己当作女朋友来讲给人听的话，的确让人很恼火。但功太郎不像是会这么说的人，应该是他妹妹自己想多了。

不过，对现在的圭子来说，这也不是什么要紧的事情。

只是和母亲打个电话就已经累得厉害。

圭子躺在床上发呆，突然想起还没有回复功太郎的邮件。

"抱歉没有接你的电话也没有及时回复你的邮件。你今天没有上班的话，那应该可以好好地休息一天了。我下周六有安排，不能一起吃饭了。等我有空了再联系你。"

圭子没有提起从母亲那里听来的事情。如果在邮件里抱怨的话，他一定会打电话来解释。想起他那开水壶一样的声音就觉得头疼。

没过多久，功太郎就发来回复的邮件。

"你那么久没有回我搞得我有点担心。既然你有安排那就只能改天再约啦。不过你要是有什么烦心事，就尽管告诉我。当然，我不保证能帮你解决问题。"

"谢谢你这么关心我，我很开心。我有事一定会告诉你，毕竟我们是无话不谈的好朋友。"

圭子做好了再应付功太郎回信的准备，可电话迟迟没有响起来。

圭子开始考虑，见到国枝后要说些什么。

那些直接试探的话肯定不能说。但还是想从他嘴里问出些什么，只言片语也好过一无所知。可怎么问依旧是个问题。

圭子想不出来，只好先给国枝回一封邮件过去。邮件发出的时候，正巧是晚上零点刚过。

五

圭子赶在下午六点半之前来到约好的地方。国枝还没有到，圭子紧张得手心里满是冷汗。

天色渐暗。一辆出租车停在圭子面前，车门打开，国枝从车里走了出来。

他外套一件灰色的夹克，格子衬衫上还系了一条黑色领带。脚上踩着一双深蓝色的白底休闲皮鞋。手上拎着公文包。

"抱歉让你等久了。"国枝笑着道歉。

"我也刚到不久。"

圭子跟着国枝穿过马路，来到一家安静的意大利餐厅。这家餐厅圭子曾陪着其他客人来过一次。店里装修精致，黑色的墙壁给人很沉稳的感觉。

餐前酒是基尔酒。

两人碰杯后，国枝有些不好意思地说："我在网上看见别人说这家店还不错，平时我自己很少会来这种地方。"

"这家店很不错呢。"

国枝看着圭子，问："你不是第一次来这家店吧？不用顾虑我。"

"是的，很久之前来过一次。您是怎么知道的？"

"从你走进店里时脸上的表情就能看出来。"

"真的吗？"

"开个玩笑而已，我猜你应该是经常来这样的餐厅。"

"虽然不是第一次来，但是我很喜欢这家店。装修很漂亮，氛围也很棒。"

"你喜欢就好。"国枝接过菜单。

两人点了些菜和一瓶白葡萄酒。

没有与国枝见面的时候，圭子心神不定，满脑子都在想他为什么要答应恐吓信的要求，把钱送到宾馆。可一见到他，脑子里的思绪却瞬间烟消云散。最危险的人却是最能让自己安心的人，圭子感到很奇怪，伸手拿起蔬菜拼盘里的一块小萝卜。

"国枝先生是东京本地人吗？"

"我在秋田出生，两岁的时候，跟着父母搬到了札幌。但父母总是换工作，在札幌也没有住几年。上大学的时候才来到东京。"

"您的父母现在也在东京吗？"

"他们两个很早就死了。"说到这里，国枝突然看向圭子，"今天的彩奈有些奇怪呢。"

"有吗？"

"感觉说话和平时不太一样，怎么突然问起我的过去了？"

圭子低下头："今天第一次和您一起吃饭，有点紧张，不知道该说什么好。"

"也是啊，上次出台的时候喝了些酒，可能会比较轻松一点。"

"应该是这样的。我这个人，挺认生的。"

"话说回来，你找工作的事情怎么样了。"

"虽然说让我等消息，可是都这么久了还没有来联系我，应该不好办吧。不过无所谓啦，我再等一年也好。"

"如果你不是非出版社不去的话，我说不定可以帮你找个工作。"

"如果能进您的公司，那我当然愿意。"圭子半开玩笑地说。

"我们公司啊，前几天有个做行政的女职员刚刚离职，但马上就招到了新人。"国枝的表情看上去很认真，"不过让你做我的秘书应该也可以。"

"这个工作我怎么担得起呢？"

"你不要谦虚啦，公司现在有个帮我做秘书的小伙子。如果你是我的秘书的话，应该也不错。"

"如果能给您当秘书的话我也很知足了。"

如果真的可以成为国枝的秘书，那么自己这么多天的困惑也许就能解决。不过，就算是进了公司，也未必能打探到他的私人消息。

仔细想想，国枝让自己去当秘书，应该也是玩笑话。如果一个陪酒小姐出身的女人当了社长的秘书，一定会被公司其他员工当笑话看。

晚餐的主菜是烤旗鱼。

"我对你们的工作不是很了解，当陪酒小姐赚的钱会比较多吗？"

"也没有啦。客人不多的时候，真的是拿不到钱。"

"我听说一些陪酒小姐为了挣钱，会去陪睡。"

"您为什么这么说，我是绝对不会做这种事的。"

"彩奈你不是会这么做的人。我只是听生意场的朋友说起过，就是好奇像这样的人有多少。"

"具体有多少我也不太清楚，我们店里也有这么做的同事。陪睡都是很常见的工作了，还有人辞职去拍成人录像，或者是去勒索吸毒的客人。"

"还有去勒索客人的啊，真是厉害。"国枝自言自语。

圭子不说话，默默吃着盘子里的烤旗鱼。

"我听说在俱乐部的侍者和陪酒小姐里，吸毒的人也很多。"

"我们店里虽然没有这样的人，但其他店就说不好了。"

"听说六本木这边吸毒的人比银座那边的要多。"

"不会吧。我听说银座有家俱乐部的侍者全都是瘾君子，后来被集体辞退了。"

"居然还有这种店啊。现在这世道真是可怕。"

"确实有一部分人是这样的，但不免有夸张的成分。"

"你有想过去银座的俱乐部工作吗？"

"没有，现在的工作我其实早就不想做了。"

"是啊。抱歉，我问了这么奇怪的问题。"

"国枝先生想投资风俗业吗？"

"怎么会呢？因为是彩奈我才好奇多问了几句。"

"是吗？您还想知道什么就尽管问我好了。我全都告诉您。"

"我听说会有陪酒小姐从六本木调到银座，侍者也会有这样的工作变动吗？"

"有的，而且换店工作的侍者比陪酒小姐更多。我们店长原先就在银座的店里工作过。"

"这么说来，银座和六本木两边的工作人员也经常会有交流咯？"

"应该会有吧。"圭子觉得国枝的问题很是奇怪。

"你看，我净是问些奇奇怪怪的问题。不过也都是出于好奇，想了解一下你们的工作到底是什么样子的。"

国枝的解释很难让人信服。他究竟想知道些什么？难道说他已经认定写恐吓信的人是陪酒小姐或是俱乐部侍者了吗？可即使是这样，还是感觉哪里不对劲，上一次单独喝酒的时候从来没有听他说过这些。

圭子依旧满心疑惑。

像是自家附近的公寓发生了杀人案件，凶手已经被逮捕这种事情，对别人来说的确是很好的闲聊话题。可面对国枝，圭子却无论如何也开不了口。在店里说起那个刮台风的夜晚时，国枝撒谎说他那晚在家，哪里也没去。即便是与那桩杀人案件毫无瓜葛，他的身上似乎还有很多不为人知的秘密。圭子一直觉得国枝并不像会出轨的男人，如果不是情人，那么国枝在台风夜里，又是为了什么人专程冒雨来到那栋公寓呢？

心里的不解越来越深，圭子焦躁不安。

"不过日本陪酒小姐的工作真的是很难向外国人解释清楚。美国和欧洲好像都没有这样的工作。"

"有一些外国游客还以为我们是做皮肉生意的妓女呢。"

"被他们误会也是没办法。"

"是啊。"圭子咽下一口酒，"您出过国吗？"

"没有啊。"

"中国和韩国也没有去过吗？"

"我害怕坐飞机。虽然坐船也能出国。"

"您出差的时候也不坐飞机吗？"

"以前一直是坐电车去出差的。不过最近也能坐飞机了，就是要一直闭着眼睛。"

圭子被逗笑了："您真是太有趣了。"

"我说真的。在飞机上我绝对不敢打开窗户向外看，但是着陆的时候必须要打开遮光板，简直是要我的命。彩奈出过国吗？"

"没有呢。连飞机也没有坐过，但我应该不害怕坐飞机。如果将来有机会的话，想去欧洲旅游。"

"欧洲的范围可是有些大呢。没有一个具体的目的地吗？"

"去欧洲哪里旅行都可以。如果真要选的话，应该就是法国吧。以前在电视上看过西西里岛的古代遗迹，真的是很壮观。"

"我好像也在电视上看到过，好像还被评为了世界遗产。"

"是的。国枝先生是喜欢大海还是喜欢山呢？"

"年轻的时候喜欢大海。现在年纪大了，觉得还是山比较好。能够在人烟稀少的山里晴耕雨读，没有比这更好的生活了。"

"您去过轻井泽吗？"

国枝停下了手中的刀叉。

"您怎么了？"

"没有，突然想起一些工作上的杂事。抱歉，刚刚跑神了。"国枝有些尴尬地笑着，"轻井泽啊，我没有去过呢。彩奈你去过吗？"

"我有个同学，家里挺富裕的，在轻井泽有一栋别墅。前年的这个时候，我跟着她一起去了。"

"那里怎么样？"

"是个很不错的地方。她家的别墅建在山上，周围没有邻居，非常安静，很适合在附近散步。但是另一个和我们同去的朋友就觉得很无聊。她说自己从小在城里生活习惯了，看不见便利店都会觉得很不自在。"

"这孩子真是有趣。"国枝哈哈哈地笑了起来。

圭子想起一件事，犹豫着不知道该不该说。想了许久，决定用这件事来试探一下国枝。

"我朋友的别墅，以前发生过命案。"

国枝没有说什么，低头吃菜。他的无动于衷让圭子更觉奇怪。

"如果是我的话绝对不会买死过人的房子，感觉会闹鬼。"

"出过事的房子会便宜很多。"国枝淡淡地说道。

"别墅是我朋友的父亲买的。我朋友自己好像也很不在乎的样子，真是太大胆了。"

"被杀的是什么人啊？"

"好像是房子过去的主人。"

"杀人凶手抓到了吗？"

"那就不知道了。"

"现在那栋别墅还在住人吗？"

"我朋友一家休假的时候会去住。"

"我和彩奈一样，也不会买出过人命的房子。"

圭子看着正在切鱼的国枝，一个更加大胆的猜想浮现在脑海里。

如果不是想起轻井泽那栋发生过命案的别墅，这个想法也不会出现。

国枝之所以听从恐吓信的安排，把钱送到指定的宾馆，也许他身上还背负着另一桩与此无关的命案。虽然不知道他在哪里什么时候杀了人，也不知道被杀的人是谁。但国枝既然肯交出那么多钱，他这个人就一定不可能是清白的。

圭子写恐吓信的时候，误认为杀害花道讲师的凶手是国枝。而国枝则认为寄信的人是以他过去犯下的命案为要挟。这样一来，他的所有行动就都可以说通。

这么简单的原因，为什么过了这么久才猜出来。圭子想，果然是自己过于紧张了。

圭子不知道国枝曾经杀害的是什么人，也不打算去调查这件事。自己只要知道国枝有命案在身，就足以缓解内心的自责与不安。

"想什么呢？"国枝看着发呆的圭子。

"什么？"

"我看你好像突然笑了起来，是想起了什么吗？"

"我刚刚有在笑吗？"

"有啊。"

"果然，和您相处是件让我开心的事情。"

国枝还是继续盯着圭子。圭子移开了视线。

"明晚你还有安排吗？"

"没有。"

"每天都和我一起吃饭会不会很烦啊。"

"您明天也会和我一起吃饭吗？"

"如果彩奈没有别的安排的话。"

"太谢谢您了，您真是帮了我的大忙。"

"我觉得和彩奈在一起，不像是客人和陪酒小姐之间的相处，反倒是有些像是在约会呢。"国枝有些害羞地笑着。

"我也是。我们以后再见面，就不要说出台了。只是单纯的约会。"

国枝笑得眯起眼睛，向圭子点了点头。

晚上八点十五分左右，圭子和国枝离开餐厅。之后，国枝在店里又坐了一个小时。也许是刚刚在餐厅说起过侍者吸毒的话题，每次侍者从座位前走过时国枝都要盯着看上一会儿。想必是怀疑威胁他的人没准就在这些侍者之中。

第二天，圭子和国枝用过晚餐，一起来到店里。

"国枝先生这是迷上我们彩奈了。"邀请圭子来店里工作的侍者看起来很是欣慰。

而圭子心里明白，国枝所做的一切并不是为了自己，自己也没感觉到国枝想进一步发展两人之间的关系的意图。

"明天是周六，店里休息吗？"国枝趁着其他陪酒小姐走开时问道。

"是的，明天我休息。"

"明天在丸之内的 live house 里有一场演唱会，我正好有两张门票。想请你和我一起去。"

"是哪个歌手的演唱会？"

"这个嘛。"国枝看起来有些不好意思。

登台表演的歌手是过去很流行的民谣歌手，演唱会也是面向年纪比较大的听众举办的。

"彩奈如果觉得没有兴趣就不要勉强，不去也可以的。我也是，怎么会想到请年轻女孩去听老歌。"

圭子对那些二十世纪七十年代流行过的民谣一窍不通，但看着国枝脸红的样子，竟然觉得有些可爱，想了想还是答应了国枝的邀请。

"我们明天就在会场附近吃晚餐吧。等演唱会结束之后，再找个地方喝一杯。"

"就按您说的办。"

圭子就这样，接连三天都在和国枝见面。

国枝带圭子去的 live house 似乎是专门为年纪大的听众开设的，年轻人不多。虽然大多数都是没有听过的曲子，但演唱会却完全不像想象中那么无聊，歌手说话也十分幽默。总的来说还是一场很出色的表演。

演唱会结束后，圭子在酒吧告诉国枝今天的演出她很喜欢。国枝听后满意地笑了，眼睛眯成了弯弯的两条细线。

和国枝单独相处的时候，圭子似乎忘记了自己与国枝之间的危险关系。而回到家时，不安的乌云再次盘踞心头。

国枝现在如此频繁地与自己见面，难不成是猜想到自己就是寄出恐吓信的人吗？不，这不可能。一定是自己想多了。

六

手机屏幕上出现田口的电话号码时，是在和他见面后的第二周周六。

"圭子，抱歉啦。"一拿起电话便听见田口对自己道歉。

"是工作的事情吧。"

"你不要在意，这次不是因为你的能力不够。我和那家出版社社长见面说了想帮你找工作的事，他居然告诉我说出版社现在欠了一大笔债，今年就要倒闭了。我也是，不了解下情况就给你找了个快要倒闭的公司。你别着急，我再帮你问问其他家。"

出版社倒闭？真是个拙劣的借口。

"这可真是太遗憾了。不过，我很感谢田口先生这么热心地帮我找工作。"

"什么忙也没帮上真是太抱歉了。"

"您不要这么说。"

"不说这个了。今天晚上我要去你们店里找你。"

"……"

"你害羞吗？"

"有点。"

"害羞什么？我有个同事，现在负责周刊杂志的取材编辑，经常到你们店里埋伏，就为了抓那些名人的小辫子。等你下班了，我们再单独喝一杯吧。"

"可以的，只要时间不是太晚。"

"别担心，你想回家就直说好了。"

圭子只好答应。

在找工作时，田口的确是个有用的家伙，必须要好好与他打交道。但是一想到田口那图谋不轨的样子，圭子就觉得心烦，深深地叹了一口气。

晚上十一点左右，田口带着一个姓宫西的同事走进大厅。圭子和一个叫小莲的前辈被安排在宫西身边。

田口把宫西介绍给圭子，凑近她的耳边，小声说道："你的事情我都告诉他了。"

圭子皱起眉头。

"你放心，这家伙信得过。而且他比我更了解各个出版社的情况，我来之前就已经嘱咐过他，让他帮你留意一下有没有合适的工作。"

圭子只能向田口道谢，心里却十分生气。如果真的成了编辑，自己陪酒的事情被同事们知道，那还了得？

"你最近有没有和功太郎见面？"田口问道。

"没有，只是互相发邮件或是打电话。"

"他要是知道我在这里和你一起喝酒，恐怕要嫉妒死了。"

"他不会的。"

"我说，圭子啊……不对，是彩奈。彩奈你确实是个美女啊。"

一看田口便知道，这人是各个俱乐部的常客。他一边直勾勾地盯着圭子，一边不动声色地靠了过来。也许是店里的氛围，圭子感觉田口比上周一起吃午餐时更加出格。

宫西问起圭子的毕业论文，圭子如实告诉了他。

"太宰啊，好久没看过了。"

"说起这个我想起来了，这个宫西可是东京大学文学部的高才生，毕业论文写的是坂口安吾。"

"虽然当着彩奈这么说不太好，我觉得安吾写的东西比太宰有趣多了。"

"我也很喜欢安吾。"

"哇，宫西先生是东大毕业呢。那一定非常聪明吧。"

小莲一边帮宫西点烟，一边奉承道。

当陪酒小姐的，又会有几个会真正对客人学历感兴趣。比起学历，她们更关心的是客人的钱包。在俱乐部里，只要出手大方，就算是文盲也比东京大学毕业的高才生要更伟大。

几个人说起最近流行的游戏。一向对游戏没有兴趣的圭子又沦为了旁听。

快下班的时候，宫西想让小莲陪他单独喝一杯。小莲推脱说事先有约，拒绝了宫西的邀请。

离开时，宫西刷卡结账。为了编撰周刊杂志，常年出没在各个俱乐部的宫西，自然是又猛敲了出版社一笔。

圭子跟着田口和宫西刚走出店门，宫西突然说有事要办，一个人离开了。圭子无奈，只好跟着田口坐上一辆出租车。

"我们去哪里？"

"去银座。"

"下午打电话的时候我也说过的，不能太晚。"

"我知道。"

　　在店里时还邀请小莲的宫西，现在怎么会突然有事要办？明摆着就是借口，在他们来之前田口肯定早就和宫西商量好了。

　　坐在出租车上，田口问道：

　　"圭子，你在这里工作多久了？"

　　"两年半了。"

　　"不过你真是和其他陪酒小姐不一样呢。"

　　"是吗？我倒是觉得自己染上了不少坏习惯。"

　　"从打扮上来说是和她们挺像的，不过说起话来还是和普通女孩子一样。"

　　"那就是我工作能力不够了。"

　　"你这样也很好啊。"

　　两人就这样一来一往地闲聊着，出租车很快就来到了目的地银座。

　　田口带圭子走进一家酒吧。店主七十多岁，满头白发，正一个人招呼着来客。店面不大，只有吧台可以坐人。

　　几个刚刚结束陪酒工作的女人独自坐在吧台前喝酒。

　　田口点了威士忌，圭子则点了一杯啤酒解渴。

　　"我经常一个人来这里喝酒。"

　　"看来这里是田口先生的秘密基地呢。"

　　"应该是吧。和六本木相比，我还是更喜欢银座。"

　　"六本木那边是吵一些。"

　　"是啊，来银座喝酒的客人年纪也都比较大。"

　　"我听说银座陪酒小姐平均年龄也要比六本木大很多。田口先生看来是不喜欢叽叽喳喳的小丫头。"

　　"是啊，银座的陪酒小姐有很多年纪比我还要大。不过我倒是不在意女孩年纪大小。我从上大学的时候就开始在银座逛俱乐部了，对这里也比较熟悉。"

"您还是大学生的时候就开始逛俱乐部了吗？这可真是厉害。"

"我爸带着我来的，现在我们两个还经常一起去。"

"您父亲，今年多大了。"

"六十七岁。"

"父子一起在俱乐部喝酒也是很不错呢。"

田口笑着点起烟："我家老爷子的秘密我也知道不少。"

"您是东京本地人吗？"

"是啊。"

"东京哪里的人？"

"田园调布，不过现在我已经不在那里住了。"

"您认识高井一家吗？"

"倒是听功太郎说起过。"

"那是我的同学。"

"是吗？"

"看来田口先生也是个富家公子。您工作的出版社门槛想必很高呢。"

"很多同事都是从契约社员转正的。他们也不都是有钱人。"

"如果明年契约社员有了空缺，可以麻烦您帮我通融一下吗？"

"我已经和人事部的人打了招呼，就是不知道好不好办。"田口一口气喝光杯中的威士忌，举手示意老店主续杯。

圭子向他道谢。

田口捏着重新续满的酒杯，并没有急着把酒送到口中。

"圭子，你还没有正在交往的人吧。"

"现在是这样的……"

"你怎么又含糊起来了？上次问你的时候还说没有呢。"

"您为什么一直想问这个呢？"

"不知道你有没有考虑过和三十四岁的男人交往。"田口转过身，正面对着圭子。

"您是说……"

"我喜欢你。你可以和我交往吗？虽然自己说起来是挺没意思的，但是我认为你和我交往会过得很开心。"

"您好像对女人出手很快呢。"

"功太郎有对你说过什么吗？"

"我想应该没有。"

"他在背地里对我的评价一定不太好。是他自己想得太多，不敢出手罢了。我只不过是想到了就说出来，听起来虽说有些轻浮，但只要两个人开心就比什么都好。"

"田口先生这种做法也很好啊。"

田口苦笑道："先夸奖一通然后准备拒绝嘛？女孩子都是这样。"

"不，我是真心这么认为的。我很喜欢敢想敢说的人，因为很少有人能把自己心里的想法大胆说出来。不过我还是没办法与田口先生交往。"

"因为我已经结婚了吗？"

圭子摇了摇头。

"刚刚被您问到现在有没有在交往的人时，我突然想到一个人。"

"是功太郎吗？"

圭子忙否认道："不是他。"

"是你店里的客人吗？"

圭子没有回答。

"是个什么样的人呢？"

"很稳重也很温柔。"

"这样的人怎么会出入俱乐部这种地方呢？"

"看起来是陪着朋友来的。"

"他在追求你吗？"

"应该只是我的一厢情愿。"

田口无奈地笑着说："你说起他的时候看起来很开心。"

圭子没有回答，只是拿起酒杯。

当被问到是不是店里的客人时，圭子马上想起了国枝。

那个被自己恐吓的男人，那个背负着命案的男人。在说起他时自己竟然能感觉超乎寻常的安心。

圭子知道，自己不过是为了观察国枝的一举一动而经常和他做伴。可在他身边时，却又常常产生委身于他的想法。自从那天的演唱会后，这种想法便愈发强烈。这是一种无论是和功太郎还是田口相处都没能产生过的感情。圭子想，这不仅是因为国枝与自己父亲的年纪相仿，更是因为他言行中散发出的能把人紧紧包容的温柔。

温柔的人怎么会害人性命？国枝的温柔，也许是为了隐藏他残酷本质而故意表现出来的假象。而这种假象随着时间的变化，也渐渐融合到了他本人的身上。

本来，人类就是矛盾的生物。兼具温柔与冷酷的人在世界上也不在少数。

即使再紧张，与国枝的相处也是圭子内心的一种慰藉。

圭子不确定自己是不是真的迷上了国枝，但想要和他在一起的心情是不会骗人的。

一桩因误会而产生的恐吓就这样成功了。

恐吓犯与杀人犯，圭子对一样身负罪过的国枝产生了一种奇妙的亲近感。

"看来是对那位客人的单相思呢。"田口耸耸肩，有些夸张地说道。

"虽然还没有到单相思的地步，但现在已经没有和其他人交往的打算。"

"我明白你的意思。你放心，我不是那种对女孩死缠烂打的男人，以后不会再纠缠你了。"

"我相信您。"

"被女孩这么说，男人都会自作多情的。既然你的心里再装不下其他人，那我还是不要讨这个嫌为好。"

既然拒绝了田口，就要做好他不会再为自己的工作帮忙的准备。

看着圭子面前的空酒杯，田口让她再陪自己点一杯。

把刚刚拒绝的对象丢下，自己匆匆离开也不太好。圭子向店主要了一杯红酒。

店门被推开，一个男人走了进来。

这个男人披着棕色的夹克，穿着白色的裤子，鼻梁上架着一副墨镜。

一个独饮的女人听见声音回头看去："是常务啊。"

"这不是亚子吗？今天怎么一个人在喝酒？"

男人看上去醉醺醺的。

"今天店里客人不多，提前下了班。我还不知道常务您也是这家店的老客户啊。"

"我和老板可是旧相识了。哦，对了。忘了告诉你，我辞职了。"

"打算自己开店吗？"

"算是吧。"那男人正准备在女人身边坐下，就与不远处的田口看了个对眼。

田口向他轻轻点了点头，这个蓄着胡子，下巴微翘的男人咧开厚厚的嘴唇，冲着田口笑着走来："是和正啊。"

"好久不见了。"

男人打量着坐在一旁的圭子，眼睛老鼠似的在眼眶直转，圭子感觉很是不舒服。

"你是哪个店的？"男人问道。

这种傲慢的口气不管谁听了都会讨厌。

"这姑娘不是银座店里的。"田口替圭子说。

"那就是六本木的？"

"是的。"圭子回答道。

男人问起店名，圭子双手递上自己的名片。

男人拿过名片瞟了一眼："你在黑木的店里啊。"

男人口中的黑木是店里侍者们的领班。

"我跟和正是发小，只不过我年纪大他不少。"

田口向圭子介绍起这个男人，说他的名字叫结城辉久。

结城毫无顾忌地坐在田口旁边，向店主要了一杯威士忌。

田口看上去有些不满，但马上笑着继续说道："结城大哥是我哥小学和初中的同班同学。我们还一起组过一支少年棒球队，他可是队里的王牌。"

"那可是好久之前的事情了。"结城辉久淡淡地说道，眼神有些空洞。

七

圭子想趁机把田口丢给这个自称是他发小的男人，一口气喝光了杯子里剩下的红酒。

"田口先生，我先告辞了。"

"我和你一起走。"

"和正，咱们两个都有几十年没见过了。我才刚坐下你就急着走，算什么兄弟？"这个叫结城辉久的男人留田口继续坐下。

"她说要走的。"

结城辉久不耐烦地瞥着圭子："你就是这么对待客人的吗？"

圭子低下头。

"不是客人？那就是你男人？"

"你想错了。"田口慌忙解释，"我就是偶尔去她的店里坐坐。"

"那你还是她的客人啊。"结城辉久重新抓起圭子递给他的名片仔细地看，"是叫彩奈吧，你们老板没有教过你陪客人出来就要陪到最后吗？"

"看两位好像有很多话要说，我在这里怕会打扰到你们。"

"不管会不会打扰到，客人没说要回去，你哪怕是什么话都说不上也要在一边陪着。坐下，我对你也有话要说。"

"对我吗？"

"嗯。"

"请问您有什么事吗？"

"你先坐下。"

田口抱歉地看着圭子："你再稍微等等好了。"

圭子只好坐下。

"对了，你小子现在在干什么呢？"

田口把自己的名片递给结城。

"大出版社，了不起。你们公司的人也经常在银座喝酒吧。"

"结城哥你呢？"

"什么也没干。"结城看上去有些沮丧，"我大学退学之后干了好多买卖，这十几年一直在银座的俱乐部工作。前段时间还在一家店里当常务，现在也辞了。算起来，我也换了四家店了。"

"您有话对我说是？"圭子打破了三人之间短暂的沉默。

结城辉久向店主招手："给她也再上一杯，记在我的账上。"

圭子重复了自己的问题。

结城辉久抬起眼皮，他的眼睛死气沉沉，毫无活力。"说实话，你现在的薪水怎么样？"

"我不是正式员工，没办法拿提成，所以还不高。"

"出台指标呢？"

"最近也没有达成，老板找我谈过好多次。"

"你看起来也不怎么在意这个啊。"

"怎么会不介意呢？我也不想被开除。"

"结城哥，她还在上大学呢。"田口有些担心圭子，急着解释道。

"看来是花钱花得太多，所以才来陪酒的。"

"你可误会她了。"田口向结城简单地介绍了圭子，也说明了两人现在的关系。

"佩服啊。学费和生活费全靠自己赚，是我小看你了。你说的那个奖学金，不就是高利贷吗？将来还是要加倍还回去。"

"所以我想早点找到一份合适的工作。"

"田口的出版社工资是挺高的，但你也没有被录用。现在还是陪酒来钱更快。"

"我不适合干这种工作的。"

"觉得自己不适合的但干得不错的人要多少有多少。"结城没好气地说道，"你虽然年纪小，但看起来更适合在银座的店里工作。"

"银座的门槛太高了。"

"我明年打算和别人合伙开一家新店，你来我这里上班好了。"

"……"

"就是来之前最好先在银座别的店里适应一下，我知道有家店，是一家大公司投资运营的，业绩要求不是很严格，就介绍给你好了。"

"结城哥，你可别把这小姑娘越拉越深，人家是想当编辑的。"

"我知道。她不是还没找到工作吗？那就在银座的店里先干着……"

田口打断了结城："你是在拉人吗？"

"那些店里的熟人总托我给他们物色人。不是我吹牛，在挑陪酒小姐这方面我可是行家。前几年我介绍的一个女孩，什么都不做就有客人上门为她花钱。现在已经变成她们店里的头牌了。"

结城辉久握着酒杯，得意扬扬地说着自己这个"伯乐"是怎么相中一匹又一匹的"千里马"。

圭子不知道结城辉久的话有几分可信，但总不能听他的话，稀里糊涂地从一家俱乐部跳槽到另一家俱乐部。

刚刚向结城辉久打招呼的女人站起身向他告别："我有事，先走了。"

"你要好好赚钱啊。"

"有挺多事情想问你的，改天我们慢慢聊。"

"什么时候都行，我现在闲着没事干。"

"那明天我给你打电话。"

女人离开酒吧。

"自己开店可不容易，花销应该小不了。"田口说道。

"一个人当然不行，得和别人合伙干。"

"结城哥家里那么有钱，一个人做就好了啊。"

结城辉久看着田口："那是好久以前的事儿了。我妈她手上倒是有不少钱，就是从没想过给她儿子用，想要钱还是得自己去搞。"

在俱乐部当常务，如果节省一点，开店的钱也是可以攒出来。可这位结城辉久，看上去怎么也不像是会省吃俭用的人。听他的口气，是打算骗几个有钱人家的少爷入伙。

圭子心里只盼着田口能够赶快结束话题，好早点离开。

结城辉久想点支烟，打火机的焦油似乎用光了，怎么也打不出火。

"和正，你们公司的周刊志有没有报道未解决案件的版块。"

"未解决案件特辑吗？我负责周刊志的时候曾经做过。"

田口小声回答道。

"我这里有个案子，追诉时效已经过了，但是犯人还没抓到。你能帮我做一期特辑吗？"

"这就不太好办了，我现在调到总务部去了。"

"那就和你们总编打个招呼嘛。"

田口嘴里支支吾吾，似乎有些为难。"我们那个总编可是个什么话也听不进去的人。"

"这样啊，那算了。"

"你现在还在找犯人吗？"

圭子得知结城辉久的父亲被人杀害，心里很是惊讶，但还是故作镇定地继续喝酒。

"那当然了。想想那个混蛋现在不知道在哪里逍遥快活，我就一肚子的气。"结城辉久恶狠狠地说。

"他没准早就死了。"

结城辉久摆弄半天的打火机终于点燃了他的香烟。他深深地吸了一口，微皱着眉看向圭子："这些话我不该说给彩奈听的。"

"您父亲被人杀害了吗？"

"是啊。二十多年前，在轻井泽的时候被人杀了。"

"轻井泽？"圭子忍不住叫出声。

结城辉久狐疑地盯着圭子："怎么？你知道些什么吗？"

"不。我有个朋友，家里在轻井泽买了别墅。两年前我还去她家别墅住过几天。听她说，上一任主人就是被人杀死在别墅里的。"

"你朋友家的别墅在什么地方？"

圭子想了半天，回答不上来。"我记得她家别墅只有一层，门前有一道很长的矮墙。"

"没错了，那就是我家以前的别墅。我老爹就是死在那里的。我们可真是有缘。"

圭子只能笑着点头，谁会想要这种缘分？可不知为什么，听别人说起杀人案件，脑子里总是最先想到国枝。

"老爷子要是还活着，我家公司就不至于倒闭。我现在也应该是个大老板了。"结城辉久抱怨道。

"犯人是谁您知道吗？"

"知道，被他逃了。现在时效过了也没能找到。"结城辉久拿出上衣口袋里的钱包，从里面抽出一张剪报递给圭子，"给你看个有意思的东西。"

"上面的就是你住过的那个别墅。"

圭子打开折好的报纸，只见在一角上写着一九九〇年三月三十日。

轻井泽别墅杀人案件嫌疑人曾为被害者服务

被害人结城源之助（六十七岁），长期居住在东京都大田区田园调布，二十九日下午五点前后，在位于长野县北佐久间郡轻井泽长仓的自家别墅中遇害身亡。家人发现倒在书房的被害人后随即报警。被害人因被钝器击打头部而不治身亡。被害人的儿子（十四岁）在听到书房传出的争执声后迅速赶到，并目击了一名手持青铜摆件的男子站在被害人身旁。该男子注意到被害人儿子后丢下凶器迅速离开了案发现场。据指证，犯罪嫌疑人名叫下冈浩平（二十九岁），在当地经营一家电器商店。下冈嫌疑人在犯案后暂时返回家中，随即迅速失踪。长野县警方已在轻井泽警署成立了七十人的调查专案组，并发布了通缉令，在全国范围内搜查犯罪嫌疑人的踪迹。

据警方调查，犯罪嫌疑人曾与被害人的妻子（四十一岁）保持着不正当男女关系。在对被害人妻子进行详细调查后，警方确认了犯罪嫌疑人的杀人动机。

报道上附带着三张照片。

第一张是别墅的照片，确实是圭子曾经住过的地方。

第二张是被害人的照片。被害人眼神凶恶，看上去阴气沉沉。

第三张是犯罪嫌疑人的照片。

被害人的脸部有一条折痕，圭子抻开折痕仔细看，照片上是一个年轻的男人，看起来比报道上说的二十九岁还要更小一些。

总觉得照片上的男人在哪里见过。圭子抚平报纸，紧盯着凶犯的脸。

霎时间，圭子只觉得心脏仿佛要冲出胸口，两颊火烧似的发热。双手颤抖着抓住座椅的靠背才勉强支撑着自己没有倒在吧台上。

照片中的凶犯正是年轻时的国枝悟郎。即使整个人的气质和现在大不相同，圭子也能肯定自己绝没有认错。

田口察觉到圭子的不对劲："怎么了，脸色看起来很不好。"

"这就是我住过的别墅。"圭子的声音颤抖着。

"因为这点事就吓成这个样子吗？"

结城辉久似乎有些怀疑。

"看到照片真是觉得浑身发毛。报道里说的被害人的儿子，就是您吧？"

"是啊。"结城辉久满不在乎地回答道。

"真是太可怕了。您才十四岁就看到自己父亲被杀。"

"当时是有点被吓到了。但是他又不是我亲生父亲，就算是死了我也犯不着伤心。"

"上面还说您的母亲和嫌疑人有男女关系？"

"老爷子出车祸以后就只能坐轮椅，我妈像照顾孩子似的照顾他。但总归是有点欲求不满，经常去和别的男人鬼混。杀人的那个混蛋在轻井泽开电器商店，就是她的情人之一。老爷子发觉后就雇了侦探，还拍到了他们鬼混的证据，把那个杀人犯叫到家里也是为了当面揭穿他。好像就是因为这个，那人才用书房里的青铜摆件杀死了老爷子。"

"你随身带着这个剪报，是想亲自找到凶手吗？"田口问道。

"就算是超过时效我也想把他揪出来。如果把这个案子发布到周刊志上，我找他也更容易一些。可刚才你也说了，这事儿也不好办。"结城辉久有些懊恼地一口喝掉了杯中的酒。

"田口先生，我该回去了。"圭子说道。

田口扫了一眼手表："都这么晚了吗？结城哥，我也该走了。"

"咱们交换一下联系方式。"

两个人互相交换了手机号码和邮箱地址。临走时，结城辉久又叫住圭子：

"你的电话和邮箱也告诉我，我回头和你聊聊工作的事。"

圭子很是不爽，但想到他和店里的黑木部长相识，也不好回绝。

结城辉久大方地付清了田口和圭子的酒钱，圭子向他道谢，提起包准备离开。

"帮我向黑木问个好。"

"好的。"

圭子和田口一起离开酒吧。

"我送你吧。"

"您住在哪里？会不会不方便？"

"我家在鹭之宫附近。虽然不算顺路，但也不远。打车的钱我可以向公司报销。"

不知怎的，圭子就是想再问些关于结城辉久的消息，答应了田口送自己回家的请求。

两人在外堀道拦下一辆出租车。

车子向高速公路开去，田口长舒了一口气，有些抱歉地对圭子说：

"这次都怪我，害你和那个人交换了联系方式。"

"他看起来不太像是您的朋友。"

"本来就不是，只不过小时候家里住得近，互相认识罢了。他和我哥是同学，以前来过我家。手脚有些不太干净，还偷走过我家的玩具。不过他母亲来我家还玩具的时候倒是一个劲儿地道歉。"

"您不是说他家里原先还挺有钱的吗？怎么会偷别人家玩具呢？"

"他是他母亲再婚带过来的。应该是小时候缺爱吧，性格有点扭曲，从小就到处惹事。棒球倒是打得很好。他在高中的时候就被劝退了两次，刚刚听他说是上过大学，可谁知道是不是在吹牛。"

出租车从霞关开进高速。

"因为父亲被杀，家里的公司也倒闭了，真是可怜。"圭子小声说道。

"没什么可怜的。他老爸是做房地产的，公司倒闭还不是因为泡沫经济崩盘。"

"他母亲是和给他们家送电器的人发生婚外情了吗？"

"是啊。我在长大以后就没见过他母亲了。可我记得，就算是在小孩子眼里，他母亲也算得上是个大美人了。"说到这里，田口突然转身看着圭子，问道，"你对他这么有兴趣吗？"

"没有啦。因为两年前我在他家以前的别墅里住过，就对他父亲的死挺在意的。"圭子解释说。

田口转回身去："不过他也真够厉害的，那么久之前的报纸还天天带在身上。"

"确实是挺厉害的。"

"还想着发布到周刊志上，真是异想天开。"

"是因为实在太想找到杀死自己父亲的凶手了吧。"

田口低下头："那家伙，一定有什么打算。"

"打算？"

"如果找到凶手，就能从凶手那里敲诈一大笔钱。所以他才想尽办法想找到那个人。"

"可如果是刊登在周刊志上，即使找到犯人，不也很难再勒索人家了吗？"

"是啊。他可能也是想利用我帮他搜集情报。总之他自己一个人是找不到的，还不如赌一赌，看我这里能不能给他什么有用的东西。他和他继父本来关系就不好，这么做的目的也只是要钱而已。但是没想到圭子居然在他家原来的别墅住过，这可真是太巧了。"

圭子没有回答。

"很在意吗？"

"也没有。就是感觉怪怪的。"

"你意外地有些神经质嘛。"

"是啊。"

"这样也蛮可爱的。"

"没有女人不喜欢被人夸奖可爱。可不管什么都要夸一句可爱的男人实在让人厌烦。但如果是被喜欢的人这么说，心情就不一样了。"

"辉久好像是盯上你了。你小心一点，他不是什么正经人。"

"我不喜欢他，不会去接受他的邀请的。"

"他很难缠的，一定会再来联系你。"

"我不理他就好了。"圭子说道。

出租车在新宿驶出高速，驰行在青梅街道上。

"我以后再多帮你问一下工作的事情。"

"麻烦您了。"

"圭子啊，以后我们可以再约吗？就当是普通朋友，我不会对你死缠烂打的。"

圭子轻轻点了点头。

出租车经过花道教师遇害公寓，圭子下意识转身看着越来越远的大楼。

"怎么了？"田口问道。

"没什么，刚刚在发呆。"圭子坐好。

"你家住在哪里？"

"再过两个红绿灯就到了。"

"我送你到楼下吧。现在太晚了，不安全。"

如果是田口的话倒也无妨，圭子对司机说明了详细地址。

出租车停在圭子公寓的楼下。

"今天谢谢您了。"

"我回头再联系你。"

"好，您回去早点休息。"

圭子向车里的田口点头道别，向公寓楼走去。

回到家的圭子抱着乒太倒在床上，房间里凉飕飕的，圭子提前打开空调。

满脑子里想的都是国枝。

今晚，圭子得知了自己的老客户国枝悟郎，就是潜逃多年的杀人凶手下冈浩平。但即使知道了真相又能怎样呢？国枝就是国枝。

国枝曾经是轻井泽一家电器商店的老板，和结城辉久的母亲发生过男女关系，杀死了结城辉久的继父。

真是个天大的误会。国枝定是以为恐吓信中提到的是二十多年前的杀人案件，才会一声不响地把钱交出来。

困扰了自己好久的谜团终于解开了，圭子感觉包围周身的浓雾中，似乎有阳光照了进来。

可现在圭子还是不知道自己到底在介意什么。

说起来，前段时间和国枝一起吃晚餐时，曾经提起轻井泽别墅的杀人案，那时毫无反应的国枝让圭子很是奇怪。

国枝的内心一定慌张极了。

多么奇妙的缘分。

竟然是多亏了那个死者的儿子，自己才得知了国枝的真实身份。

而自己曾住过的别墅，竟然是国枝杀害别墅前主人的案发现场。

真是令人难以置信。

以揭发杀人罪行为要挟，寄出恐吓信的自己，在得知轻井泽命案的经过时，竟然对国枝是潜逃多年的杀人凶手这个事实很是抗拒。矛盾，说不清的矛盾。圭子在心里暗暗骂自己是个傻瓜。

少年时代的辉久目击了继父倒在国枝脚下的一幕。注意到少年辉久的国枝丢下凶器，离家逃亡，至今仍隐瞒着身份。

圭子知道，国枝杀人潜逃，罪不容恕。可在内心深处，只觉得国枝可怜。被杀的那个男人看起来就不像什么好人，运气不好的明明是国枝，都怪那个男人，让国枝成为凶手。

圭子这样想。不，圭子逼迫自己这样想。

圭子心里的国枝是一个永远不会触及这般恶行的男人，即使是得知了真相，自己的想法也不会改变。

结城辉久给圭子的坏印象，也让她增加了对国枝的同情。

如果国枝被辉久找到，后果将不堪设想。圭子不由得为国枝担心了起来。

八

周五，国枝再次来到店里，同行的还有他的朋友，牙科医生美浓部。美浓部点了一瓶很贵的香槟，这可让负责的真美前辈高兴坏了。

听说美浓部在来之前，已经在银座的俱乐部坐了好久，进店时已经是醉醺醺的。

"我啊，更喜欢银座那边的店。但你们家不一样，因为有真美在，所以比银座的还好。"

美浓部握着真美的手，絮絮叨叨地说道。

"他的女儿就要嫁人了。当父亲的，又开心又舍不得，今天晚上就只知道喝酒。"国枝悄悄地对圭子说。

圭子满脑袋都是报纸上国枝年轻时的脸。

如果不是关系非常亲近的人，应该很难发现国枝与照片上年轻人的联系。国枝年轻的脸颊肉乎乎的，而现在却是两颊深陷。年轻的国枝有一点点龅牙，现在的他牙齿却十分整齐，大概是整过了。当然，最大的变化还是整个人的气质。照片上年轻人的意气风发，在现在的国枝身上却丝毫不见一点踪影。本就不太显眼的长相在经历了长期逃亡生活的洗礼，让他更难给人留下印象。

鼻子和脸型的轮廓似乎和年轻时差不多。如果是熟悉的人看见这张照片，当即认出来也不是特别困难。

"自从开始当牙医，我就觉得世界上的人都是平等的。"美浓部正在一旁天南海北地聊个没完。

"为什么呢？"真美问道。

"无论是谁，口腔都长得一样不好看。像真美你这么漂亮的小姑娘，口腔也不会有多好看。流浪汉也好，总理大臣也好，大家的口腔都一样难看。所以我觉得每个人都是平等的。"

"但如果经常护理的话还是会不一样的吧。"圭子插了一句。

"是啊。不过形状也不会有太大变化。"

"那倒也是。"

"如果患者是漂亮的女孩子的话，您在看牙时的心情也会不一样吧？"真美说。

"是啊。比起男人和老太婆，美女的口腔应该会更好看。"

"您是不是有过什么下流的想法呢？"

"说什么呢？工作的时候哪里会有这种闲心？不过，如果在给真美看牙的话，应该会想些不该想的东西。"

"太过分了。我就算再怎么喜欢您，也不会去找您看牙的。"

圭子喝着香槟，听着这种毫无营养的对话。

每个人的口腔里，即使牙床排列有些不同，但一眼看上去，形状确实都很像。只凭借口腔的照片，应该分辨不出这张嘴的主人是谁。

单凭如此就敢断言人人都是平等的，荒唐也要有个度。

生活费、学费乃至零花钱，每个月都由父母按时打到银行卡上的人和所有钱都要自己去赚的人怎么可能是平等的。

圭子很讨厌"现充"这个词。并不是因为自己的生活无法"现充"而因嫉妒产生反感。

来到东京以后，向圭子示好的男人很多。

一起从老家到东京上学的朋友曾经对圭子说："我真羡慕你，那么受男生喜欢。我就没什么男人缘。虽然圭子现在用钱很吃紧，但你可是'现充'①呢。"

因为是同乡，圭子很信赖这个朋友。一开始做陪酒小姐的时候，就告诉了这个女孩。但没想到，这件事马上就在高中同学之间传了个遍，甚至有人说圭子为了钱去当别人的情妇。

打工的事只告诉了她，努力生活的自己竟然被当作笑话任人愚弄。圭子又伤心又恼火，提笔给那个朋友写了一封绝交信。

一个人的生活很辛苦，但我从没想过要依靠男人。我这个样子的就是"现充"吗？你不要太过分了好吗？

圭子在绝交信里这样写道。

谈天说地的美浓部是这场宴会的主角，圭子坐在一旁，心不在焉，只是偶尔应和着话题挤出几秒虚假的微笑。

偶尔也会和国枝说上几句，可还是觉得大脑一片混乱。

美浓部和真美不知什么时候说起了高尔夫。

国枝对圭子说："今天我要送他回去。你明晚有安排吗？"

圭子点头："明晚要在新宿和客人吃饭，但是九点之前应该就能送走他。之后我们再喝一杯吧。"

"好。"

国枝说等下发邮件通知圭子见面的地点。

那天晚上，国枝和美浓部在店里坐了一个多小时。当晚不用另陪客人出台，圭子搭乘店里的车回家。

在车上，圭子收到一封邮件。本以为是国枝，打开手机一看

---

① 指"现实生活很充实"。

才发现是功太郎。

邮件上说想和圭子打个电话。圭子推脱说现在在车上不方便，回家之后再打给他。

回到家后，圭子先去冲了个澡。之后，才慢悠悠地拨通了功太郎的电话。

"这么晚打扰到你了吗？"

"没关系，你今天不用另外加班吗？"

"是啊。"

"我听田口说，工作的事儿好像还没有办好，担心你现在会不会心情不太好。"

"是有些失望，但公司要倒闭了也没什么办法。"

"田口也真是的，要介绍也要找那些可靠的公司啊。"

"他也是好心。"

功太郎竟早已知道田口曾经来到店里找圭子。田口会告诉他这件事也正常，可总觉得有种被功太郎监视的感觉，圭子觉得很是心烦。

功太郎是个好的倾诉对象，算得上是自己无话不谈的朋友。虽然这么做有些对不起他，在知道功太郎的妹妹把自己当作他的女朋友之后，圭子总是下意识地想要和他保持些距离。

"明天有空吗？"

"不好意思，我明天有约了。"

"啊，是嘛。"功太郎的声音听起来很是沮丧。

"下次我和田口先生再见面的时候，你也一起来吧。"

"你们什么时候再见呢？"

"现在还没有定。但是他来约我的时候，想叫上你一起去。"

"也就是说，即使他一直在约你，你也对他没什么兴趣吗？"

"是啊。我明天是真的已经有约了，我们下次再说吧。"

三十分钟后，圭子收到国枝的邮件。邮件上说晚上九点，在新宿的堂吉诃德商场前见面。

第二天黄昏时开始下起了雨。

圭子到得有些迟，国枝看起来已经在堂吉诃德前等了一会儿，他的手上没有拿着雨伞。

"没想到会下雨，我去买一把伞，你先等我一下。"

"我们要去的地方，很远吗？"

"离这里挺近的。"

"那我们撑一把好了。"

圭子把伞撑向国枝。

"那就两人用一把吧。"国枝笑了笑，带着圭子来到正对着靖国大道的一家酒吧。

圭子让国枝放钱的那个宾馆，就在这附近。

酒吧处在繁华地段，却意外地很是安静。

"这家店真不错。"

"我跟着客户来过一次，今天是第二次来。我自己很少出门，新宿也好，六本木也好，都想不出可以带你去的地方。"

"银座那边也不熟悉吗？"

"是啊。"

国枝这样做，也许是不想被人记住自己。

国枝点了一杯麦卡伦。圭子点了一杯琴酒为底调的鸡尾酒。两人干杯。

"下这么大的雨，还硬要叫你出来，回去的路上不好走吧？"

"没有。"圭子笑了笑，"如果是其他的客人，我可能就要装病推辞了。"

国枝有些害羞，咽下一口酒。"听你这么说，我真想每天去你店里和你见面。"

"我说的可不是营业用的假话。"

"就算是假话我也挺开心的。"

国枝很快地喝光了第一杯酒，示意酒保续杯。

两人之间陷入了沉默。

圭子想找个话题，但也不知道说什么。自从得知国枝是轻井泽命案的凶手以后，圭子就在提到触及国枝私生活的问题时，总是小心又小心。

即使两人之间的对话不多，也没有感受到丝毫尴尬。

自己也许是爱上了国枝，却没想过要当他的情妇，更没有陷入痛苦的相思之中。只不过，在与功太郎和田口相处时都不曾产生的情愫使她的内心不停躁动。即使知道，自己爱慕的这个人是自己的恐吓对象，也是一个潜逃二十多年的杀人凶手。

"彩奈今天不怎么说话呢。"

"因为感觉很轻松。"

"那就好，我还担心你是不是太累了。"

"没有。国枝先生经常来新宿吗？"

"不怎么来。今天要陪一个外地来的客户，他在新宿定了宾馆。所以我们约在这附近的一家天妇罗店吃晚餐。"

"他们没有让您再陪他们玩一玩吗？这个时间回宾馆也没什么可做的吧。"

国枝嘴角一提："你可真是聪明。"

"什么？"

"那人昨天住在西新宿的一家豪华宾馆，今天却非要换到派出所附近的一家小宾馆里。"

派出所附近的小宾馆，难不成就是那家博特宾馆吗？

"为什么要这么做呢？"

"还不是方便把歌舞伎町卖春的人叫过来。听说他每次来东京都会这么干。有妻有子，看起来倒是挺正派的一个人。晚饭后他说想一个人待一会儿，所以我就有时间来见你了。"

这明显就是编出来的说辞，圭子内心十分慌张。

把碰面的地方定在新宿，还特意说出派出所附近的那个宾馆。也许是自己偶然提起轻井泽那桩命案，引起了国枝的怀疑。

但是，现在也不好再多问些什么。圭子告诉自己，必须要冷静下来。自己的胡思乱想只不过出于不安和自责。国枝怎么可能会怀疑到自己头上呢？

国枝又点了一杯。圭子的酒杯里，酒还剩下大半。

"我今天想慢慢喝。"

国枝点了点头。

国枝今晚喝酒的速度比平时似乎快了许多。

"有件烦心事。"国枝微微笑着，小声说道。

"烦心事？"

"是啊。"

"是和我有关吗？"圭子战战兢兢地问道。

国枝没有回答。

"是什么？"圭子做出一副轻快的样子。

沉默持续了一段时间，在这段时间里，圭子倍感煎熬。

"请告诉我。"

"被你这么问，反而不好开口了。"国枝杯中的酒又空了下去。

圭子低下头。

"因为太想见面了。"国枝看着酒架，似乎在自言自语。

"和谁？"

"还用问吗？"

紧绷的空气一下缓和了许多。

"我本不想永远保守我的心意，可一看见你就完全忍不住了。"

"……"

"我不会让你去做我的情妇，也不想再发展更进一步的关系。只要像现在一样，能单独见面就足够了。我的心意如果被美浓部他们知道了，一定会当作笑话嘲弄我。我每天都期待着与你见面，虽然这么说有些夸张，但与你见面是我活下去的动力。如果你在生活上有困难，我也会马上出钱援助你。请你一定要相信，我真的没有再把关系向前发展的打算。我想和你保持这种柏拉图式的关系。像我这样的老男人，说出这种话，会不会让人觉得恶心？"国枝的眼角满是笑意，他看着圭子，继续说道，"彩奈，你也不用回答我。我说的这些话，并不是想要追求你。你就当这是我这个老男人酒后的疯话吧。只是，如果你有时间，可以再和我见面吗？"

"什么时候都可以。我也一样，每天都很想和您在一起。现在工作还没有找到，只能做陪酒小姐勉强糊口。我时时刻刻都在想，我做的一切到底是为了什么？又有什么意义？但是和您在一起的时候，这样讨厌的想法一次都没有出现过。"

"那就好，那就好。"国枝欣慰地说道。

圭子看到国枝湿润了眼角，便转头看向别的地方。对国枝说的话不带有半分虚情假意，国枝闪着泪光的眼角，似乎昭示着圭子是世界上最差劲的女人。

如果之前就感受到他这份温柔，圭子是绝对不会去做出恐吓这种伤害他的行为。

现在说出真相，把钱还给他还来得及。即使是时效已过，身为杀人犯的国枝也不会轻易向警方举报自己。

圭子犹豫再三，话到嘴边还是咽了下去。她不想让国枝知道自己是一个如此品性的女人，可又觉得在国枝面前装模作样的自己令人恶心。

也许是真的不想再过这样贫穷的生活，才走上了这条无法回头的路。自己只是不想在毕业以后还要靠着低三下四的营生度日，和杀人相比，恐吓又算得了什么呢？圭子认为，正是内心的扭曲，才促使自己做出这般卑劣行为。这种不正常的心理像细菌一样肆意增殖蔓延，也是与像弥生那样不知世间疾苦的富家女长期相处的后果。

事到如今，早就没办法再回头。圭子祈祷着国枝的罪行能够永远不被发现，也暗自发誓绝不去挥霍那笔勒索来的巨款。

"话说出来心情就好多了。"

"现在没有多少人可以像您一样，能够如此坦然地说出心里的话。国枝先生，您真是个好男人。"

"哪里是好男人了？一个普通的老男人罢了。一般来说，大家都会积极地追求有魅力的异性。当然，我年轻的时候也会这么做。"

据说，国枝是因为与被害人的妻子有染才下了杀手，想必是对那个女人动了真情。

圭子不敢直视国枝，只是抬头望着低矮的天花板。"我想知道您曾经历过的恋爱是什么样的。"

"不是什么值得对人讲的事情。"

"但您也曾经爱过，曾经勇敢地追求过吧。"

"还是大学生的时候，曾经爱上一个和我坐一辆公交车上下学的女同学。后来我们成为恋人，但我还是被她狠心地丢下了。从那以后，我就害怕再去恋爱，也不敢再接近女人。"

国枝的目光似乎穿过了几十年的光阴，落在了他的青葱岁月。

"您在遇见夫人之前，就没有再恋爱过了吗？"

明知道这个问题对这个几十年都在逃亡中度过的人过于残酷，可圭子依旧对国枝与结城辉久的母亲之间的关系很是在意。

"我曾经和一个比我年纪大很多的有夫之妇发生过一段婚外情。"

"真没想到您会做出这样大胆的事情。"圭子玩笑一般地说道。

"最初也是被她勾引，一时冲动。可没想到最后却动了感情。我也从没想过要破坏她的家庭，所以这段关系不久就结束了。"

"那时候，您还是单身吗？"

"是啊。"

"对方是怎么想的呢？"

"虽然她也很喜欢我，但更多是追求刺激，想从家庭中暂时解放出来。我真的，不适合去恋爱。"

"我也一样。"

国枝转过头，不切掩饰地看着圭子："现在轮到彩奈了。可以给我讲讲你的爱情故事吗？"

"我可没有什么刻骨铭心的爱情故事。虽说曾经和同学交往过，但也是平平淡淡，说散就散了。"

"为什么分开了呢？"

"他总是干涉我的生活。告诉他我在陪酒的时候，他冲着我大发脾气。我也不是喜欢才去干这种工作的，但他就是不理解我。"

"我能理解他的心情，哪个男人会想让自己爱着的女人去做这种工作呢？他一定很担心你。"

"您也讨厌当陪酒小姐的我吗？"

"我可没这么想。如果不是跟着美浓部来到那个俱乐部，也就不会遇见你。你原先那个男朋友，应该和你差不多年纪，还很年轻，肯定会因为这种事嫉妒的。"国枝说着，看向圭子的酒杯，"要再来一杯吗？"

"那就不客气了。"

国枝为圭子重新点了一杯酒。

圭子起身去盥洗室补妆。

国枝的告白委婉而又纯洁，不带丝毫成人男女之间肮脏的欲望。可如果他更强势地表示内心的想法，自己又该怎么办呢？那场滴水不漏的恐吓行动宛如一道深渊横在两人面前，使得圭子不能再向前迈进一步。圭子感觉自己总归会被这种矛盾的感情折磨到崩溃。

但如果能继续保持现在这种不远不近的关系，内心也能尽可能保持平静。

与此同时，由于担心行动败露，不安再次涌上心头。

圭子对镜补妆，有些掉色的嘴唇重新得体地被涂好口红。

吧台一角不知什么时候坐了一位客人。那人一抬头，正与圭子双目相对。

"你一个人吗？"

九

功太郎怎么会出现在这个酒吧？

圭子一时间不知道怎么回答。

"看来不是呢。"功太郎注意到一旁的国枝。

圭子回过神，向功太郎介绍国枝。

功太郎点点头，眼睛盯着国枝不放。

"要一起喝一杯吗？"国枝落落大方地邀请道。

"不必了。打扰到别人约会就是我自讨没趣了。"

"没有没有，我正打算回去呢。"国枝一口饮尽杯中的酒。

"您要回去了吗？那我也该走了。"

"看来我来得不是时候。"功太郎冷冷地说道。

圭子没办法，只好提议三人一起喝一杯。

"可以吗？"

圭子没有理会阴阳怪气的功太郎，直接回到座位上。

功太郎端着自己的酒杯，坐在圭子旁边。

圭子生怕国枝误会，仔细地介绍起功太郎。把自己和功太郎在朋友家的聚会上认识，发现两人是同乡，以及变成现在这样无话不谈的好友的来龙去脉一股脑地全都讲了出来。而对功太郎，也只是简单告诉他国枝是自己店里的客人。

"不知道名片还有没有了……"功太郎嘟囔着去翻自己的钱包，"啊，还有一张。"

国枝也跟着从上衣口袋中掏出名片夹，取出一张名片递给功太郎。

"您的公司在港南啊。"功太郎看着国枝名片上的信息问道。

"是啊。你知道我的公司吗？"

"我住在品川，在高轮口。也经常会去港南那边走走。"

"那边可没什么好玩的。"

"我最近跑步的时候经常会跑到那附近，最近好像是有点胖了。"功太郎话锋一转，猛地转过头问圭子，"你去过港南吗？"

"没去过。"

功太郎讨了个没趣，只好继续和国枝聊他的公司。

"工程师派遣公司。还真是少见呢。"

"是吗？"

"您经常去她工作的俱乐部吗？"

"算是吧。"

在圭子看来，功太郎的问题简直像审问一样刺耳。

"我之前一直说想去一次呢。可她好像不太愿意。"

"为什么呢？"国枝问圭子。

"让朋友看见我在陪酒时的样子多难为情啊。"

"田口就没关系吗？"

"找工作的时候他帮了我很大的忙，也不好拒绝。"

在国枝面前提起田口的功太郎让圭子很是讨厌，平时就觉得刺耳的声音，现在听起来愈发难忍。

"你经常来这家酒吧吗？"

国枝问出圭子想问的问题。

"和大学同学一起来过两三次。"

"你今天来新宿是有什么事情要办吗？"圭子问道。

功太郎只是看着圭子："本来想约某人的，可某人说事先有约。"

圭子不想理会无理取闹的功太郎，转过头默默咽下一口酒。

"我刚刚正在附近的居酒屋和朋友喝酒，就是带我来这家店的那个大学同学。他刚刚接到电话说他家亲戚出车祸了，留下我一个人急匆匆地离开了。我想着这个时间回家有点太早，就一个人来到这里，打算再喝点什么。"

怎么就偏偏这个时候来了呢？虽说功太郎的出现只是偶然，但圭子就是莫名其妙地生气。

功太郎招呼酒保续杯的时候，圭子向国枝使了个眼色。

国枝便说道："彩奈，我们走吧。"

"好。"

"这就要走了吗？"

功太郎脸上明显有些不高兴。

"我和她还预约了一家店。"国枝付完账，声音和往常一样沉稳。

"是吗，那你们先走吧。"

"下次有机会我们再聊。"国枝微微点头向功太郎道别。

"那我也先走了。"

功太郎一声不应，嘴角勉强挤出微笑来，直勾勾地盯着圭子，以至于圭子转过身后还能感觉功太郎在背后紧盯自己的目光。

电梯门关上以后，圭子如释重负，长舒一口气。国枝看着躲过一劫的圭子，轻轻笑出了声。

两人走在人行道上，国枝指着街头的霓虹灯牌，问："那里灯牌指示说有酒吧，要不要进去坐坐？"

"好啊。"

"先在门口看看里面是什么样子的，不喜欢就换一家。"

"有点像是在探险呢。"圭子笑道。

"很期待和彩奈一起的探险。"

"您不是知道我的本名吗？"

"是叫冈野圭子吗？"

"您可以直接叫我圭子。"

"你不喜欢我叫你彩奈吗？"

"并没有。彩奈这个名字也是因为我喜欢才取的。"

两个人顺着灯牌的指示走进一家酒吧。酒吧在一栋杂居大楼里，店里的客人又多又吵。

"这家还是算了吧。"

"楼上好像还有别的店。"

两人没有乘电梯，顺着楼梯走上楼去。

楼上有一家安静的小酒吧，正在放着爵士乐。窗户旁边的双人席还没有人坐。

"我们坐在那里吧。"圭子指着空着的双人席。

国枝点了一杯用琴酒主调的鸡尾酒，圭子也点了一杯一样的。

"刚刚说起称呼，我管你叫彩奈叫习惯了，突然改口也不容易。而且……"国枝有些含糊。

"而且？"

两杯酒被端了上来。

"先干杯吧。"

两只酒杯碰在一起，发出清脆的响声。

国枝靠着椅背，顺着窗户向外看去。"如果称呼你本名的话，感觉距离就有些过于近了。"

圭子抿嘴笑了笑："您太夸张了。"

"也许吧。但我不想让我们的关系再向前发展下去了。还是让我叫你彩奈吧。"

也许国枝是想到了他的虚假身份和圭子陪酒的花名之间有些微妙的联系。这个男人的心竟如此纤细。可只要国枝的真实身份还没被暴露，就不会再听见有人用他的真名称呼他。

国枝悟郎与藤木彩奈。

两个虚假的名字，一段虚假的关系，两个隐藏着秘密的人。

"你对刚刚那个叫吉木的男孩子很是冷淡。不想和他说话吗？"

"我和他本是无话不谈的好朋友。但最近，真的觉得他好烦。"

"怎么了？"

圭子把母亲在电话里的话告诉了国枝。"虽然我觉得他不像是会乱说的人，但是被他妹妹误会，也让我挺尴尬的。我妈妈还想着，没准将来我能和功太郎结婚。就因为他父母在我老家开居酒屋，他自己又在大公司上班。我妈妈也是，人都没有见过，就开始自顾自地想。"

"你就没有想过这些吗？"

"完全没有。"

"但我感觉他应该是喜欢你的。他看着我的时候，我都能感觉他嫉妒得两只眼睛要喷出火来。"

"是吗？我没有察觉出来。"

"我能看出来他一直在掩饰。毕竟一进酒吧就看见喜欢的女孩子和别的男人在喝酒，心里肯定不是滋味。"

"其实他今天晚上是想约我的。但因为提前和您约好了，我就没有答应他。"

"是这样啊。"国枝的眼角满是笑意，"他刚刚还故意在你面前说本来想约人呢。果然是在闹脾气。"

"真是受不了他，就因为这种小事，有必要这么说吗？"

"他的心情我可以理解的。这和被人甩了有什么区别？"

"啊，我突然想起一件事。我在他家附近碰见过您呢。"

"是我在出租车里看见你的那次吧。"

"是的，那时候我刚巧从功太郎家出来，正准备回家。您别误会，不过我们几个朋友聚在一起喝酒罢了。"圭子解释道，"您和他住得那么近，说不定就在哪里遇见过。"

"那下次再看见他我就请他去喝酒。"

"您就不要开玩笑了。"

惬意的时光总是过得这么快。哪怕两人只是默默地看着窗外车水马龙的街道。

国枝说起那个派出所附近的小宾馆时，圭子确实感觉坐立难安。但在听到国枝爱的告白之后，这种不安也从心头一扫而散。

直到半夜一点，两人一直坐在酒吧。

国枝递给圭子打车费，伸手拦下一辆空车。

"我们还能这样见面吗？"

"什么时候都可以。"

圭子坐进出租车，朝着国枝用力挥手，向他道别。

这种扭曲的缘分将两人死死绑定，再也不能解开。

圭子决定要把这笔巨款用在最需要的地方，所以还不能轻易辞去陪酒的工作。为了能多存一些钱，最少也要努力做到年底。

即使是等下一年再找工作，也不会被田口的出版社录用。去其他的大出版社，情况也不会好到哪里去。哪怕不当正式职员，只要能够成为一名文艺编辑也能让自己满足。可在大出版社，就算是契约员工，录用条件也十分严格。现在，只能寄希望于田口的人脉。圭子也想过写推荐信给大学学姐工作的出版社。虽说可能会让人觉得有些厚脸皮，但只要有一线希望，也要硬着头皮去试一试。

圭子回到家后，翻开了那个好久没有碰过的抽纸盒。钞票沉甸甸的分量让圭子很是安心。

第三章

下冈文惠的怀疑

一

化身为国枝悟郎的大哥正在新宿与圭子约会时，妹妹文惠正在荻洼的一家居酒屋中，和她在一起的，是富永俊二。

文惠怀疑富永俊二很可能也参与了辉久的计划。在辉久来访后，她担心被怀疑，没有马上去和富永联系。

正当文惠盘算着是不是应该请富永出来聊聊的时候，对方反而主动打通了她的电话，并邀请文惠出来喝一杯。两人约好周六晚上九点见面。文惠没心情和富永一起吃饭，特意把见面时间定得晚了一些。

两人约好在车站南口的一家居酒屋见面。文惠赶到的时候，富永正坐在店里，面前摆着一碟小菜，悠哉地喝着啤酒。

文惠坐下后，又向店家点了刺身拼盘、沙丁鱼干和柳叶鱼之类的下酒菜。文惠还点了一杯柠檬碳酸酒。

"我正想和你联系呢。"酒端上来后，文惠先开口说道。

富永嘴角一咧："是为了辉久吧。"

"你也听说了啊。"

"是啊，所以想找你聊聊。"

"这个人让我挺不舒服的。刚和你见过面，他马上就打电话给我，一张口就是要钱。"

菜上齐了，富永夹起一块金枪鱼刺身塞进嘴里。

"他现在很缺钱吗？"

"说是想和朋友在银座开俱乐部，现在好像是弄到钱了。"

"他什么时候说不缺钱的？"

"什么时候来着？"富永往嘴里送了支烟，深吸了一口又缓缓吐出来，"大概是十月底的时候吧。"

哥哥在十月二十日的时候把钱送到了指定宾馆。一定是那个出现在新宿宾馆的女人，取出钱后交给了辉久。

"十天前他来我家找我，还说让我借钱给他。既然他现在已经不缺钱了，又何必来找我借呢？"

"他一直认定你知道浩平的下落。"

"是的，他也这么对我说了。"

富永喝光杯子里的酒，又拿过酒瓶重新满上。"你如果因为心虚把钱给了他，不就正好能证明你现在正和你哥保持着联系吗。他一直想着把浩平找出来。"

如果富永的猜想是对的，那么向哥哥勒索两千万日元的人就不可能是辉久。

"但是他真的让人很不舒服。我没有答应他的要求，他说以后还要再来联系我。"

"你别理他。"

"我也是这么想的，但总不能一直不接他的电话。"说到这里，文惠抬起眼盯着富永，"富永哥，他有没有对你说起过我和我哥的事情？"

富永突然向前探过身子，意味深长地看着文惠："那小子果然猜得没错。"

"什么？"

"小文，你一定知道浩平现在在什么地方。"

"不知道。"文惠故作轻松地笑了笑。

"他那么疼你这个妹妹，怎么会连电话也不打给你呢？"

"真的没有。"

酒瓶里的酒也被喝光了，富永又让服务员送来了一瓶。

"说起来，有件事情挺有趣的。"

"什么？"

"文化日那天，辉久他妈回轻井泽了。"

"谁告诉你的？"

"我哥。她还专门去我大哥的咖啡馆坐了坐。"

"他们也说到我哥哥了吗？"文惠问道。

"这我就不知道了。但是我大哥告诉我说，那老太太很是怀念以前在别墅里度假的时候呢。"

居然会怀念那个丈夫遇害的地方。这也的确是那个婚外情老手会说的话。

"这件事也告诉辉久了吗？"

"当然了。我哥打电话告诉我以后我马上就告诉他了。他妈好像也说想见浩平呢。"

看来辉久说的话也不假。

"小文，你确实要小心辉久那小子。我认识他那么久，到现在也搞不明白他脑子里天天在盘算什么。而且，他绝对不会就这么轻易放过你。"

"你居然能跟这种人相处那么长时间。"

"也算是孽缘吧。我以前在一家房屋中介公司工作的时候和他是同事，闲聊的时候才知道他和浩平的关系，之后我们就经常来往了。以前还和他一起在神奈川工作过，不过那份工作也黄了。现在的关系也是不冷不热的。"

"如果他要再说起什么有关我哥的事，你能告诉我吗？"

富永嘴里嚼着小鱼干："你这是让我去当间谍啊。"

"哪有那么夸张？我能知道些他的想法，多少也安心一些。"

"我要是听他说起什么就告诉你。"

"那就太感谢了。"

"好歹是同学一场，我也不想看着浩平被那小子威胁。"

看来无论是辉久还是富永，他们都坚信自己和哥哥还保持着联系。

文惠把酒杯放回桌子的一瞬间，大脑中闪过一个可怕的想法。

恐怕结城辉久与这次的恐吓事件并无关系，他的目的也许只是想把哥哥找到之后再进行威胁。拿到那两千万日元的，难道是正坐在对面的富永俊二。在那个台风夜，哥哥出门打出租车的时候也许正巧被他看见了。

富永现在看起来也不宽裕，通过这种手段筹钱也不是不可能。

文惠也招呼服务员又续了一杯，从盘子里抓了几个小鱼干放进嘴里。

"富永哥现在做什么工作呢？"

"我打算明年去曼谷。有朋友在那里做生意，他叫我去给他帮忙。虽然这把年纪离开日本也挺舍不得的，但一直待在东京怕也是活不下去。"富永一口饮尽杯中的酒，有些无奈地笑了笑。

"一个人去吗？"

富永神色有些落寞。"我早就离婚了，现在哪还有伴儿？"

"没有正在交往的人吗？"

"要是有的话，我才不去那鬼地方呢。"

"你有孩子吗？"

"有个女儿。"

"最近有和女儿见面吗？"

"她经常会来看我。她不怎么愿意和她妈在一起，反而和我更亲一些。"

"她今年多大了？"

"二十一岁了。现在在一家印刷公司上班，不过只是个契约员工。"

如果这个女儿是他的帮手的话……

"可以看看你女儿的照片吗？"

"怎么突然对我女儿这么感兴趣了？"

"没有啦。富永哥也挺帅的，女儿应该也很漂亮。"

"看你说的，她是挺漂亮的，但和我长得不像。我现在也没带着她的照片。"

"那就算了，我只是好奇而已。"

两人一边喝着酒，一边说起了轻井泽的往事。文惠回到家的时候，已经是半夜一点。虽然没有打探到很多有关辉久的消息，但也不是毫无收获。

和东京相比，曼谷的物价应该便宜得多。用哥哥给的两千万日元，在那边应该能过得很不错。

明明毫无证据，也没有挖出证据的手段，文惠还是把怀疑的目光投向了富永。

二

第二天是周日，圭子以为功太郎一早就会来联系自己。可等了好久，也没有收到他的邮件或电话。

也许是因为自己昨晚把他扔下陪别的男人让他受到了打击。圭子知道功太郎心情不好的原因在自己，但也不想低声下气地去请求他的原谅。

晚上，手机邮箱的提示音响了起来。发信人不是功太郎而是国枝。

"昨晚真的很开心。我的心意似乎也被你接受了，相信我们以后还能保持这样的关系。如果你有了喜欢的人，那也请不要有任何顾虑，你只管告诉我就好。虽然我会感到伤心，但绝不会去打扰你的生活。如果你一直隐瞒着不说，我自己察觉到的那一天恐怕会更加失落。我知道，你想尽早摆脱彩奈这个名字，我也希望你可以如愿以偿地找到好的工作。但在我心里，彩奈就是彩奈。圭子这个名字让我感到陌生。我想，哪怕在你辞去陪酒的工作之后，我也会继续称呼你为彩奈。当然，如果你不喜欢这样的话，我也可以改。下周二，我有些工作上的事情要处理，就不请你吃饭了。但是忙完以后我会去店里坐一会儿。等你下班后我们再一起喝一杯吧。"

圭子读完马上回信过去。

"谢谢您。即使我辞去了这份工作，也会和国枝先生继续维持这样的关系。单独见面的时候，您叫我彩奈也没有关系。我很期待下周二能够再见到您，也很高兴能在下班后陪您喝上一杯。彩奈上。"

国枝的邮件里没有现在其他客人喜欢用的表情符号，文面十分严肃。圭子也迎合他的习惯，努力减少使用表情符号的频率。

圭子躺在床上，抱着乒太准备睡个好觉。

这时，放在置物架上的手机闪出亮光，来电铃声也随后响了起来。

这个时间打电话给自己的只有功太郎。圭子拿过手机，果然是他。一阵无名之火冒上心头，但不接又有些过意不去。

"抱歉抱歉，睡了吗？"

"嗯。"圭子低声说道。

"那我直说好了，明天我去店里找你。之前能和我先吃个饭吗？"

"还是不要到店里来了。你我之间不必这样。"

"你说这话是什么意思？"

"我们两个是朋友啊，怎么能把你当作客人接待呢？"

"是吗？原来是这样啊。你明天到底有没有时间，有先约好别人吗？"

"没有。"

"那就和我一起吧。吃完我就去你们店里坐坐。"

如果邀请自己的不是功太郎而是一个普通的客人，自己也许就答应了。圭子无奈，只能耐着性子隐忍不发。"进店就要先点酒，超时了还会多加钱。你来一次，少说也要花个十万日元吧。"

"我问过田口，大概知道要带多少钱。"

"我想给你算便宜一点的，可我不是正式员工，没有这个权利。"

"你就不要顾虑我了。明天吃什么？日料、西餐还是中餐？"

圭子记得这种口气。在台风的夜晚，那个要送自己回家的岛崎税务师就曾说过这样的话。如果不是他在出租车里对自己动手动脚，如果自己没有在中途就下车，也就不会看见国枝与那栋发生了凶杀案的公寓楼。

这件事距离现在也只过去了短短两个月，但圭子感觉这似乎已经是很久以前发生的事情了。圭子说了一家俱乐部附近的中餐馆，她经常在那家店里陪客人吃饭。

第二天，下午的课程结束后圭子匆忙赶回家，换好衣服后直奔六本木。她和功太郎约好在中餐馆里见面。

圭子赶到中餐馆时，比约好的时间稍微迟了一点。功太郎正坐在入口附近，胳膊撑在桌子上，无所事事地等着。

圭子为自己的迟到道歉。

两个人都不怎么饿，就随便点了春卷、辣炒虾仁、芙蓉蛋和水煮扇贝等几个小菜。功太郎点了一杯绍兴黄酒，圭子则点了一杯啤酒。

想必是出于对国枝和田口的嫉妒，功太郎才硬要邀请圭子出来吃饭。

"前天可真让我意外。"功太郎说。

"我也是。"

"没想到你会和客人约会。"

圭子本想解释说因为是老客人所以不得不接受邀请。可不知怎么，就是说不出口。

"你在和那个人交往吗？"

圭子笑着摇了摇头，端起啤酒喝了一口。

"他有在追你吗？"

"我和国枝先生只不过关系很好而已。"

"听你这么说，我可是有些嫉妒呢。"功太郎皱着眉，半开玩笑地说道。随后，给自己灌了一大口酒。

"……"

"我在网上找到了他的公司。"

"你去查人家的公司干什么。"

"你怎么生气了？他和你走得那么近，我当然会在意啊。我可是一直把你当妹妹看的。人才派遣公司很多都不是什么正经公司，但他的公司规模还是挺大的。"

"那当然了。"圭子随即说道。

"你就这么信任他吗？"

那团熟悉的乌云再次浮上圭子的心头。"有什么不能相信的？"

"他们公司的主页上可是找不到半点有关社长的介绍。这不是很奇怪吗？"

"他是个上门女婿，虽然不是什么丢人的事情，但也不方便放到台面上说吧。"

"那只要不说明这一点不就好了吗？可他连籍贯和工作经历都没有写上去。"

圭子拿着筷子，怎么也吃不下东西。"那又和我有什么关系呢？国枝先生人很好，而我又喜欢年长的男性。如果我们关系发展得更进一步了，我一定第一个就告诉你。毕竟你把我当妹妹，我当然会把所有事情都跟你讲。"

圭子知道自己说得有些过分，可只要一听到有关国枝身份的话题，心里就忍不住地发慌。

功太郎拿着绍兴黄酒的瓶子，咕咚咕咚地往杯子里倒酒，不满地回答道："现在我知道圭子是怎么想的了。"

"就不要再说他了。"

"好，是我错了。"功太郎垂下头，向圭子道歉。

"最近有和那些喜欢古城的朋友见面吗？"圭子换了个话题。

"没有，最近大家都很忙，很难找到合适的时间。你记得米岛吗？"

"是在新宿车站看见我的那个人吧。"

"是他吗？"功太郎看样子是没有记住这件事。

"真是的，你怎么忘得比我还快。上次在银座吃烤鸡肉串的时候，还是你告诉我的呢。"

"啊，想起来了。"

"那个米岛先生怎么了？"

"他太太给他生了一对双胞胎。"

"是男孩子还是女孩子？"

"两个小女孩。"

"有两个一模一样的可爱女儿，当爸爸的一定高兴极了。"

"是啊，一说起他家的宝贝女儿就停不下来。"

两人之间的气氛终于有所缓和，圭子松了口气。

吃完饭，两人走进店里的时候，不到八点半。客人还不多，除了指名的圭子，功太郎的身边还坐着两个女孩子。和田口不一样，不怎么出入这种地方的功太郎显得很是拘谨。

最近，圭子对功太郎的好感直线下降，但看着他现在手足无措的样子，反而觉得有些可爱。

功太郎在店里待了一个半小时。结账时，圭子看了一眼账单，今天让他破费了十几万日元。

临走时，圭子深深地低下头向他道谢。

下班后，圭子给功太郎发了一封邮件。

"今晚多谢款待。很抱歉让你破费了。下次有机会的话，请再来店里坐坐。彩奈上。"

圭子想和功太郎拉开距离，故意使用了陪酒用的花名。

下班后，圭子和其他几个同事一起去西麻布的一家会员制酒吧陪客人。今晚的主角是一个富二代，父母经营的连锁咖啡馆开遍了整个日本。虽说很早就被家里送到美国去留学，可脑子却和中学生差不了多少，最喜欢的，就是听别人恭维他。老板娘看准了这点，带着陪酒小姐们轮番出手，一晚上不知道开了几瓶最高级的香槟酒。

圭子坐在一边，无聊极了，她记得自己全程都在和哈欠作斗争。

在富二代闹得起劲的时候，圭子收到了功太郎的邮件。说是想在周六单独见面。

圭子抿着高级红酒，考虑着拒绝的理由。

等到第二天下午，圭子才慢悠悠地回信过去。谎称要和小姐妹一起聚会，不能和他见面。可功太郎却穷追不舍，反问她可不可以聚会结束后和自己见面。圭子觉得很烦，但还是委婉地回信拒绝了他。

之后，功太郎再没有发来邮件继续纠缠。

终于等到了要和国枝见面的那一天，圭子打开衣柜精心挑选衣服，心里美滋滋的。

傍晚，天空飘起毛毛细雨。

由于没有先约，圭子晚上八点准时来到店里，等着被叫去陪酒。九点刚过不久，店里已经坐满了客人。

圭子一直等到十点半，店里仍不见国枝的身影。爽约的客人有很多，但国枝许诺过的向来都不会食言。即便是临时有事，也会打电话来通知自己。

圭子正坐在一个IT公司的社长的身边，被逼着一口气喝下好几杯香槟。这种喜欢灌陪酒小姐喝酒的客人最是让人讨厌。圭子心里有说不出的委屈，反而更想早点见到国枝。

晚上十一点，国枝终于出现了。听到工作人员招呼的圭子向客人行了个礼，准备离开。可等到站起来才发现，自己醉得厉害，两条腿摇摇晃晃地用不上力气。

"彩奈，你不要紧吗？"一名同事忙过去扶着圭子，担心地问道。

圭子摇摇头，离开了座位。

国枝坐在一个被柱子挡住的卡座里，身边坐着一个新人同事，名字叫爱结。

圭子在国枝身边坐下。

"今天喝了很多啊。"

"有个社长让我喝了好多香槟。"

"那就不要再喝酒了，你今天就喝水吧。"

"好。"

爱结往杯子里放了些冰块，倒了些矿泉水递给圭子。圭子接过去大口大口地喝着。

"你今晚还是直接回家吧。"

"我没事。"

"我不是说了让你不要逞强吗？"国枝的声音比往常更加温柔。

爱结看着国枝说："今天我是第一次见国枝先生，您真的是一位温柔的客人。"

"是啊。国枝先生是最棒的客人！"圭子趁着醉意喊了出来。

不久，工作人员叫走了爱结。

卡座里只剩下两个人。圭子感觉大脑空白，大概是刚刚的紧张感全然打消的缘故。

"您今天很晚呢。"

"工作聚会结束得有些迟了。"

看见国枝的酒杯空了下去，圭子赶忙倒酒，自己却依旧喝着矿泉水。"我们周六在酒吧遇见的那个朋友，昨天来店里找我了，还让我陪他吃饭。"

"对你来说是值得高兴的事情吗？"

"当然不是。"

"明明都邀请你吃饭了。"

"虽然是帮了我的大忙，但昨天说这周六还想来见我。真是麻烦死了，我直接拒绝掉了。"

"可能是因为看到我和你在一起吧。"

"应该是。"

"他多大了。"

"二十七岁。"

"我听说他的工作不错，这家店里的消费对那么年轻的小伙子来说，恐怕会吃不消吧。"

"他应该不会再来了。"

"所以才想在周末见你吗？"

"以前和他见面明明都挺开心的。现在只觉得麻烦。"

"就这么不想见他吗？"

"不想见他的时候硬着头皮去见他，只会让他更不高兴。"

"女人啊，只要对方做的事情有一件让自己不满，就会彻底讨厌起对方。男人也意识不到自己是哪里做错了。"

"女人有时候的确会这样。我自己也觉得女人挺可怕的。"

"因为女人，把自己一辈子都葬送的男人也有很多呢。"国枝像是说给自己听。

如果是别人这么说，圭子一定会打圆场说他不会遇到这种女人。可对方是国枝，这话就怎么也说不出口。

圭子无意间扫到俱乐部入口处，大厅里站着的男人让她被酒精浸透的大脑瞬间清醒过来。那个男人正是结城辉久，身边还站着店里的黑木部长。

如果他发现自己要找的杀父仇人正与他共处一室，那么国枝的身份一经暴露，必定会再次受到整个社会的驱逐。圭子心里一团乱麻。好在柱子巧妙地遮挡住了结城辉久的视线，国枝暂时没有被他看到。可如果他发现自己坐在这里，就难免不会去注意自己身边的客人。虽说距离隔得远未必能看清楚，但此刻的国枝无疑是深陷险境。

圭子神色凝重，一动不动地盯着辉久。

"彩奈，怎么？是身体不舒服吗？"

圭子不自然的神情被国枝看在眼里，他满是关心地凑过来。

"快躲在柱子后面。"圭子声音颤抖着，对着国枝说道。

"为什么要我躲起来？"国枝的声音还是那样不慌不忙，顺着圭子的视线看去。

没办法圭子只好把国枝推回柱子后面。

整个大堂被两条过道分成三个部分。结城辉久向离圭子较远的过道走过去。

圭子紧张得发抖，不小心将打火机碰掉在地上。

"抱歉。"

国枝低下头去找掉下去的打火机。

结城辉久走向座位时，用余光瞟过圭子，好在当时的国枝正低头寻找打火机。

结城辉久在较远处的一个卡座坐下，从他坐的地方，应该看不到圭子这边的情况。但圭子依旧紧张地坐立不安。

国枝找到角落里的打火机后，正准备弯腰去捡。圭子突然扶着国枝的背凑近他小声说道："您今天先回去。"

国枝拨开圭子的手。"发生什么了？"

圭子沉默了一会儿。"别问了，快走。"

"为什么？不说清楚我是不会回去的。"

"我会被其他的客人叫走的。"

"那又怎么样？叫你去你去就好了。"

国枝看见有工作人员向圭子走过来。

"我之后会告诉你的，你快走！"圭子的语气带了几分命令。

国枝神情严肃，眼睛里满是警惕。"你这是……"

"彩奈小姐，有客人找你。"

听到招呼的圭子站了起来，对着国枝小声说道。

"找我的客人叫结城辉久。"

国枝似乎凝固在原地，一双眼睛紧紧盯着圭子。

"多谢您的款待了。"圭子像往常一样，深深地鞠了一躬向国枝道谢，离开了卡座。从身边的过道绕过去，走到另一条过道上。

黑木部长坐在辉久对面的一把圆形椅子上，桌上摆着芝华士的威士忌酒瓶。看样子应该是黑木部长准备给朋友喝的私藏。

"彩奈，怎么没听你说起过和结城见面的事情？"

"抱歉，我忘记告诉您了。"

"没事，先坐吧。"

圭子在结城辉久身边坐下，眼睛不离刚刚自己离开的位置。

爱结坐在正前的一个卡座里，刚好能挡住国枝。从这边应该看不到柱子后面国枝的脸。国枝已经去结账了，圭子只希望他能马上离开这个危险的地方。

"彩奈你在发什么呆呢？"被黑木提醒过，圭子才慌慌张张地问辉久，"喝用水调的威士忌可以吗？"

辉久没有说话，只是点点头，从烟盒里抽出一支烟，黑木忙帮他点火。

辉久上下打量着圭子。"穿小礼服也很漂亮嘛。"

"谢谢您。"

"结城啊，你可不要动挖墙脚的心思。"黑木说道，"很多客人都是冲着这姑娘来的。"

"上次见她的时候她还在担心会不会被你们辞退。"

"我们怎么会辞退她呢？"

工作人员来叫彩奈送客。

"我去去就来。"

圭子看见国枝正沿着过道向外走，后面跟着的是爱结。

在大门口，圭子和爱结站在一起，目送着国枝进电梯。

国枝一声不吭直接走进电梯，甚至没有看圭子一眼。

圭子后悔在国枝面前说出结城辉久的名字，明明可以想到更好的办法让他离开。但结城辉久出现得太过突然，圭子根本没办法去做出冷静的思考。慌乱中这个可怕的名字脱口而出，也是自己想告诉国枝现在事态的严重性。

国枝离开后会怎么做呢？

他不可能直接回家。一定会等待机会去问清这个叫作彩奈的陪酒小姐和结城辉久到底有什么关系。圭子决定等国枝来联系自己。

圭子送走国枝，回到结城辉久的卡座时，黑木已经离开了，一个叫君香的同事正坐在他的身边。君香曾经在银座的俱乐部工作，与结城辉久是旧相识。结城辉久看起来心情不错，正和君香聊着以前的朋友。

圭子心神不定，她想象不到之后的事情要如何应对，只想快点见到国枝。

“彩奈，你怎么怪怪的？”辉久说道。

“对不起，刚刚一位客人让我喝了好多香槟。”

结城辉久夹起一支烟，圭子慌忙把打火机递过去。

“一会儿下班了，我们三个再去吃个饭吧。”

“刚刚有客人约了我，抱歉了。”君香道歉说。

“结城先生，我也不行。有客人邀请我去唱卡拉OK。”

“一般去卡拉OK的话，邀请的陪酒小姐不止一个吧。”

“是的。”

"那就先和我喝一杯，晚点去好了。"

"不行的，那位客人对我很重要。"

结城辉久眯起眼睛看着圭子："以后我也可能会成为你重要的客人。"

"可是，今晚真的不行。太抱歉了。"

"结城先生，请您也替彩奈想想。您是知道的，对我们这行来说，客人有多重要。"

结城辉久猛地向后仰过去。"君香，什么时候轮到你教训我了？"

"我不是这个意思……"

"你们要干就好好干！碰见这种情况，不会灵活处理还怎么当陪酒小姐？"

结城辉久破口大骂，引得周围客人和陪酒小姐纷纷注目。

"对不起，这都是我的错。"

黑木部长突然跑了过来。"彩奈，有位叫户田的先生打电话找你。"

"抱歉我先离开一下。"圭子逃也似的离开卡座。隐约听见黑木在问结城辉久刚刚发生了什么。

圭子不认识这个自称户田的客人，也许是国枝打来的。

圭子拿起收银台上放着的电话听筒。

"是我。今晚我们必须聊一聊。"

"我也是这么想的。"

"我在哪里等你？"

"找个卡拉OK包厢吧。"

"卡拉OK？"

“我担心有人会听见我们的谈话。”

“好的。”

圭子说出一家卡拉 OK 的地址。

如果下班后结城辉久还纠缠着不放，看见自己进了包厢应该也会善罢甘休的。

回到座位的时候，结城辉久气已经消了大半，想必是黑木部长的功劳。

“刚刚对不住啦，对你大吵大叫的。”结城辉久向圭子道歉。

“您不要在意。”

君香被叫走后，圭子一个人陪着结城辉久。

“您明年要开的新店，名字取好了吗？”

“还没呢。我听说你想当一个编辑是吧，帮我想个好名字吧。”

“您太高看我了。”

“算是我留给你的任务，下次我再来的时候你一定要完成。”

“好的。”

店里放出提醒客人结束营业的背景音乐，结城辉久却还在喋喋不休地抱怨着现在的陪酒小姐和以前的相比差了多少。

圭子听着心烦，却也不能表现在脸上，只能随口应和道：“我今后注意。”

结城辉久总算要离开了。账是用现金支付的，以他的身份，可能也没办法办信用卡。

送走结城辉久后，圭子迅速换好衣服，从后门悄悄离开。

圭子一路上十分小心，生怕结城辉久就跟在身后。再三确认周围没人跟踪时，圭子才谨慎地走进事先指定的卡拉 OK。

圭子向前台询问有没有一位叫国枝的客人，前台回答说国枝在 632 包厢。

圭子敲门。

"是谁？"门内传来国枝冷静的声音。

"是我。"

国枝打开门，一句话也没说直接转身回到沙发前坐下。

"您在喝什么？"

"威士忌。"

"已经点好了啊，那我也要一样的。"

"还是点红酒吧。让他们送一瓶过来，我们好慢慢说。"

圭子用包厢内的内线电话点了一瓶红酒和一些吃的。随后又把关闭电源的手机塞进提包里。

结城辉久和功太郎都有可能在这个时候给圭子发邮件或者打电话。

今晚，圭子和国枝必须要把困扰了彼此很久的问题说清楚。

国枝掐灭手中的香烟，走到窗前看着外面的街景。

"你到底是什么人？"

圭子没有回答，慢慢地走到国枝身边。

三

圭子茫然向外看去，飞驰的车辆，行走的人群，一一映入她的双眼。

国枝低着头，一言不发。

两人都不知道要从哪里说起。

国枝打破了漫长的沉默。

"你走吧，我和你们奉陪到底。"

"你们？"圭子反问道。

"别装了！你和结城辉久的勾当我都知道了。是你告诉他我今晚要来店里找你，所以他才出现的吧。就为了威胁我，让我给你们出钱。"

"这是个误会。"

"都到这个时候了，你还在装模作样吗？"

"国枝先生，我……"

"你别狡辩了。"

国枝越来越激动。

圭子向后退，问道："我放点声音出来吧。"

"……"

国枝怒吼的声音不至于被其他包厢的客人听到，但包厢里不放音乐，准会引起服务员的怀疑。

"放什么好呢？"

国枝不说话，只是愤怒地瞪着圭子。

陪酒小姐和客人一起唱歌时，都会帮客人点想唱的曲子。慌乱的圭子竟然下意识地用接待普通客人的方式对待国枝。

在国枝眼里，圭子这么问只不过是为了不乱阵脚。

圭子选了几首安室奈美惠的歌输入到电脑里。伴奏填满了整个包厢。

"你们想要多少钱？"国枝重新点燃烟，深吸了几口，问道。

"今天是我和结城先生见的第二面。您还记得帮我找工作的田口先生吗？我就是通过他认识的结城先生。"圭子把在银座酒吧与结城辉久见面的事情一五一十地告诉了国枝。

"你认为我会相信你吗？你……为什么会知道我的真实身份？"

"完全是偶然。结城先生他一直随身带着轻井泽别墅杀人案件的报道，报道上附有嫌疑犯的照片。见面时他把报道取出来给我看过，所以我才知道他要找的凶手是您。"

"这是什么时候发生的事情？"

"我记得应该是上周一。"

国枝端起酒杯。"这么说来，周六我们见面的时候，你已经知道这件事了。"

"没错。"

国枝弯下腰，双手用力地抓着头发。"我想不明白，我实在想不明白你的心思。"

"我也不清楚自己为什么要这么做。"

国枝抬起头。"你指什么？"

"我不知道自己为什么会在您面前说出结城辉久的名字。"

"即使我被他发现了，也和你没有关系。"

"您说得没错。"

"那你为什么要这么做？"

"我之前只见过他一次。但是，我讨厌那个人。我不想让那个男人伤害您。如果我能想到更好的方法劝您离开就好了。事发突然，我只说出他的名字让您马上离开。"

"如果你没有在撒谎，那我真的要感谢你。可不知为什么，心里总是有些东西想不通。"

"我明白您现在的心情。但是，请您务必要相信我。我绝对不会为结城做事。"

"你真的只见过他两次吗？"

"是的。如果您怀疑我说的话，去问问店里的黑木部长就好了。第一次见到结城的时候，他告诉我，他和黑木部长是朋友。"

"我不想再进那家店了，不，应该说我不能再去了。"

"我真的很抱歉。"

"结城辉久还对你说了什么？"

"他说想到杀了他父亲的凶手现在还活得好好的，他就气不打一处来。他最开始和田口先生闲聊的时候，我还什么也听不明白，直到他说起轻井泽别墅的杀人案件。"

国枝默默地点了点头，把空酒杯放回桌子上。圭子把酒倒进国枝的空酒杯，也给自己的酒杯里稍微倒了一些。

安室奈美惠的曲子播放完后，圭子又点了几首B'Z乐队的歌。

"吃饭时听你说起那个别墅的时候，我心里真的很慌。那时……"

"我那时并不知道您和别墅里发生的杀人案件有什么关系，只不过偶然想起来有这件事。我在和结城先生见面的时候也说起了这件事，所以他才拿出剪好的报纸给我看。他为了找到您，还想过利用周刊志呢。"

"他想怎么用周刊志？"

圭子把在酒吧里得知的消息告诉了国枝。"不过田口先生拒绝了他，我想他应该不会再动周刊志的心思。"

"他是想找到我，再从我这里捞一笔钱出来吗？"

"田口先生也是这么认为的。"

国枝又点燃一支烟，一双眼睛出神地看着前方，没有再说什么。

圭子的心情平复了许多。

店员打来内线电话提醒他们时间就快到了，圭子没有问过国枝，直接让店员延时。

"和我在一起的时候，你不会害怕吗？"

"不会。"

"你相信报道的内容吗？"

"难道说您是清白的吗？"

国枝无力地靠着椅背。"我也希望自己是清白的。但的确是我杀害了辉久的父亲，这就是事实，我也不会为自己辩解什么。可先动手的是对方，是他先用金属球棒打伤了我。我只是出于自卫，并没有动过杀心。可他毕竟身体不好，还是个残疾人。"

"我听说了您和他太太曾经发生过关系。"

"是的。辉久的父亲还扬言要杀了他的妻子，可能就是因为他这句话，我才在无意识之中下了狠手。现在想想，哪怕当时稍微冷静一点，事情也不会变成这样。"

"我不会对任何人说起这件事。"

国枝咬着嘴唇，回避着圭子看向自己的目光。

"您还是不相信我吗？我就算是死也不会为结城而做出对您不利的事情。"

国枝应着圭子的话点了点头，随后直起腰说道："真的太感谢你了，如果不是你在，恐怕现在我已经被结城辉久发现，下半辈子都要忍受他的威胁。谢谢你，谢谢你。"

看着向自己鞠躬道谢的国枝，圭子内心的自责更加强烈。

"国枝先生，您言重了。"

国枝抬起头，看着眼前的圭子。圭子只觉得国枝恳切的目光让她更加坐立难安。

"我们说好了，以后也要继续以这样的关系相处下去。你还愿意吗？"

"当然愿意。我在周六和您见面的时候，就已经确定了自己的心意。"

"你真的不在乎我曾经杀过人吗？"

"在认出照片上的人是您的时候，我确实很震惊，浑身不住地发抖。但我无法把我所认识的国枝先生与杀人犯联系在一起，所以我相信这其中一定另有隐情。周六见面的时候，我满脑子都是那桩命案，但不知道要怎么问您才好。"

国枝把酒杯放回桌子，伸手把圭子拉进怀中，吻上了她的嘴唇。圭子没想到国枝会做出如此大胆的举动，慌忙推开了他。

国枝放开圭子。"对不起，我本不想对你做出这样无礼的举动。你实在对我太温柔了……"

圭子握着国枝的手。"我们就一直保持这样的关系好不好？"

"好，我们就一直这样。"国枝的嘴角绽出微笑，眼神也变得十分柔和。

如果没有拒绝那个吻该有多好啊。可自己手中的两千万日元，硬是给两人之间划出一道鸿沟。

"我们以后就周末见面吧。"

"好。"

"如果我发现结城先生再有什么行动，就马上通知您。"

"那太好了。可是你为什么要为我做这么多？"

　　国枝看着圭子的眼神中再次浮现出一丝胆怯，也许他还是不能理解，圭子为什么要站在自己的一方。

　　"我也不知道。"圭子笑了笑。

　　"我好害怕。"

　　"您怕什么？"

　　"我的心。"

　　我也是。圭子在心里默默地说道。她看了一眼时间。"不早了，我们走吧。"

　　凌晨三点，圭子和国枝离开卡拉OK包房。因为担心辉久可能还留在六本木，两人前后走出店门。

　　圭子坐在出租车里，看见人行道上的国枝也拦下一辆空车。她心里莫名有些高兴，是自己保护了国枝。

　　第二天下午，圭子收到国枝的邮件。

　　"昨晚多亏有你，是你救了我。我以后不会再去你们店里了，但我们还可以在别的地方见面。既然彩奈已经不想再当陪酒小姐，那不如就直接辞掉好了。之后在生活上就让我来帮助你。在你找到心仪的工作之前，就把我当作你的后盾吧。和我这样的人相处虽然不光彩，但总是好过喝不想喝的酒，见不想见的男人。下次见面时，我们再好好聊。"

　　圭子明白国枝给自己援助并非出于歹心。即使案件追诉时效已过，他杀人凶手的身份如果被揭发，也会给他致命的打击，现在的自己说是国枝的救命恩人也毫不为过。但圭子不想接受国枝的帮助。自己手上有从国枝那里勒索到的两千万日元，再让这个可怜的男人为自己付出，只会让自己的良心更过意不去。

　　更何况，圭子早就下决心靠自己渡过难关，即使做出恐吓这样的事情，也不想让别人插手自己的生活。

可笑的是，曾经的恐吓对象，现在却真心实意地想要帮助自己。

功太郎发来一封邮件，说是今天去仙台出差，后天会回来。

又不是男女朋友，干吗要一一汇报自己的情况。圭子很不耐烦。

上班前，圭子顺路来到六本木的书店。即使没有什么书要买，圭子也喜欢到书店看看。看着一本本的书整整齐齐地摆放在书架上，圭子感觉很是安心。

如果想做与文艺书籍相关的工作，书店其实也是一个不错的选择。圭子很是羡慕能把自己喜欢的书推荐给别人的书店店员。

想要成为书店的正式员工应该也不容易，明年找工作的时候就先试试好了。

圭子离开书店，向十字路口走去。

路过一家咖啡厅的时候，一个男人叫住了圭子。

"果然是冈野啊。"

向圭子搭话的男人是在功太郎家见过的米岛。

"好久不见，您最近还好吗？"圭子笑着打招呼。

"还不错。你这是要去哪里啊？"

"我来这附近办点事。"圭子不想让不熟悉的人知道自己在做陪酒小姐，"您这是……"

"我在这里等朋友。"

"我听吉木说了，您当爸爸了，还是双胞胎的爸爸，真是恭喜您了。"

"谢谢。没想到会是双胞胎呢。"米岛有些腼腆地笑了，"和你在吉木家见面后的第二周，我就去底特律出差了，在那边住了一个月。本来还以为没办法陪老婆生孩子呢，没想到回来后第二天孩子就出生了。"

"一定是小宝宝们等着爸爸回家呢。"圭子刚说完，似乎意识到哪里有些不对劲，笑容僵在嘴边，"您说，我们见面后的第二周就去底特律出差了吗？"

"是啊。"

"真是奇怪。"圭子侧过脑袋。

"怎么了？"

"十月中旬的时候，我听吉木说您在新宿车站看见过我。"

"不可能的，那时候我还在美国呢。吉木真是这么说的吗？"

"也许是我听错了。"圭子感觉舌头根僵硬，说话困难。

"应该是你听错了。"

"好像是这样的。"圭子笑了笑。

一个穿着黑色外套的男人向米岛招手，应该就是他说的那个朋友。

"我先走了。"

"你不要对吉木说是我记错了的这回事儿，挺丢人的。"

"放心吧，我帮你保密。对了，有时间也和我们一起去看古城吧。"

"等我的工作定下来以后再说吧。"

圭子向米岛和他的朋友点了点头，转身离开了。

真是奇怪，功太郎确实说过，米岛在新宿车站看见了自己。那时候是十月十四日，自己在那天向国枝寄出了恐吓信。

身在美国底特律的人，怎么可能会看见自己出现在新宿车站。

这一定是功太郎的谎言。

可看见自己的那个人又是谁呢？只能是功太郎。可如果是他，当时为什么不去和自己打招呼呢？是因为自己的样子很奇怪，不好上前搭话吗？

可即便是这样，他又何必要撒谎说是米岛看见了自己呢？

难道说功太郎用了某种手段在一直监视着自己的行动吗？

必须要问个清楚。可功太郎现在不在东京。

去问他之前，圭子打算先找田口聊聊。

电话拨通后，听筒对面传来田口的声音。

"是圭子啊。"

"今晚您有时间吗？"

"今天吗？现在几点了？"

"还不到八点。"

"九点以后都可以，但是今天不能去你们店里了。"

"那就不要来店里了，我们换个地方见。"

"你有什么急事吗？"

"我见面再告诉您。我现在去向店里请假，您挑个地方吧，尽量不要在六本木。"

"那就去赤坂吧。地址我等下发邮件给你，九点半见面。"

"好的。"

圭子马上联系领班，说自己身体不舒服，今晚要请假。

在赶往赤坂的路上，圭子收到了田口发来的酒吧地址。

圭子来到赤坂，看时间还早，于是就在附近的商店随便走走打发时间。直等到九点二十，才向约好的地点走去。

酒吧在一栋杂居大楼的七层。

田口事先预约好了一个挨着窗户的双人座位。座位在酒吧一角，周围没有其他的座位。

圭子觉得喉咙发干，便让服务员先送上一杯啤酒，刚端起酒杯，田口走进店门。他先和站在吧台里店主模样的男人亲切地打了个招呼，点了一杯和圭子一样的啤酒，走到圭子对面坐下。

没过多久，服务员端来了田口的酒。圭子照旧把关掉电源的手机放进包里。

"有什么急事吗？"

"请您一定不要和任何人说起今天和我见过面。"

"看来是很严重。"

"即使不是很要紧的事情，我也希望您不要告诉别人。"

"好，我知道了。"

"其实这件事和功太郎有关。"

"他怎么了？"

"没什么。前段时间他对我说起了一件事情，我觉得很不对劲。"

圭子向田口说起刚刚遇见米岛的那件事。

"……功太郎他知道我曾经去过新宿车站，但不可能是米岛先生告诉他的。"

"确实很奇怪。"

"还记得我们在您公司附近的寿司店吃午饭的时候吗？那时候您正好接到了功太郎的电话。"

"是有这回事。"

"上周六，有客人邀请我去新宿的酒吧喝酒，功太郎也突然出现了。当时我就觉得很奇怪，可现在想想，他很有可能用了 GPS 在监视我的行踪。当然，最好是我想多了。"

田口喝完啤酒后，又追加了一杯阿德贝哥威士忌。

"功太郎很照顾我，我也不想去怀疑他。可发生了这么多偶然事件，真的非常奇怪。"

"现在你的手机放在包里吗？"

"是的，我已经关机了。"

田口点燃一支烟，若有所思地看向窗外。

"功太郎的确是个好人，但有时候想法的确偏激了一些。"

"他以前也对其他女人做过这样的事情吗？"

"以前我们这群古城发烧友里面，有个在剧团当演员的年轻女孩，还是我介绍给功太郎认识的。功太郎很喜欢那个女孩，经常邀请她一起吃饭。那个女孩眼睛很大，但却是个深度的近视眼，习惯性地盯着人看。功太郎好像就是因为这个产生了误会，认为那个女孩是因为喜欢他，所以才一直盯着他看的。"

"功太郎向那个女孩告白了吗？"

"他好像直接问那个女孩愿不愿意嫁给他。"

圭子无奈地苦笑。

"那个女孩当时就拒绝了。可功太郎却开始尾随跟踪那个女孩，还突然出现在剧团的庆功宴上。后来那个女孩实在忍受不了了，才拜托我跟功太郎说让他不要再缠着人家女孩子不放。"

"他听了吗？"

"听了。从那之后就再也没给那个女孩添过麻烦，只不过……"

"后来又发生什么了吗？"

"在那之后的一段时间，功太郎变得有点奇怪。经常一个人跑到曾经和那个女孩一起去过的地方走来走去。"

"这是精神方面出了问题吗？"

"是啊。但好在不是特别严重。"

"真没有想到会是这样。"圭子小声说道，"他很喜欢听我说话，人很温柔也很稳重。没想到竟然会做出这种事情……"

"是不是觉得这个人挺怪的。"

"是的。他曾经说过，要守护我。我当时就觉得这句话很不对劲。"

"那他有没有说想和你交往？"

"还没有。"

"我记得你说你有一个喜欢的客人是吗？"

圭子神色紧张："您对功太郎说过吗？"

"说起过。你是不是还去过那个客人的公司？"

"您说什么？我可从来没有去过。"

田口嘿嘿一笑："看来你真的很在意那个客人。"

"是的。"

"周六和你一起喝酒的也是那位客人吗？"

"是的。可我既不是他的女朋友也不是他的情妇，是功太郎误会了。但他怎么会说我去过那位客人的公司呢？"

"那位客人的公司是在港区的港南吗？"

"我听他是这么说的。"

"功太郎说见你去过品川车站的港南口。可能是因为你骗他说没去过那附近，他才会乱想的吧。"

在知道国枝不是杀害花道讲师的凶手时，圭子曾为了缓解紧张来到他的公司附近。那时候，功太郎发来邮件说他今天休息，没有去公司，现在正在品川的超市买东西。大概也是因为知道自己在品川附近才故意试探。

"我出门闲逛的时候曾经去过港南，但当时还不知道那位客人的公司也在那边。功太郎当着客人的面问我有没有去过港南的时候，我担心客人误会，就撒谎蒙混过去了。"

田口轻轻一笑。"看来你是真的很在乎那位客人。"

"也不能这样说。"圭子垂下头。

"这不是挺好的嘛。"

圭子把在港南时收到功太郎邮件的事情也一并告诉了田口。

"你猜得没错，一定是功太郎用 GPS 在监视你。"

"他怎么做到的呢？"

"这我就不太清楚了。听说功太郎他很会摆弄手机电脑这些东西。"说到这里，田口脸色一沉。

"您想到了什么？"

"我们在功太郎家聚餐的那一天，你是不是把手机忘在他家里了？"

"啊。"圭子忍不住叫出声。

"大家收拾好准备回去的时候，还是我发现你的手机忘在桌子上的。"

"我回家后打电话去找手机，然后他就把手机给我送到新宿车站了。"

"手机上有屏幕锁吗？"

圭子摇头。

"那么他绝对有时间在你的手机上动手脚。能把手机给我看看吗？"

圭子拿出手机，重新打开电源后交给田口。

田口接过手机，一声不吭地摆弄起来。

"好像没有装什么远程监控的软件。"

"没用的软件我都会删除掉。"

田口研究了好久，突然把手机屏幕亮给圭子，十分激动地说道：

"找到了！这里装着一个叫作尼哈洛的远程监控软件。"

圭子眼前一黑。"我该怎么办好呢？"

"卸载掉吧。"

"好……不，还是先不要卸载掉。卸载掉我们就没有证据了。"

田口关掉电源，把手机还给圭子。

"你先把手机收好。"

圭子照着做了。

"这个软件，都有什么功能？"

"应该能掌握对方的所在地点、发信内容，还可以录音或者是拍照片。即使关闭电源，好像也可以控制摄像头。"

圭子气得脑袋发昏。

如果这个软件真的像田口说得那样厉害，不只是自己和国枝的往来邮件会被功太郎全部看到，自己威胁国枝这件事也可能早就让他发现了。

好在写恐吓信的时候不会发出声音，就算是被功太郎听到也不会发现什么。可变装后以横田的名义去博特宾馆开房这件事可就不好说了。

"最近有没有觉得手机电池电量用得特别快？"

"手机用了好久了，电池一直都不太好用，所以也没有感觉和平时有什么不一样。"

"如果手机长期开着录音，会对电池的损坏特别大。可能功太郎也没怎么用过这种功能吧。"

不管这个软件的功能有多么强大，也不可能完全掌握圭子的行动。何况功太郎还要工作，更不会一直开着录音功能。大概是在想听圭子的声音时才会偷偷打开录一小段。

不管怎么说，这件事绝不能放着不管。圭子必须和功太郎做个了断。但目前还没有任何证据可以证实，安装软件的人就是功太郎。

"你别太害怕。"

"我只是觉得恶心。"

"让我去和他谈一谈吧。"

"谢谢，不必了。如果是他做的，那他能够自己承认是最好不过的，可如果不是，你我和他的友情也就没法再持续下去。"

"可除了他还会有谁会做这种事呢？"

"我要去证实一下。他这种行为，算犯罪吗？"

"当然算了。好像有条法律就叫不正指令电磁什么的。我有个朋友，他的手机被一个女人偷偷安装了类似的软件。他发现后报警，那个女人就被抓起来了。"

首先必须要让功太郎承认这件事是他做的，之后才能采取下一步行动。

圭子抓起放在一旁的挎包："今天真是太感谢您了。"

"这就要走了吗？"

"今天发生的事情给我的打击太大了。"

"我们再换一家店坐坐吧。"

"这次我请。"

"怎么能让你一个小姑娘付钱呢？你真的要回去吗？"

"这次算我对您的感谢吧。今天就先让我回去吧，我实在太累了。"

圭子深深低下头向田口道别。

等功太郎回到东京后，一定要从他身上找到证据。

圭子的表情严肃得可怕，向地铁站大步走去。

四

圭子和田口在赤坂的酒吧见面时，国枝悟郎正身处文惠的公寓。

文惠倒了两杯茶，向国枝讲她和富永见面时了解到的情况。

国枝坐在沙发上吸烟。

"我认为给你寄信的人很可能是富永。所以，我打算和他走得更近一些。"

"我不认为他能做出这种事。"

"你一定是从这里离开的时候被他看到了。他认出你之后，跟踪到你家附近。从你家住的地方就能知道你现在肯定过得不错，所以才动了这种心思。你要知道，他现在是个无业游民，最缺的就是钱。"

"可哪里会有当父亲的让女儿跟着自己一起做这种事情？"

文惠冷笑道："哥，你真是太天真了。父亲和女儿一起做坏事的例子可多的是。"

"你说的也是。"悟郎端起茶杯，茶水还有些烫。

"哥，我看你好像没什么精神。是身体不舒服吗？"

悟郎想把昨天发生的事情告诉妹妹。但文惠听了一定又会去怀疑彩奈是辉久的帮凶。自己不管怎么解释，她也只会像刚刚一样指责自己过于天真。可这件事又怎么能瞒着一心想帮自己把恐吓者找出来的妹妹呢？

"昨天差点出了大事，多亏一个人我才逃过一劫。"

"大事？是和你的身份有关吗？"

国枝点点头，没有说话。

"什么时候？在什么地方？遇到什么人了？"文惠脸色大变，连连追问悟郎。

"昨天晚上我在六本木的俱乐部喝酒，结城辉久突然出现了。"

"你被他看到了吗？"

悟郎摇头。

文惠直直地盯着悟郎。"你只在二十几年前见过他，那时候他还是个孩子。你是怎么认出他的？"

"有人把他的名字告诉了我。"悟郎的声音越来越轻。

"我搞不懂。你是说，和你一起喝酒的某个人，告诉你结城辉久就在附近吗？"

"那个人知道我的真实身份，看见结城辉久后就马上告诉了我，还让我马上离开那个俱乐部。"

"你说的话我越来越听不明白了。"文惠无奈地说道，"上次你来这里的时候，是不是有个六本木的陪酒小姐给你发了邮件。我记得你看到邮件的时候特别开心。昨天你去俱乐部，是为了见她吗？"

"是。"

"你是喜欢上了那个女孩子，然后把自己的真实身份告诉她了吗？"

"我怎么会做这种傻事呢？"

"那告诉你结城辉久在店里的人是谁？不是她吗？"

悟郎不知道如何去回答。

"看来就是她了？"

悟郎无力地点点头。

"她是从什么时候知道你的真实身份的？"

"她有一次偶然在酒吧遇见了结城辉久。结城辉久给她看了有我那件案子报道的报纸，估计和给你看的是同一个东西。报纸上有我年轻时候的照片，被那个女孩子认出来了。"

"偶然在酒吧遇见了结城辉久？哥，你这么相信她说的话吗？"

"她没有撒谎。"

"好，你告诉我，她什么时候，在哪里遇见的结城辉久？"

悟郎尽了自己最大的努力，想把彩奈的话完整复述给文惠。

"她说她去过那个别墅吗？"

"是啊。我感觉我们之间缘分不浅。"

"什么？"文惠翻着白眼，向上看着天花板。

"哥，你到底是单纯到了什么地步？那个女人一定是早就和结城辉久勾结在了一起，听他的指使来做事的。"

"刚开始我也是这么认为的。但是听她解释之后，我就不这么想了。你没有见过她，所以我说什么也没用。但她真的是个好女孩。而且，昨晚就是她救了我。"

"这全都是计划好的陷阱啊。你喜欢的那个陪酒小姐，和结城辉久是旧相识，还看过那张附有你照片的报纸。后来她在工作的俱乐部遇到了你，认出了自己的常客国枝悟郎就是照片上的那个男人。之后她把自己的发现告诉了辉久，并找机会让辉久在暗处确认。辉久确定了你的身份，并调查出你现在是公司的社长，还住在品川的豪华住宅区，当然会想到用这种手段从你身上榨出钱来。"说到这里，文惠轻轻扬起下巴，目光锐利地盯着悟郎，"你刚刚说，那个陪酒小姐，现在还是大学生吧。"

"是的。因为家里没钱，才不得不做这种工作。"

"我不知道她和辉久具体是什么关系，但可以肯定的是，他们两个肯定是勾结在一起的。"

文惠拿起手机说道："哥，你再仔细看看我在博特酒店前台拍到的那个女人。"

悟郎接过手机，打开相册。

"你好好看看，这张照片和那个陪酒小姐像不像？"

悟郎紧盯着照片。

照片上的短发女人带着大墨镜，再加上拍得不太清楚，长相更难辨认。可是……

第一眼看到这张照片的时候，国枝就觉得这个女人似乎在哪里见到过。随后，他想到了彩奈。

悟郎把手机还给文惠。

"不是她，长得完全不像。"

"真的吗？"

悟郎用力摇头。

为什么自己不能承认照片上这个女人的身材和彩奈相似呢？为什么自己总想帮彩奈洗清嫌疑呢？这到底是为什么，悟郎自己也不知道。

"就算取钱的那个女人不是她，那她也和结城辉久脱不了干系。"

"你刚刚不还在怀疑富永吗？"

"我哪里知道昨晚发生了那样的事情？"

"彩奈她……那个女孩陪酒的花名叫彩奈。彩奈她很讨厌辉久，而且我也没有感觉到她在说谎。"

"只能说她真的很会骗人。"文惠不容反驳地说道。

"如果真是像你想的那样，辉久的目的又是什么呢？"

"现在你认为那个帮你逃走的彩奈，是你的救命恩人吧。"

"是的。"

"那你是不是不忍心看着她再为钱苦恼，想要去帮她过好日子？"

妹妹说得一点没错。悟郎苦笑着，把吸了一半的烟按在烟灰缸里碾灭。

"辉久想要利用那个女人继续从你这里骗出更多的钱。同样的恐吓已经很难再去施行，相比之下这个办法既安全又可靠。也许最开始那个陪酒小姐要的钱并不多，但到以后，一定会找各种借口从你身上越拿越多。"

"我想象不到她会做这种事情。何况，既然已经有了这么精密的计划，辉久为什么还要来见你呢？"

"也许是想让我相信他还没有发现你的真实身份。他一直都在怀疑我们两个有联系，就连那个富永也是这么想的。辉久告诉我有关他母亲的事情，一半是想看着你手足无措的样子取乐，一半是想给自己的计划打掩护。"

即使照片上的女人和彩奈的身材一模一样，悟郎也不愿意相信彩奈会与辉久勾结起来对付自己。

彩奈看见辉久出现在大厅时，拼命地保护自己不被辉久发现。她在那个时候的表现怎么可能是演出来的呢？

"哥，你接下来有什么打算？"

"你说什么？"

"你怎么还是这么没有紧张感？你的真实身份已经被辉久发现了，他会用这个威胁你一辈子的啊。"

"我说过了，我不相信彩奈是辉久的帮凶。"

"那她为什么要冒险救你？"

"……"

"你和她还在别的地方见过面吗？"

"上周六的时候一起喝过酒。"

"如果她说的都是实话，和你见面的那天，她还不知道你的真实身份吗？"

"不，我们见面之前她就知道这件事情了。"

文惠一脸惊愕。"哪会有女人愿意和杀人潜逃的罪犯约会的？"

"也许你说的都是对的。但是，不知道为什么，我和那个女孩子莫名很合得来。她从小父母离婚，被母亲抚养长大，现在靠着奖学金勉强在读大学。她学习很用功，但现在还没有找到工作。我虽然有你这个妹妹，但一个逃亡者的内心永远是孤独的。之前有段时间不是一直在讨论'援助交际'这个现象吗？我记得有人分析说，援交这种行为虽说是女高中生为了钱，主动卖身给中年男性。但从更深的层次看，援交双方大都是被群体所孤立的个体。也就是说，通过援交这种行为使生活空虚的人们联系到了一起。"

"你是说，你们两个都是一类人？"

"我想是的。我们能互相感受到对方身上的空虚感。"

"你们上床了吗？"

悟郎摇头。"她将来的路还很长，我不能让他与我扯上更深的关系。"

"哥，你是迷上那个女孩子了。"

悟郎愣了一会儿，平静地看着文惠，笑着对她说："好久没有像现在一样爱上一个女人了。"

"上次还是辉久的母亲。"

"我很感谢我的妻子，因此不管有多喜欢彩奈，我也不打算和她再向前发展。"

"你怎么会因为这种事情高兴呢？她明明一直都在骗你。"

"她和辉久没有关系。这件事我不想再重申了。"

文惠拿过圆珠笔和便签纸问："她的本名叫什么？"

"你要去调查她吗？"

"我们知道得越多就越好应对。我要去看看她是不是真的在撒谎。哥，你说过，什么都愿意告诉我的。"

悟郎把彩奈的本名和就读的大学告诉了文惠。

"她家住在哪里？"

悟郎苦笑道："听说好像在这附近。"

文惠无力地倒在沙发靠背上。

"也不能因为她住在附近就断定她和恐吓我的人有关系。况且，她怎么可能知道你住在这里呢？"

"话是这么说，可我就是觉得心里不踏实。她说她两年前曾经住过轻井泽的那栋别墅对吧。"

"是。"

"如果我查出来这件事是假的，你总会承认自己是被她骗了吧。"

"的确。"

"你去问问她现在别墅的主人叫什么，小心点，不要让她觉得奇怪。"

"我试试吧。但是你去调查有关那栋别墅的事情会不会被人怀疑呢？"

"直接去问肯定是不行的。我回轻井泽去好了，去富永他大哥开的咖啡馆看看能不能知道些什么。辉久不是说他母亲回轻井泽的时候也和富永的大哥聊了很久吗？"

"你想去就去吧。我相信她。"悟郎说完，起身准备离开。

"你也不要忘了去问那个叫彩奈的陪酒小姐，看她能不能说出现在别墅主人的名字。"

"文惠，真的谢谢你。"

"你说什么呢？我们可是亲兄妹啊。"

看着文惠的眼睛，悟郎感觉胸口仿佛有些什么炽热的东西在上下翻滚。

悟郎坐进一辆出租车，嘱咐司机送自己回家。

妹妹拍下的女人，身材和彩奈很像。如果这次的恐吓事件与彩奈有关，自己的感情又会发生怎么样的变化？悟郎坐在车厢，陷入了沉思。被骗也许会对她产生恨意，但爱意却无论如何也不会消失。

这次就问问她别墅的主人叫什么，看她会不会产生动摇。如果出现在博特宾馆的女人，真的是她，那么彩奈和自己一样，也是一名罪犯。想到这里，悟郎甚至有些欣慰。若彩奈也同样背负着秘密苟活于世，大概会成为自己在黑暗中前行的旅伴。

身为恐吓事件共犯的彩奈，是多么让人怜爱啊。悟郎自认是个无可救药的蠢货，哪会有人会对给自己写恐吓信的人产生这样强烈的爱意。

五

圭子害怕极了，最可怕的结果总是出现在大脑中挥之不去。

如果功太郎通过手机监控软件发现了自己写恐吓信威胁国枝，那么他会怎么做？自己又该怎么应对？

要确认功太郎是否发现了自己的秘密，首先必须要让他承认在手机上安装软件、监控自己这件事情。可现在无凭无据，又该怎么做才好呢？

回到家的圭子考虑了一整晚。

也许可以编造一些虚假信息给功太郎看，把他骗到指定的地点当面揭穿。要这么做就必须编造一些让功太郎在意的东西。

如果出现了另一个与圭子关系密切的男人，那么他与圭子的往来邮件与"约会"地点则势必会引起功太郎的注意。

与国枝见面时，功太郎就假装碰巧来到了同一个酒吧。想必若是再发生同样的情况，他还是会做出一样的行动。

要怎么和这个虚构的对象进行邮件往来呢？田口是功太郎的朋友，找他帮忙很可能会被功太郎察觉；国枝是个信得过的人选，可圭子却不想把他卷入这个麻烦之中。既然来往邮件的对象可以是虚构的，那么拜托学校的女同学应该也没什么问题。不行，知道这件事的人还是越少越好。

那为什么不买一部新的手机呢？用两部手机来回发邮件，既不需要担心计划泄露，邮件内容也可以完全在自己的掌握之中。

第二天放学后，圭子在新宿一家商场买了一部新手机。为了不被监控，圭子从早上就关闭了手机电源。

拿着新买的手机，圭子回到家就开始构思与那个虚构人物的来往内容。

"我真没想到昨天竟然会在那里遇到你。我们高中一起上学的时候我就觉得你很可爱，几年不见，真是越变越好看了。虽然现在问有些唐突，这周六，也就是后天，你有没有安排？我们一起去吃个晚饭吧。君和田彻上。"

圭子重新看了一遍写好的邮件，真让人害臊。虽说只有用这种语气才足够能引起功太郎的注意，可自己夸自己真是太难为情了。

按下发信键后，圭子从包里取出旧手机。屏幕亮起的一瞬间，邮件提示音也跟着响了起来。

圭子打开君和田彻的邮件，稍等了一会儿才开始回信。

"谢谢你的邮件。能再次见到你，我也很开心。没想到你居然是个这么有趣的人，高中的时候我一直以为你是个冷酷的小帅哥。

好久没有这么尽兴地聊天了，后天 OK，我还没有别的安排。好期待和你一起吃晚饭啊。"

圭子尽量避免使用和功太郎聊天时经常互相发的一些表情图案。

回信后，圭子把旧手机放在厨房，转身回到卧室，拿起扔在床上的新手机。

"太棒了！周六见面的时候我们一定要慢慢聊。明明距离周六不到两天，可我竟然有种度日如年的感觉。我等等再发邮件通知你见面的地方，现在让我好好考虑要带你去哪里。徹上。"

"我好期待啊。圭子上。"

又来到厨房的圭子这样回复。

这样回信虽然看起来有些生硬，但绝对会让看到这些邮件的功太郎坐立难安。

这个虚构的约会地点最好是在一个方便观察功太郎行动的地方。圭子想起那个位于六本木十字路口的老咖啡厅。

从咖啡厅的二楼可以清楚地看到十字路口来往的行人。虽然不能说完全没有死角，但这已经是圭子能想到的最佳观察地点。

圭子停了一会儿，从新手机上发出了"晚上七点在六本木十字路口的咖啡厅见面"的信息。

关键人物功太郎在周五傍晚打来了电话。

"你回东京了吗？"圭子语气轻快地问道。

"今天刚回来，现在还在公司。"

"看来最近工作很忙呢。"

"你最近是有碰到什么开心的事吗？"

"没有啊？你怎么突然问我这个？"

"今天的声音很轻快嘛。"

"你的意思是说之前都很阴沉吗？"

"我不是这个意思。"

"你找我有事吗？"

"你最近有些奇怪呢。以前的你从来不会这样对我说话。"

"哪里奇怪？"

功太郎没有回答，沉默了几秒后问道："明天有时间吗？"

"抱歉，有个朋友从老家来东京看我。"

"是老家的朋友啊。"功太郎笑着说，"不是和那位国枝先生约会吗？"

"我说了多少次了，他只是一个客人。"

"你真的对我冷淡了很多。我到底哪里惹你生气了？"

"是你想多了。我要准备出门了，改天再聊吧。"

"那我回头再打给你。"

"好的。"

圭子挂掉电话，把手机放在书架最上层。那个监视软件还有操纵摄像头的功能，放在书架上应该比较安全。

功太郎一定是看到了自己和虚构人物君和田彻的往来邮件，才故意在这个时候打电话约自己明天见面。看来，他已经中招了。

来电铃声再次响起，这次打来电话的是国枝。圭子有些犹豫，不知道到底该不该接。现在这样的情况，在采取任何行动前都要做好被功太郎监视的心理准备。圭子把手机靠近耳朵，心里却还没有考虑好要怎么回答。

"我今天突然想要见你。晚上工作结束后，可以找个地方见一面吗？"

"我现在身边还有其他人，等下我回给你。"

"好的。"

功太郎听见自己这么说，也会认为是因为那个叫君和田彻的男人出现，国枝才被如此冷落。这样一来，他便会更加在意圭子周六的"约会"。

圭子记下国枝的电话号码，把旧手机放回书架，带着新手机离开房间。

圭子走出公寓楼，站在人行道上给国枝发了一封邮件。

"我是彩奈，请给这个号码回电话。"

不久后新手机就响起了国枝的声音。

"你有两部手机吗？"他惊讶地问道。

"您听我说。"

圭子把自己正被远程操作软件监视这件事告诉了国枝。"所以，我们之间的谈话有可能也被别人听到了。"

国枝咻咻地笑着："我怎么感觉像谍战电影似的？"

"这不是在开玩笑。虽然我也还没有搞清楚事情的来龙去脉，但现在的情况真的非常危险。您可以上网搜索一下这个叫尼哈洛的远程操纵软件，这个软件的功能可是强大到恐怖。"

"是谁把这种软件安装到你手机上去的？"

"您还记得我们在新宿酒吧里遇到的那个人吗？"

"是那个叫吉木的小伙子吗？"

"没错，就是那个吉木功太郎干的。"

"你有证据吗？"

圭子告诉国枝，自己曾把手机忘在功太郎家，功太郎也曾撒谎说米岛在新宿车站见到了自己。

"看来真的是他。"国枝的语气沉重,"现在想来,那天在酒吧见到他的时候也是很奇怪。"

"您放心,我们在卡拉 OK 包厢的对话应该没有被他听见。那时候我担心结城辉久会打电话给我,所以把手机关机,放进包里了。"

"今晚有时间吗?"

"有的。就算有人邀请我,我也会拒绝的。"

"还记得周六在新宿见面时去的第二家酒吧吗?我在那里等你。"

"我可能要等到一点半以后才能到。"

"上次去的时候我看见他们的营业时间一直到凌晨四点,时间很充裕。"

"我尽量早点赶过去。"

"小心不要被他发现了。"

"好的。"

今晚和国枝的见面让圭子很是期待。见面的时候,还可以和他讲讲给功太郎设下的圈套。可想到这里,圭子突然感觉一阵无名之火将身体包围。她再一次意识到,自己是向国枝寄出恐吓信的人。

六

国枝端着一杯阿德贝尔威士忌,盯着靖国大道上来来往往的车辆发呆。

彩奈走进店里的时候，还不到两点。

"抱歉，我来得太晚了。"

"别急，现在时间还早。"

彩奈举手示意服务员点单。

国枝点燃香烟，看着正在点单的彩奈。

彩奈的身材和文惠用手机拍到的女人很像，甚至可以说得上一模一样。

如果她真的是出现在博特酒店取钱的女人，那么富永的嫌疑几乎可以归零，主谋的人选只剩下结城辉久一个。

可彩奈只与结城辉久见过两次面，她身上表现出的对那个男人的厌恶，怎么看也不像是为了欺骗自己而表演出来的东西。难道说彩奈在得知自己是潜逃多年的杀人凶手后，一个人做出了恐吓自己的行为。不，这不可能。她绝不可能做出这种事情的。

"国枝先生，您怎么了？"

彩奈的声音让国枝从思考中回过神来。

"我刚刚还在琢磨你被监视的这件事情，实在是太可怕了。搞得我现在也有种被那个男人盯着看的感觉。"

"现在不要紧的。"彩奈拿出手机，放在桌子上，"我已经关机了。如果他远程操作手机开机的话，我们也能马上发现。"

国枝赞许地点点头。"我在网上查了一下这个叫作尼哈洛的软件，功能真是了不得。"

"您知道，尼哈洛这个名字的寓意吗？"

"网上有介绍，说是天兔座上的一颗星星的名字。原意是'解渴的骆驼'。"说到这里，国枝忍不住轻轻一笑，"操纵这个软件的跟踪狂对他人隐私的需求不就像口渴的骆驼看见水一样吗？但是你为什么还不去卸载这个软件呢？网上介绍说卸载方法很简单。"

"除非找出他安装软件的证据，否则我是不会卸载的。"

"你就这么想找出证据吗？"

彩奈似乎已经打定了主意，认真地回答道："我想在明天抓住他的时候，用报警去威胁他。"

"你真的想让警察出面吗？"

彩奈摇头。"我只不过是想吓唬一下他，不让他明白这件事的严重性，我心里这股气消不下去。"

"可很多跟踪狂在被警察警告过之后，反而会做出更加疯狂的行为。总之，明天要小心，不要让他做出伤害你的事情。"

国枝掐灭香烟，看见杯子空了，便招呼店家再送一杯。"你对他说话要小心些，不要太过火。像他那样神经质的男人，很有可能采取更危险的行动。"

彩奈看着国枝，嘴角露出笑意。"果然只是和您说说话，心里就会平静很多。"

"我想为你做更多的事情，可还是无能为力。如果你明天遇到了麻烦，请马上联系我。"

"我怎么能让您再来冒险呢？"彩奈转开头，"这样的麻烦，很有可能会暴露您的身份，您最好不要出面。"

国枝直直地看着彩奈。"如果能和彩奈拥有一个可以互相分享秘密的房间就好了。"

彩奈的笑容一瞬间僵在脸上。

"我可能有些得寸进尺。我以前就说过，我不想让你当我的情人。我怕我的身份一经暴露，就连你也会受到牵连。"

"我知道。但是两个人独处的话……"彩奈低下头。

"我不会做让你不喜欢的事情。"

"……"

"先不说这个，我有件事想要问你。"

"什么？"

"结城家原先的别墅，现在的主人是姓久米吗？"

"不是的。别墅现在的主人姓松浦。您怎么突然问起这个？"

"我有一个客户在轻井泽买了别墅，听说就在结城家那片别墅区。所以我好奇，现在的别墅主人会不会是他。但既然你说是姓松浦，那应该就不是了。"国枝悟郎又点起一支香烟。

被问到别墅的主人时，彩奈没有迟疑，马上回答了自己，应该是真的在那栋别墅住过。

"我去一下洗手间。"

国枝看着彩奈的背影，心中愁云密布。

实在是太像了。

也许文惠是对的，彩奈的确是参与恐吓自己的一员。可她做的一切又是为了什么？国枝不知道等待着他去发现的真相究竟是什么样子，也不知道要怎样去探求自己渴望的真相。

彩奈回到座位。

国枝正向店家追加一杯白葡萄酒。"还记得上次我告诉你的那个外地来的客户吗？就是那个硬要换宾馆住的那个。"

"记得。"

"他做的事情被他太太发现了，现在正闹得厉害。"

店家将白葡萄酒摆在国枝面前。

国枝握着酒杯问道："你知道新宿区派出所附近有家博特宾馆吗？"

"不知道。我没有去过那附近。"

彩奈神色一如往常。

"我本来以为他会随便找个卖春女，可没想到他每次到东京出差的时候都会在博特宾馆和同一个女人见面。那个女人听说也是个陪酒小姐，每次都是用她的名义开房。上次他们两个私会的时候，那个女人突然心脏病发作，那个客人叫来救护车送她去医院。可巧的是，他太太的亲戚在他们去的那家医院里当护士。他也求那个亲戚对他太太保密，可话还是传到了他太太的耳朵里。"

国枝很是厌恶撒谎的自己，他一口气喝光了刚送来的白葡萄酒，又向店家要求续杯。

"他太太说要和他离婚吗？"彩奈问。

"听说已经分居了。现在宾馆这种地方可真是容易出事，而且很多都被压着，没有向外界传开。"

"这样吗？"彩奈淡淡地回答道。

国枝本想继续用博特宾馆来试探彩奈的反应，可再说下去，目的未免过于明显，只能就此打住。

"说起来……"彩奈开口道。

"什么？"

"刚刚您说想找一个能让两人独处的地方，不如就来我家吧。"

"你家？"

彩奈只是点了点头。

国枝脸上满是欣喜的神色。"我很高兴你能邀请我去你家。但真的可以吗？"

"当然了。我从没有让男人进过我的房间，但如果是您……"

"等有机会我一定去你家拜访。"

"虽然只是个很小的房间，但可以放下心好好地说话。后天晚上就在我家见面吧。"

"后天是周日呢。"

"果然周日不方便呢。"

"没有。那天有什么事想对我说吗？"

"不知道明天功太郎会不会被我抓到，如果我的计划成功了，一定马上告诉您。"

国枝用力地点头。"好。"

"明天白天我要和朋友去打高尔夫，晚上要陪客户吃饭。你发邮件和我联系就好。"

"我们明天再定周日见面的安排。"

两个人的酒杯里都所剩无几，彩奈打算把地址发给悟郎。

"现在不用告诉我，等下我送你回家就好了。"

"我回去的路和您是相反的。"

"没关系。"

国枝结账后带着彩奈走出酒吧。到目前为止，彩奈的手机还没有任何奇怪的反应。

两人坐在出租车里。彩奈攥着手机，看样子十分担心明天与吉木功太郎的对峙。

"如果明天进展得不顺利，我们周日再一起想办法。"

"谢谢您。您现在是我心里最强大的力量。"

"说什么谢谢呢。"国枝淡淡地说道。

车窗外移过文惠的公寓。明天一早，就把从彩奈这里问到的都告诉妹妹。

国枝把彩奈送到公寓楼下。

彩奈没有进门，看着载有国枝的出租车越走越远，直到消失在这夜色之中。

<h1 style="text-align:center">七</h1>

圭子回到房间，只觉得身体脱力，她倚在防盗门上，胸口一起一伏，大口喘着粗气。

为什么国枝要问自己知不知道那个外地客户在新宿下榻的宾馆。如果真的要跟自己讲那个客户身上发生的丑事，又何必提及宾馆的名字呢？

是自己想多了。圭子试图放松紧张的神经，一头倒在卧室的床上。

也许正是因为自己清楚结城辉久与国枝之间的纠葛，掌握了国枝的真实身份，才会被他加以猜忌。约国枝到家里见面也是希望能在自己的主场里冷静下来试探国枝的想法。

可即便是自己壮着胆子向他发出邀请，如果国枝对自己没有半分信任，想必也不会踏进房间半步。

圭子又抓起枕边的乒太，紧紧抱在胸前。

对国枝进行的恐吓，对国枝抱有的好感，使圭子的内心仿佛正处于那个风雨交加的台风夜，一刻不能宁息。

圭子抱着乒太躺在床上不知过了多久。她拿过手机，打开电源。屏幕上显示两封未读邮件。一封是来自田口的。

"那天分开后，我很担心你。请和我联系。"

另一封来自功太郎。

"既然明天没办法和你见面，那我就和朋友去新宿喝酒好了。你要是结束得早，要不要来我们这里？"

圭子把手机放到书架上，打算睡醒后再回信。

圭子躺在床上辗转反侧，怎么也睡不着。想起曾经从朋友那里要来了一些镇静剂，便取出吞了几片。

吃过药还是睡得不安稳，夜里醒来好几次，起床时已经将近中午。

头好痛，小腹也隐隐发胀，大概是快到生理期了。

真是讨厌，圭子心中更加烦躁。中午随便吃了些麦片，准备向田口回信。

"我们见面再聊。"邮件里回复道。

圭子想了想又放下了手机。

对于功太郎来说，故意不回信反而会让他更加在意自己要见的那个人。

傍晚，不到七点，圭子来到六本木十字路口的咖啡馆。可不走运的是，二楼靠窗的座位早已没有空缺。圭子只好在楼梯附近的一个位子上坐下，向服务员点了一杯咖啡。

每到临近生理期前的一段时间，圭子会感觉全身不舒服。

圭子拿着新手机，走进卫生间，向旧手机发了一封邮件。

"抱歉，我们可以换个地方见吗？你往饭仓这边来。我在AXIS 大厦前等你。彻上。"

回到座位的圭子打开旧手机，调出新手机发来的邮件，稍微停了几分钟后，在餐桌上留下没喝完的半杯咖啡，起身离开了咖啡厅。

天色阴沉，似乎要下雨。潮湿的空气让人窒息。见周围没有功太郎的身影，圭子朝着东京铁塔的方向走去。

路过了和国枝密会的卡拉 OK。圭子一路装作去看街边橱窗里的摆设，好借着玻璃的反射观察身边有没有跟踪者的行迹。幸运的是，没有发生任何意外。

圭子远远看见 AXIS 大厦高耸的顶端。功太郎可能就守在这附近。

AXIS 大厦的第一层是商业街。楼与楼的交叉口之间，有一个便利店和一个卖宠物用品的商店。

找到了！功太郎就在便利店里注视着大楼的方向。

圭子避开过往车流，朝着便利店走过去。

功太郎不见了。便利店只有一个正门，看见圭子走过来，他也许正躲在货架后面。掩耳盗铃，真是可笑。

圭子冷笑，掏出手机向功太郎发送了一封邮件。

"出来吧。你还想躲到什么时候？功太郎先生你现在不是应该在新宿和朋友喝酒吗？怎么会出现在六本木呢？真是奇怪。"

没过多久，功太郎挤着笑脸从便利店走了出来。

圭子随即按下手机录音键。如果功太郎说的话有对自己不利的部分，也可以直接从录音中删掉。

"跟我来。"

"去哪里？"功太郎收起了笑脸。

"别担心，不是去警察局。"

圭子带着跟在身后的功太郎，来到了曾经和国枝密会的卡拉 OK。

圭子定了一个包厢。进去后，圭子问："你喝什么？"

"我就不用了。"

圭子点了啤酒和比萨。

与功太郎对峙的这一刻终于来到了。必须在这里弄清功太郎是否已经掌握了自己恐吓国枝的证据。一旦事情败露，又该怎么去对付他呢？圭子只是想想就觉得眼前发昏。

啤酒和比萨都还没送到，包厢里陷入了尴尬的沉默。

功太郎坐在沙发上，无奈地抱着头。圭子把提包放在功太郎身边，自己则远远站在窗前，发呆似的看着窗外过往的人群。

没过多久，服务员敲开门，端来了啤酒和比萨。像和国枝在包厢里见面时一样，圭子打开包厢内的播放器，随便选了几首EXILE 的曲子。

圭子隔着提包坐在功太郎身边。提包里装有打开录音功能的手机。

"你为什么要做这种事？"

功太郎抬起头。"你说什么？"

"请不要再装傻了。是你在我的手机里安装了一个叫尼哈洛的远程监控吧。"

"不是我。我为什么要做这种事情呢？"

"也是怪我大意，把手机忘在了你的家里。还记得我们十月份一起吃烤鸡肉串的时候，你曾经告诉我米岛先生曾经在新宿站看到我的事情吗？"

"是有这么回事。可那又怎么了？"

"那时候，米岛先生正在底特律出差。为什么身在美国的人，会在新宿车站看见我？"

功太郎眉头蹙成一团。

"我和田口先生见面的时候，他也正巧接到了你打来的电话。

和国枝先生在新宿酒吧的时候，你也莫名其妙地出现了。只有在我手机上安装这个软件、监视我的行迹、盗取我的邮件、偷听我的谈话的人才能做到这些事情。这个人不就是你吗？"

"你有证据吗？"

"我就知道你会这么说。我这就去报警。只要证实了米岛先生十月份在美国，还怕警察不会怀疑到你头上吗？你的行为已经触犯到法律，会判处三年以下监禁和五十万日元以下的罚款。你的罪行一旦暴露，你不仅会被公司开除，还会被整个社会放逐。"

"……"

"你知道今晚和我见面的人是谁吗？"

"是警察吗？"功太郎声音发抖。

圭子嗤笑道："是啊，你说呢？"

功太郎深深地埋下脑袋，开水壶似的声音带着哭腔。

"对不起，请原谅我。发现你把手机忘在我家的时候，我想我终于有了机会，能够更好地去了解你。"

"我不知道你为什么会做出这样卑鄙的事情。"

"在第一次看见你的时候，我就喜欢上了你。可是……"

"可是什么？"

"可是圭子你似乎一点也没有喜欢过我。求求你，不要去报警好吗？"

"你每天都在监视我吗？"

"怎么可能？我只是在有空的时候才会去监视一下。我也是有工作要做的。况且如果频繁操作这个软件，你的手机电量也会消耗得非常快。"

　　看来他好像还不知道自己恐吓国枝的事情，也没有发现国枝的真实身份。

　　但是，心里还是放不下。

　　"你有没有用照相机偷拍我？"

　　"有……"

　　"我换衣服的时候你也看到了吗？"

　　"没有没有。你总是把手机放在书架上，所以很少能看到什么。"

　　EXILE 的曲子在不知不觉中播放完了，圭子又追加了几首西野加奈的歌。紧张让圭子嗓子发干，拿起桌上的啤酒一气喝了下去。

　　功太郎还没伸手碰过送来的食物。

　　两人之间，又是一阵沉默。

　　功太郎突然眯起眼睛，用意味深长的眼神看着圭子。"我说圭子，你除了陪酒，还在做什么其他的兼职吗？"

　　"什么？"

　　"你好像曾经在新宿区派出所附近走来走去，最后进入了一家叫博特的宾馆。"

　　"你还想用我的隐私威胁我吗？这样让我怎么原谅你？"

　　愤怒和紧张一起冲击着圭子的神经。

　　"我还看见你带着假发，一大早出现在新宿车站。不知道你是干了什么见不得人的事情。"

　　"你说什么见不得人的事情？"

　　"谁知道呢？说不定是去卖春。"

　　"我才不会干那种事情呢。"圭子气得半天说不出话来。

"总之，你好像有不能对人说的秘密。为了攒学费和生活费，申请奖学金，晚上在俱乐部打工，想进出版社工作的好姑娘圭子，看来还有另一副面孔。"

圭子曾谎称自己是横田，打公共电话询问过酒店前台有没有收到要交给自己的包裹。那时候，装着手机的提包被放在地上，即便是窃听，应该也听不清自己讲了些什么。想到这些，圭子稍稍振作。

"不过只是戴着假发在新宿的宾馆开房罢了，有什么地方做错了吗？犯法的人是你才对吧。"

功太郎虽然看到了圭子可疑的行动，但似乎并不知道她这么做的目的究竟是什么。

被误认为是在卖春也无所谓，最重要的是自己曾去过博特宾馆这件事被人知道了。虽然，只要瞒过国枝，就算被其他人看见也根本无所谓。可行迹被功太郎掌握，总像是埋下一颗不知道什么时候会爆炸的炸弹。

"你报警了吗？"

"没有。"

"那个叫君和田彻的男人？"

"是我编出来的，就是为了引你上钩。"

"是国枝让你这么做的吗？"功太郎羞愤不已。

"和他没有关系。"

"别骗人了。一定是你们两个在耍我，把我逼到了这种地步。"

"功太郎，你在嫉妒国枝先生吗？"

"谁让我喜欢你呢。"功太郎抬起头，似乎在自言自语。

"国枝先生是一个非常成熟稳重的男人。而你，功太郎，你只不过是个小鬼，一个无可救药的小孩子。"

"可你最开始也不是这么认为的，对吗？你说过，可以和我说任何事情。就是在那个叫国枝的男人出现后，你才变了的。"

"你恨他吗？"

"……"

"看来是的。功太郎，你能不能不要这么幼稚了。"

"我们以后还能再见吗？"功太郎似乎仍抱有一线希望。

"你应该知道我会怎么做。请以后不要再出现在我的面前。"

圭子从提包里拿出新手机。"以防万一，我已经用这部手机把你说的话全都录了下来。"

"你就这么不信任我？"

圭子没有理会功太郎，又拿出了旧手机，摆在功太郎面前："我现在就把那个软件卸载下来。"

软件卸载成功，圭子按下录音终止键。

"功太郎先生，你走吧。这次我请客，就当是还你以前带我吃饭的人情。"

"既然我都已经承认了，你可以把录音删除吗？"

"快走吧，我不想再看见你。"圭子满是恨意地瞪着功太郎，从嘴唇中挤出几个字。

"圭子……"

"我说了让你走！"

功太郎缓缓站起身，落寞地看着圭子，离开了卡拉 OK 包厢。

包厢内只剩下圭子一个人。浑身的力气仿佛被抽干一般，圭子倒在沙发上好久没有回过神。

冷静下来后，饥饿感来袭。圭子抓起冷掉的比萨，就着温暾的啤酒塞进嘴里。

好想见国枝。

圭子又吃掉一块比萨，准备给国枝编辑邮件。

"结束了。他承认，软件是他安装进去的。我让他不要再来见我，可是我好害怕。好想见您，明天为什么不能早点到呢？"

邮件发送成功后，圭子用内线电话通知前台退房。在一楼柜台结好账，正要离开时，国枝的回信出现在手机显示屏上。

"恭喜你，终于与他有了了结。明天下午三点我去你家见你。我们在你家坐一会儿再出去吃饭吧。"

"出门太麻烦了，在我家吃吧。可我只会做些简单的火锅，您不要嫌弃。"

"那就交给彩奈啦。"

圭子向车站走去，突然，她像是想起了什么似的站在原地。

功太郎会不会在附近监视着自己？

一路上，圭子小心翼翼地关注着周围，似乎是多心了。

八

周日，文惠租了车回轻井泽。

哥哥告诉她，结城家别墅现在的主人姓松浦。

文惠一进轻井泽便直奔别墅区。

一别八年，道路两旁的店面早就不是原来的模样。一家巧克力店不知道是什么时候开始出现的。好在富永家的老咖啡馆让文惠有了些许安心感。

文惠开进别墅区后发现似乎是走错了路，开车掉头后顺着坡道慢慢往回走。

那天风很大。落叶被风吹起，又打着旋落在地上。

在第二个转角处左转，一道长长的矮石墙出现在眼前。

被石墙围住的就是结城家原先的别墅。

门牌上显示着现在主人的名字，的确是姓松浦。

那个陪酒小姐看来是没有说谎，反而让文惠有些失望。

"我找到结城家的别墅了，别墅现在的主人的确是姓松浦。"

"我就说她没有撒谎。"

"但也不能证明她与这件事无关。"

"我现在正准备去她家。"

"是她邀请你去的吗？"

"对。"

"果然是图谋不轨。"

"我想，去她家应该能察觉到什么。"

文惠嗤笑道："哥，那个女人真是让你着了魔。"

"没有，我也还没有完全相信她。"

"是吗？在我面前时你可是力证她的清白。"

"倒也没有。"

"如果有什么不对劲的地方，必须马上告诉我。"

"当然。这次回轻井泽，感觉怎么样？"

"果然，家就是家。"

"我也好想回去看看。也许，这辈子是不可能了。"哥哥电话里留下的最后一句话让文惠十分感伤。

文惠准备去富永俊二大哥的咖啡厅看看。

富永大哥的咖啡厅开在旧轻银座的转盘附近。周日应该还在营业。

文惠在门前的停车场下车。

街道上满是观光客。走几步就能看见从中国来的旅行团。

文惠推开门，只见咖啡厅里有二十几张桌子。明明是周日，店里却满是空座。

一个男人从柜台后迎出来："是你啊。"

"好久不见了。"文惠向男人点头打招呼。男人是富永俊二的大哥，富永昌人。

文惠在靠近柜台的座位坐下，向富永大哥点了一杯咖啡。

文惠仔细打量着在柜台后正在为自己泡咖啡的昌人。多年没见，他竟然老了这么多。曾经，富永大哥是出了名的英俊，那端正的五官反而更能显示岁月的无情。

"小文真是一点也没变。"

"富永大哥也是呢。"

"可别安慰我了，你看我的白头发。"昌人笑着说道，"听俊二说，他在东京遇见了你。"

"前段时间还一起喝了酒。"

"这倒是没听他说起过。他还是没什么正经工作吗？"

"我听说是准备去泰国。"

"听他说过，谁知道他怎么打算的？"

"您知道俊二哥和结城家的儿子有来往吗？"

"知道。"

"前段时间，结城家的儿子来见我了。"

"是吗？他找你做什么？"

"他好像认定了我和我哥哥有联系，想要从我这里敲诈些钱出来。"

昌人停下手中的工作，抬头看着文惠。"你就没有再见过你哥吗？"

"俊二哥也是这么问我的。可是我真的没有再见过他，他也不知道我现在住在东京。"

"你很想见你哥吧。"

"是啊。可我现在就连他是死是活都不知道。"文惠低下头，轻轻叹气。

"俊二大概对你说过。结城太太最近经常来我家店里，而且她现在就在轻井泽。"

"是的，我听说过。她经常回轻井泽吗？"

"她昨天就来过了，今天也许还会再来。她好像也一直记挂着你哥。"

文惠仰头看着柜台里的昌人。"她还想和曾经的情人见面吗？"

"谁知道呢？她说她这辈子最怀念的就是在轻井泽度假的时候，看来像是对你哥动了真情。"

"她现在怎么样了？还像以前一样英姿飒爽吗？"

"没有。现在身体不太好，整个人瘦得厉害。"

如果能遇见结城初子，说不定可以打探出辉久的消息。

文惠正和昌人聊着往事，咖啡厅的门被推开了。

"你看，她来了。"昌人扬起下巴，示意文惠看向门口。

来人的身上不见半分昔日时髦女郎的风采。只见一个瘦瘦小小的老太太，鼻梁上挂着一副老花镜。如果不是昌人提醒，文惠大概认不出这就是曾经的结城太太。可仔细看看，脸上似乎还留着几分过去的风韵。

老太太脱下黑色外套，身穿一件胭脂色的高领连衣裙。

文惠向她走去，问："是结城初子女士吗？"

初子轻轻点头。

"还记得我吗？"

初子眨着眼，盯着文惠看了许久。"啊，你是浩平的……"

"我是他的妹妹文惠。"

"我听富永说你把家里的房子和店铺卖了以后就搬去了东京。"

"我回来办点事情。可以和您聊聊吗？"

"当然可以。"

文惠又点了一杯咖啡，初子则让昌人给她送一杯柠檬茶。

咖啡和茶送来之前，两人都没有开口说话。

看着眼前的初子，文惠又想起事件发生的那个时候。

昌人端来饮品，临走前还偷偷瞥着对坐的两人，似乎很在意谈话的内容。

"结城女士，您的儿子前段时间来找过我。"

"他来找你做什么？"

看样子初子还不知道辉久的所作所为。

"您不知道吗？他现在正在找我哥哥，而且认定了我知道我哥哥的下落，想要从我这里下手，让我给他拿钱出来。想来他也不敢告诉您这些。"

"那孩子想要多少？"

"五六万日元。钱不多，但我还是拒绝了。他先是打电话，被我拒绝后还找到我家来。看来他打算找到我哥哥后再向他勒索一大笔钱。"

初子垂目，沉默不语，面前的柠檬茶也还不曾动过。

"您和儿子住得那么近，应该经常和他见面吧。"

初子终于抬起头。"你知道我住在哪里吗？"

"是您儿子告诉我的。"

"他只在没钱的时候来见我。"

"可他说您不愿意给他钱。"

"那孩子，这么多年来就只知道给我闯祸。偷拿我的存折和印章去银行取钱已经不算什么了。有一次，几个看起来很可怕的男人找上门，逼我把辉久欠的钱还给他们。"

"最近怎么样？还是只知道要钱吗？"

"具体的他什么也没有告诉我。我只知道他好像找到了合伙人，明年要自己开一家俱乐部。不知道是真的还是在骗我。"初子说到这里，若有所思，"不知道你哥哥现在怎么样了。"

"看来您很想见他。"

"下冈小姐……"

"叫我文惠就好。"

"那你就叫我初子吧。"

文惠点点头。

"我有件事情想要对你说，可这里实在是不方便。你能和我一起去我住的宾馆吗？"

文惠迫不及待地想知道初子要说的是什么。她对初子说，自己是开车来的，可直接带着初子回去。初子把宾馆的地址告诉文惠，那是一家有名的高级宾馆。离开时，初子连同文惠的咖啡一并付了账。

文惠载着初子，向宾馆驶去。

"您经常回轻井泽吗？"路上，文惠开口问道。

"因为很怀念和你哥哥在一起的那段时光。"

也就是在那个时候，她的丈夫被杀害了。难道她真的一点也不在乎吗？这个女人的想法让文惠难以捉摸。

文惠在宾馆前的停车场把车停下。初子说自己租住在宾馆后的独立小别墅。

穿过宾馆，后面是一个宽敞的大院子。在到达初子住处之前，两人一路无语。

时处深秋，小别墅的空调吹着热风。

初子端上乌龙茶，招呼文惠坐下。

"您想对我说什么？"

"真不知道要从哪里开始说才好。"初子小口地抿着乌龙茶，声音虚弱无力。

"您也认为我知道我哥哥的下落吗？"

"这件事本该直接对你哥哥说，可既然碰见了你，对你说也是不妨事的。因为，我剩下的时间不多了。"

"您到底想说什么？"

初子勉强地笑了笑。"你不要太心急，我都会告诉你的。"

"抱歉。"

"我得了肺癌，现在已经到了晚期。"初子缓缓说道，"我没有多活几年的意思，所以没有去做化疗。现在只是一个人静静地等死。"

文惠一言不发，不知道如何作答。

"我有过很多愉快的回忆，但相对的，痛苦的经历也不在少数。和你哥哥在一起的那段日子是我最快乐的时光。我是真的爱上了他。"

"我想我哥哥也一样。"

"你当时知道你哥哥在和我秘密交往吗？"

"不知道。但我能感觉到他的不对劲。那段时间，哥哥样子很奇怪，每天心神不宁，周末去东京的次数也越来越多。那件事发生以后我才明白，他大概是对您着了迷。"

"可我却背叛了这个我曾经深爱过的男人。"

"您同时还在和别的男人交往吗？"

初子摇头。"我是个多情的女人，但我会认真对待每一段恋爱。"

"那么您说的背叛是指什么？"

初子抬头望着天花板，眼角湿润，嘴唇微张，许久没有说出一句话。

文惠按捺下自己的好奇心，等着初子开口。

"杀了我丈夫的凶手不是你哥哥。"

"……"文惠不敢相信自己的耳朵，一时间竟不知道涌上心头的是一种什么样的感情。

初子也许在撒谎。她对自己这么说，不就是为了骗自己说出哥哥的下落吗？丈夫遇害，家产尽失。这个女人和辉久一样对哥哥抱有极大的恨意。

"文惠，怎么不说话？你不相信我吗？"

"既然我哥哥没有杀人，那他为什么要逃走？"

"他的确用书房摆着的青铜像殴打了我的丈夫并被我的儿子辉久看到了。你哥哥逃走时可能以为我丈夫已经死了。但在我回到别墅的时候，我丈夫还活着。"

文惠感觉心脏一阵猛烈地跳动。"杀了您丈夫的，到底是谁？"

"是辉久。我回到家的时候，发现书房有些不对劲，走过去一看，我的儿子正狠狠地砸着我丈夫的脑袋。"

"是用我哥哥拿过的那个青铜像吗？"

"是的。辉久为了不留下自己的指纹，还特意用手绢抓着青铜像。他看见我进来，也没有停下。直到我吓得大叫，他才把手里的青铜像扔到一边。我的大脑一片空白，直接倒在地上。'都是因为妈妈和那个卖家电的偷情，事情才会变成这样。'听见辉久这么对我说，我一句话也说不出口，更别说问他到底发生了什么。我们母子就这样互相看着，过了好久，他才对我说出了刚刚发生的一切。我回家的时候，看见浩平开着他的卡车从家里出来，他慌慌张张的，也没有注意到我。看着他的样子，我觉得有些奇怪。后来辉久继续对我说：'卖家电的以为爸爸死了，但爸爸还活着。所以就让我来帮他，反正我早就想这么做了。都怪妈妈和这个男人结婚，我才变成了这个样子。妈妈，你不要对任何人说起这件事。就让那个卖家电的去自首好了。'当时的我没有勇气去揭发自己的儿子，只好让浩平一个人去承担我丈夫的死亡。虽然很对不起浩平，可我又怎么舍得把自己的儿子交给警察呢？"

"在那件事发生后不久，您还记得您曾经给我们家打过一次电话吗？"

"我当然记得。那通电话就是想故意告诉你们我的丈夫是被浩平杀死的。可我没有想到，浩平竟然会逃走。"

"我现在也不知道哥哥到底在哪里。如果您愿意公布事情的真相，他也许就不用再过这种躲躲藏藏的生活。如果他已经死了，那就另当别论。"

"没想到那时我对儿子的包庇到最后反而害了他。我儿子一直盼着我赶快病死，好早点拿到遗产呢。"

"您怎么知道他是这么想的？"

"我告诉他我的病情时，他表面上装作一脸关心，可只知道问我健康保险呀，遗产处理之类的东西。他是我唯一的亲人，可我万万没想到，他竟然会这么冷血。在知道他正在威胁你的时候，我彻底对他心灰意冷，也没必要给这个没出息的儿子再留脸面。你带我去轻井泽警察局吧，我要把真相告诉警察。不，我还要告诉媒体。案件虽然已经过了追诉时效，但总会给辉久一个教训。他变成今天这个混账样子，都是由于我对他的溺爱一手造成的。因此，我不能放任他对你再做出什么出格的行为。何况，这件事最早也是因我而起。"

"可您的儿子为什么要恨我的哥哥，甚至找到我家对我进行威胁。明明自己才是真正的凶手，为什么要做出这些事情呢？"

"谎言重复一千遍就是真理。不知道他在什么时候，竟然让自己相信了你哥哥才是真正的犯人。"

房间再次陷入漫长的沉默。文惠的双眼满是怒意。"事情发生之后，您不就应该站出来澄清真相吗？为什么让我们等了这么久。"

"对不起，真的对不起。我当时一心只想着包庇我的儿子。"初子无力地垂下头。

但是现在的哥哥是国枝悟郎，是一家大公司的社长。即使能够恢复声誉，他也无法再去恢复自己原有的身份。现在的他背负的太多，已经不再是那个和自己相依为命的哥哥下冈浩平。

如果这件事情再次引起世间的关注，那么哥哥只能再一次选择从这个社会上消失。但不管怎么样，现在必须马上告诉他杀害结城先生的凶手另有其人。

"要我开车送您去警察局吗？"

"太麻烦你了……"

"没关系，我把送您到警察局以后就回东京。"

"那好吧。"

文惠和初子一起走出小别墅。那时刚好是下午四点零几分。

把初子送到警察局后，文惠马上拿起手机，要给哥哥打电话。她按捺不住心中的激动，只想早点把真相告诉哥哥，让他有个解脱。

九

文惠前往富永昌人的咖啡厅时，国枝悟郎已经来到了彩奈的住处。

彩奈住在公寓楼的第四层。房间内摆设简单，除了桌椅和床，靠在墙壁上的书架很是显眼。书架上摆着好多太宰治的作品，国枝记得彩奈的毕业论文与太宰治有关。房间里还有一台小电视，是很久之前的机型。折叠餐桌上放着一个棕色的玻璃烟灰缸。卧室的床上一个小兔子玩偶靠着枕头端端正正地坐着。

房间里的家具大多是便宜货，彩奈的确像她说的一样，生活得拮据简朴。住在这种房间里的彩奈，完全看不出是通过恐吓得到两千万日元的人。但想起照片上那个和彩奈身材一模一样的女人，国枝不禁感叹，贫穷也许就是让人疯狂的原因。

彩奈正在泡咖啡。

"要不要吃苹果，我妈妈从老家寄来的。"

"好。"

彩奈从厨房取出小碟子和水果刀，把咖啡端给国枝后坐在茶几前削起了苹果。

"虽然算是成功地解决了这件事，但以后还是要多注意。那个男人看上去是挺洒脱的，但没准还会继续纠缠你。"

"您就不要吓我了。"

"抱歉抱歉，我不是想吓你，只不过想着万事都多小心一点总不会出错。"国枝笑着安慰彩奈，顺手拿起刚刚切好的苹果放进嘴里。"他一直在监视着你吗？总不会全天都守着那个软件吧？"

"应该是没有。具体的我没有问。"

国枝想，安装监控软件的功太郎也许会掌握彩奈最近的行动，找到他也许能搞清楚那个出现在博特宾馆的女人与彩奈的关系。但自己既不可能单独找功太郎询问情况，就算有和他独处的机会也不知道该怎么去问这件事才好。

彩奈的手机铃声突然响了起来。

"是功太郎的朋友田口先生。"彩奈按下接听键。

"……功太郎已经把事情经过都告诉你了吗？……是吗？你还不知道。昨天的时候功太郎已经承认他就是在我手机里安装软件的人，我让他今后再也不要接近我……好，我以后小心……你说什么？"彩奈表情一变，"你是说有一家叫学艺堂的自费出版社吗？请你一定帮我留意一下……好的，我知道了。我们以后再联系。"

悟郎看着彩奈的侧脸，内心陷入重重矛盾。到底要不要向彩奈表明自己心中的疑虑？即使要向她问个明白，也不能直接问她是不是恐吓自己的犯人。到底怎么办才好？

"您怎么了？"

听到彩奈的声音，国枝回过神。

"啊，没什么。功太郎把这件事情告诉刚刚那位田口先生了吗？"

"好像没有，随他说去。刚刚您应该也听到了，田口先生告诉我有一个叫学艺堂的出版社现在正在招文艺编辑。虽然不知道能不能被录用，但是田口先生说会帮我争取社长的直接面试。"

"我刚刚听你说，这是一家自费出版社。"

"是的，但是最近他们打算开始正式去做专职作家的作品。"

"那太好了。"

"在我家可以吸烟的，不用太拘谨。"

"最近想着要稍微控制一下了。"

"不知道为什么，今天的国枝先生好像很累的样子。"

"是吗，好像是有一些。虽说那个案子已经过了追诉时效，但我仍然是一个在逃的杀人犯。从一进你家的时候我就在想，我们这样的交往真的应该继续下去吗？"

"您不要这样说，是我邀请您来我家的。"

"虽然这么说不太好，但我一直在想如果彩奈你也是一个罪犯就好了。"国枝想了想，平静地说道。

这是他的真心话，当然也是为了试探彩奈才说出了口。

彩奈躲开国枝的视线，眼神在一瞬间有些恍惚，但随即又恢复了平静。

"即使我曾犯下不可饶恕的罪行也可以吗？"

"我可是一个杀人犯，还有比我曾经做过的事情更恶劣的罪行吗？"

"不。有时候，欺骗和威胁比杀人更加罪恶。"

"也许吧。如果彩奈也同样背负着罪孽的话，我想我们的灵魂会更加接近。"

"这样一来，两人互相保守彼此的秘密，关系也能向更深处发展。"

"你果然能够明白我的心意。"

彩奈突然倒在床上，把脸埋进枕头，放声大哭。

"彩奈，你怎么了？"

彩奈没有回答，只是不住地哭着。

十

眼泪就这样毫无征兆地从眼眶中涌出。

国枝说他希望圭子也和他一样背负着罪孽。

他一定是察觉到了自己对他实施的恐吓。想必他从频频提到博特宾馆的时候开始，就已经打算一步步逼自己说出真相。

圭子感到自己的内心正被这种慢性毒药一般的逼问慢慢折磨，深入骨髓。索性就在今天坦白自己所做的一切，把得来的钱全都归还给他。

不，不能这样贸然行动。虽然国枝在得知真相后，不管是碍于身份还是出于私情，都不会把自己交给警察，可这样一来，他的心中必然会对自己产生难以弥补的隔阂。

发生在那栋公寓的杀人案件，让自己对国枝产生了天大的误会。正是因为这个误会，圭子得到了钱，也得到了与国枝超越肉体的心灵结合。

对于靠着奖学金和陪酒才能勉强度日的圭子来说，这笔钱很重要。但是现在，一个能令自己勇敢活下去的心灵支撑就在面前。

现在还不能对他坦白。好痛苦，真的好痛苦。不知道这样的煎熬还要继续到何时才能结束。

"在几个月之前，我被一个神秘人物恐吓了。我想那个人可能是结城辉久。但是，在指定地点取走钱的是一个中短发，带着大墨镜的女人。如果那个女人是你，就请你如实承认，我不会记恨你，也不会让你还钱给我。我想知道的只有真相。"

圭子抓过乒太，紧紧攥住它的一只脚。眼泪却丝毫没有停下的迹象，哭得愈发厉害。

"我……"圭子勉强发出了几个音节。

国枝将伏在床上的圭子拥进怀里，紧紧地抱住她。"你不用再说了，我明白的，我明白的。你一定是受了结城辉久的挑唆。"

"错了，这一切都错了。"

圭子抬起头正准备向国枝解释，门铃那刺耳的声音突然回荡在整个房间。

"我去看看是谁。"

国枝打开玄关处的室内对讲器，看了一眼后神色严肃地回到圭子身边。

"是吉木功太郎。"

"国枝先生，请您赶走他。"圭子因为痛哭，气息不稳地请求道。

"就算今天让他走了也许明天还会再来，我去和他谈一谈。"

"……"

"你放心交给我就好了。"

国枝走向玄关，自动门锁解锁的声音在沉默的房间中异常清晰。

圭子进洗手间洗脸。

门铃声再一次响起。

十一

国枝透过猫眼再次确认过门外的来客后，打开房门。

看见开门的是国枝，功太郎立在门外，不知所措。

"你进来吧。"

功太郎依旧发呆似的站在原地。

"我们有话对你说。"

功太郎没有回答。

"你的事我都听说了。"

彩奈从洗手间走出来，冷眼看着功太郎。"你来干什么？"

"我想和你单独谈谈。"

"你不要得寸进尺！"彩奈叫道，"因为国枝先生在，我才让你进来的。"

功太郎脱掉鞋，跟在两人身后进入房间。

"就坐在那里吧。"彩奈仰着下巴，指给功太郎一把椅子。

功太郎听话地坐下。

悟郎坐在床边，彩奈则站在房间里靠近阳台的一角。

"你昨天不是已经答应不会再来纠缠彩奈了吗？"

"……"

"请你说清楚。"

"我没办法放下她。哪怕只有这一次机会，我也想和她谈一谈。"

"她现在很害怕。如果你还打算对她死缠烂打，那么我想我应该去和你的上司聊一聊。"

国枝感受到彩奈求助的眼神正看向自己。自己这样的人，究竟有什么资格去说这种话。

功太郎抬起头，冷冷地看着国枝。"你就是圭子的情人？"

"如果我是呢？"

"圭子她最开始对我很是信赖，把我当作哥哥一样，什么话都对我说。可在你出现后，她开始渐渐与我疏远。这都是你的错，你为什么要出现？"

"和国枝先生没有关系。"彩奈打断功太郎，"我之前是觉得你很好说话，但你身上也有让我讨厌的地方。还记得在银座吃烤鸡肉串那次吧。分开的时候你对我说：'圭子由我来守护。'我当时就觉得很不对劲，到底还是让我猜到了。你就是用远程操控软件来守护我的吗？你真是个让人恶心的男人。"

功太郎双手攥拳，眼睛紧闭，胸口上下起伏，喘着粗气。

也许是受到了圭子的嘲笑，他心中的怒火似乎愈演愈烈。

"下次再出现在我的面前，我就去报警，还要去通知你的公司。你知道后果会有多严重。"

"他到底有什么好？"

"哪里都好。"

功太郎睁开眼睛，向彩奈投过憎恶的目光。

"昨天，你和这个男人联手去骗我。今天还把我当做笑话看。"

"你想多了。比起对付你，我还有很多要做的事情。"国枝说道。

功太郎盯着彩奈不放。"你说我恶心对吧。你以前可是总和我这个恶心的男人谈心聊天呢。"

"我要报警。"彩奈伸手去拿桌上的手机。

不好，功太郎正看着果盘上放着的水果刀。

功太郎伸手抓起水果刀。

"你要报警是吧。"功太郎攥着水果刀向彩奈靠近。

彩奈吓得放声尖叫。

国枝站起身，把彩奈挡在身后。

"你们都耍我。"

功太郎怒吼着向国枝挥刀砍去。国枝右手手背顿时渗出血流。

"圭子，你去死吧！"

国枝朝着功太郎的脸打过去，被他躲开那一刻，只感觉腹部一阵冰冷。

水果刀刺进了国枝的身体。

国枝双腿失力，重重地摔在地上。功太郎则疯了似的向国枝砍去。

鲜血从脖子喷薄而出。国枝的意识逐渐模糊。

在恍惚间，国枝听见上衣口袋里发出了来电铃声。《爱之离别》，是文惠专属的来电铃声。文惠向来不敢主动联系自己，现在突然打来电话，定是有要紧事要说。

国枝挣扎着取出手机，手指却颤抖着无法按下接听键。

在《爱之离别》的曲调中，国枝失去了意识。

十二

圭子看着这突如其来的一切，惊恐使她浑身动弹不得。满是鲜血的国枝倒在地上，圭子只听见自己的惨叫声在整个房间回荡。

玄关传来敲门声。

要报警。圭子打开手机屏幕，手指却颤抖着怎么也按不下拨号键。

水果刀从功太郎手中滑落，摔在地上，发出一阵清脆的声响。他缓缓打开阳台推拉门。

"你要做什么？"圭子终于从喉咙中挤出几个字。

功太郎却好似没听见一样，踉跄地走进阳台，正要翻过护栏。

"不要！"

圭子挣扎着去拉功太郎。

功太郎不顾圭子的阻止，从护栏一跃而下。

一阵刺耳的摩擦音之后是一声闷响，两个重物撞在了一起。

喧闹声打破了午后的平静。

圭子终于按下了拨号盘。

"有人被杀了……"圭子泣不成声。

"请冷静一下。你的名字叫什么？"电话对面传来接线员的声音。

"冈野圭子。"

"地点是？"

圭子抽噎着说道："有人被杀了，杀他的人从阳台……你们快来。"

警察挂断电话后，国枝的手机再次响起了和刚刚一样的来电铃声。

好熟悉的曲子，以前大概听过吧。这首歌的名字叫什么来着？

在柔美的乐曲声中，圭子没有察觉自己下身早已湿了一片。

尾 声

那件事发生后已经过了两年。

二十四岁的冈野圭子，现在就职于田口介绍的名叫学艺堂的出版社。现在负责想要自费出版小说的作者，最近接到调令，不久便可以负责编辑专业作者的作品。

在圭子的记忆里，那天发生的一切已变得有些模糊。也许是因为过度惊吓，很多细节无论怎么想也想不起来。

国枝在被送往医院的途中就去世了。从阳台跳下去的功太郎被路过的车辆压到，内脏破裂，当场身亡。

警察通过调查后得出结论。功太郎在用水果刀刺伤国枝后，企图从阳台跳楼自杀。但无论过了多久，圭子在回想起那个可怕的下午时，仍想不明白功太郎自杀的真正意图。那天，功太郎疯了似的用水果刀刺向国枝，随后神情恍惚地走向阳台。也许半梦半醒的功太郎并没有意识到自己在做什么，只是想逃离这个满是鲜血的空间。

案件虽已提交检察院，可嫌疑人已经死亡，无法进行判决。目睹了一切的圭子依旧不免警察的询问。

圭子告诉警察，功太郎通过远程操纵软件，监视跟踪自己。本以为已经和他做出了断，可没想到他竟会突然出现在自己家，并制造了这样一连串的惨剧。

说起国枝，圭子忍不住哭出声。说他是自己打工的俱乐部的常客，对自己很好，自己也把他当作父亲一样看待。圭子坚称从没有与国枝发生过肉体关系，不知道警察有没有相信。

接连发生了杀人和自杀事件，圭子没办法继续住在这个房间。她收拾了简单的行李，带着从国枝那里得到的两千万日元搬到了一间短租公寓。

国枝遇害一周以后，他的真实身份被警方查出，通过媒体一下流传开来。

警察也曾经问过圭子是否知道国枝悟郎是潜逃多年的下冈浩平，圭子全称不知。

几天后发行的周刊志上刊登了轻井泽杀人案的真相，同时附有结城初子的自白信。在警察的逼问下，结城辉久承认了自己就是杀害父亲的真凶。由于追诉时效已过，辉久没有被追究刑事责任，但之后怎样，圭子不得而知。

在短租公寓住了一个月，圭子搬到了太田区池上的公寓里。

跟踪自己的男人杀死了与自己关系密切的蒙冤潜逃的男人，圭子对自己沦为媒体的猎物没有感到丝毫意外。

圭子没有去躲藏，照旧每天去学校上课。面对记者们的提问，圭子从未开口回答过任何一个问题。

辞去了陪酒的工作，日常生活中便少了很多不必要的纠缠。但在学校中仍不免受到猜忌的目光。

圭子甚至忘了功太郎是自己的同乡，父母开的居酒屋在当地小有名气。出事后不久，母亲来东京看望圭子，告诉她说，功太郎的父母关闭了家里的居酒屋，不知搬到哪里去了。

"骂我的人有很多吧？"圭子问母亲。

"我不知道。"母亲显然在安慰自己。

"别骗我了。妈，你现在也被我连累了，对吗？"

"妈妈倒没什么。不过总有人说是你把功太郎害惨了。"

"这是什么疯话？跟踪我的人可是他啊。"

"大概是他妹妹向别人说的吧。妈妈倒是一点也不在乎的。"

母亲说得没错，散布谣言的除了功太郎的妹妹还会有谁？圭子上网时也见过恶意中伤自己的留言，便再也没有去查过与这件事情有关的报道。

被卷入这样骇人的案件，圭子对学艺堂的工作早就不抱希望。万万没想到，事情却出现了转机。学艺堂的社长似乎对圭子很是满意，让她从来年四月开始到公司上班。圭子猜，可能是因为社长出身青森，又是太宰治的狂热信徒的缘故。

圭子无法忘了国枝。

功太郎出现之前，圭子趴在床上哭得厉害。想必国枝当时已经确信圭子与恐吓他的人有所勾结，但仍说今后要与她继续交往。

如果没有那个台风夜的误会，自己会和国枝走到哪一步呢？

事到如今已成定局，但圭子总忍不住地考虑另一种可能。

国枝已死，发现自己行动可疑的功太郎也已经自杀身亡，世上再没有可以威胁她的人。

学艺堂出版社的薪水不高，但有从国枝那里得到的钱，每个月可以准时去还奖学金，生活也比过去充裕了许多。

圭子心里仍有件放不下的事情。她还没有去祭拜过国枝悟郎，不，应该叫他下冈浩平。

那天下午的死别给圭子带来巨大的打击，两年间她甚至不敢去问一问下冈浩平安葬在哪里。

他不是国枝悟郎，自不会被国枝家安葬在自家墓地。

圭子在图书馆找到了刊登有轻井泽别墅杀人案的旧报纸。从报道的内容中，圭子确定了下冈家的粗略地址。

圭子找了个休息日前往轻井泽。按着从报纸上得来的信息，圭子在商店街挨家询问，终于从一个肉铺老板处，打听到了想要的消息。

下冈家的墓地离刚刚问路的肉铺很近。圭子去花店买了一捧鲜花，坐着出租车向墓园驶去。

下冈家的墓地在陵园的正中间。轻井泽的天气很好，视野开阔，抬头便可以望见不远处的浅间山。

墓碑上刻着下冈浩平的名字。

圭子点上事先准备的线香，把花摆在贡坛。双手合十，半蹲在墓前。

“我知道您的真名是下冈浩平，可对我来说您永远是我的国枝先生。国枝先生，正是因为您，我才能过上今天的生活。如果不是在那个台风天看见你，我的人生又会变成什么样呢？为了您，我会加倍生活，加倍快乐，加倍幸福。今天来是想告诉您一件事，后天我就要去法国了。那些只在梦里出现过的城堡，我要替您去看看。我的人生，多亏有您在。"

圭子娓娓道来，一如国枝还活着的时候。一颗颗眼泪从眼眶中滚落。

圭子站起身，准备离开，看见一个女人向她走来。

"您是冈野圭子小姐吗？"女人问道。

"是的。"

"我听肉铺老板说，有位年轻的小姐在打听我家的墓地。忘了自我介绍，我叫文惠，是下冈浩平的妹妹。"

圭子从报道上读到下冈浩平有一个亲妹妹，但两个人长得实在不像，她走过来的时候圭子根本没想到这就是报道上说的那个妹妹。

文惠不加掩饰地盯着圭子。"你是特意来祭拜的吗？"

圭子沉默着点了点头。

"我哥哥很喜欢你。"文惠低声说道。

"我也喜欢他。"

"我哥哥把你们两个之间的事都告诉了我。"文惠依旧盯着圭子。

她都知道什么？圭子十分不安。

"我听说你在知道我哥哥是杀人凶手之后还是去帮了他。"

"是的，如果他被那个叫结城的男人抓到了，一定会备受折磨。"

"可不管是多喜欢他，知道他杀过人，谁还会再靠近他呢？"

"我想象不到国枝先生，不，下冈先生他会杀人。我的直觉的确没错，真正的凶手是那个叫作结城辉久的男人。"

"我哥哥曾经被人恐吓，向对方支付了两千万日元。他们指定的放钱地点，是新宿派出所附近的博特宾馆。我在大厅看到了前来取钱的女人，还拍下了她的照片，虽然拍得不太清楚。"国枝的妹妹掏出手机，把照片调给圭子看。

照片里的女人的确就是自己。

多年前萦绕自己的恐惧感再次席卷全身。

可即使身材相似，他们也不能断定照片中的女人就是自己。圭子稍稍松了口气。

国枝看到妹妹拍的照片后开始怀疑自己，所以才说出那些试探性的话。

"事到如今，真相到底是什么已经无所谓了。我曾经怀疑你就是这个女人，但你和照片上女人的感觉一点也不像。我怎么能怀疑哥哥爱过的女人呢？"

圭子打了个冷战，这个女人曾经怀疑过自己。但正如她所说，事到如今，再追查下去也无济于事。

"他在逃亡的时候，有和你联系或和你见过面吗？"

"现在告诉你也无妨。在哥哥作为国枝悟郎活着的那段时间，我一直住在你家附近，哥哥也经常偷偷来看我。现在你应该也不住在那附近了吧，毕竟发生了那样的事情。"

多年的疑问终于在这一刻豁然开朗。

那个台风夜，国枝妹妹的公寓楼里发生了命案，与此同时，离开妹妹家的国枝却被圭子误认为杀人凶犯，受到了她的恐吓。

圭子一言不发地看着文惠。

"我哥哥还不知道真凶另有其人就去世了。我准备打电话告诉他这个好消息的时候，大概正赶上那件事发生。"

说起来，那天国枝的手机确实响了好久。

"谢谢你了，专程从东京来看我哥哥。"文惠的声音轻松了很多。

"没什么。"

"圭子小姐真是个善良的女孩呢。"

"没有……"圭子感到心中一阵酸楚，"我还有事，这就告辞了。"她向着文惠深深鞠下一躬，逃也似的离开了陵园。

文惠看着圭子的背影渐渐离去。

警察曾询问自己是否在哥哥潜逃的时候与他有过联系，自己只说是在时效过去之后才开始见面，自然不会被警察再去深究。案子的时效早已过去，如今嫌疑人也被害身亡，想必也不会再继续追查下去。

被警察审问的时候，文惠提起哥哥被人恐吓的事情。可警察没能找到恐吓信，也没能从哥哥的手机记录中找到些许证据。仅凭文惠的说辞无法正式投入调查。

不甘心的文惠雇用侦探调查圭子的行动，可依旧是一无所获。冈野圭子没有与结城辉久有过接触，生活简朴，不像是手握两千万日元恐吓金的样子。似乎也没有在交往的男朋友。

冈野圭子平淡的生活反而让文惠觉得反常。她本想匿名把恐吓信的内容再次发给冈野圭子，但一没有证据，二来这种行为过于危险，文惠只好作罢。

在哥哥的墓前，文惠遇到了这个女人。虽然仍未打消对她的怀疑，但再去追究这个曾被哥哥深爱过的女人又有什么意义呢？

文惠决定，忘了恐吓这件事。

圭子祭拜了国枝，回到东京的第三天，开始了她向往多年的法国之旅。临出发前，她不忘把乒太放进新买的手提包中。

圭子坐在机舱里，从窗外向下看去。道路、车辆、河流越来越小，直到变成一个看不清的小点。

圭子看着舷窗上模糊倒映着的自己的脸庞，再次想到自己竟然是个如此卑鄙的女人。可敢于承认这件事，不也证明了自己的真诚吗？

自己是个既卑鄙又真诚的女人。只有国枝悟郎才会理解并欣赏真实的自己。

谢谢您，国枝先生，我要去法国的城堡了。

飞机进入平流层。

圭子嘴角带着淡淡的微笑，解开安全带，把飞机座椅靠背向后倒去。

图书在版编目（CIP）数据

她的恐吓 /（日）藤田宜永著；郭静雯译. -- 南京：
江苏凤凰文艺出版社，2021.9
ISBN 978-7-5594-5466-9

Ⅰ.①她… Ⅱ.①藤…②郭… Ⅲ.①推理小说-日
本-现代 Ⅳ.①I313.45

中国版本图书馆CIP数据核字(2020)第241667号

著作权合同登记号 图字：10-2020-553

她的恐吓

［日］藤田宜永 著　郭静雯 译

责任编辑	李龙姣	
策划编辑	刘 平　何丽娜	
装帧设计	所以设计馆	
出版发行	江苏凤凰文艺出版社	
	南京市中央路 165 号，邮编：210009	
网　址	http://www.jswenyi.com	
印　刷	北京盛通印刷股份有限公司	
开　本	787 毫米 × 1029 毫米　1/32	
印　张	9.5	
字　数	150 千字	
版　次	2021 年 9 月第 1 版	
印　次	2021 年 9 月第 1 次印刷	
书　号	ISBN 978-7-5594-5466-9	
定　价	49.80 元	

江苏凤凰文艺版图书凡印刷、装订错误，可向出版社调换，联系电话025-83280257